W0194359

Ein junges Mädchen hat Albträume, weil ihre Mutter eine Serienmörderin ist, die jetzt vielleicht sogar der Tochter nach dem Leben trachtet. Ein Teenager muss mit ansehen, wie sich der herrschsüchtige Cousin in sein Leben drängt – und gezielt das Mädchen umwirbt, in das er verliebt ist. Selbstmitleid ist beiden jedoch fremd: Mit einer guten Portion Humor und Hoffnung nehmen sie ihr Leben in die Hand.

Eden Robinson wurde 1969 als Tochter von Haisla- und Heiltsuk-Indianern bei Kitamaat in der kanadischen Provinz British Columbia geboren. Sie lebt in North Vancouver. *Fallen stellen* wurde mit dem renommierten kanadischen Commonwealth Award ausgezeichnet. Im Rowohlt Buchverlag erschien ihr Roman *Strand der Geister.*

Eden Robinson

▲▲▲ FALLEN STELLEN ▲▲▲

Storys

*Deutsch von
Sabine Hedinger*

Rowohlt Taschenbuch Verlag

Die Originalausgabe erschien 1997 unter dem Titel
«Traplines» bei Vintage Canada

Deutsche Erstausgabe
Veröffentlicht im Rowohlt Taschenbuch Verlag GmbH,
Reinbek bei Hamburg, August 2002
Copyright © 2002 by Rowohlt Taschenbuch Verlag GmbH,
Reinbek bei Hamburg
«Traplines» Copyright © 1995 by Eden Robinson
Umschlaggestaltung any.way, Cathrin Günther
(Foto: Eberhard Grames)
Satz Bembo bei Dörlemann Satz, Lemförde
Druck und Bindung Clausen & Bosse, Leck
Printed in Germany
ISBN 3 499 23206 5

Die Schreibweise entspricht den Regeln
der neuen Rechtschreibung.

Für John und Winnie Robinson

Manche Menschen glauben,
jede ungeborene Seele suche sich ihre Eltern aus.
Ich kann von Glück sagen, dass ich mir solch
liebevolle und liebenswerte Eltern ausgesucht habe.

DANKSAGUNG

Auch wenn ich die volle Verantwortung für diese Geschichten trage – ihren letzten Schliff verdanken sie zum gut Teil denen, die sie unermüdlich betreut haben: Bill Valgardson, Mark Jarman, Dave Godfrey, Keith Maillard und seinem Schreibkurs für Fortgeschrittene, Barb Nickel, Zsuzsie Gardner, Sara Bershtel, Louise Dennys und insbesondere Riva Hocherman und Denise Bukowski.

▲▲▲ INHALT ▲▲▲

Dad holt den weißen Marder aus der Falle.

«Guck dir mal diesen Prachtkerl an, Will», sagt er.

Der Marder liegt schlaff in seinen Händen. Er ist noch nicht lange kalt.

Wir stapfen durch den Schnee bis zum Ende unserer Fallenstrecke. Dad pfeift. Den toten Marder hat er über seinen Schultern hängen. Aus der Entfernung könnte man glatt meinen, er hätte einen Pelzkragen um. Die restlichen Fallen sind leer. Wir machen uns auf den Rückweg zu unserem Truck. Der Schnee knirscht. Jetzt ist die beste Zeit zum Fallenstellen, hat Dad mir vor einer Weile erklärt. Jetzt haben die Tiere richtig Hunger.

Unser Truck hängt schräg am Straßenrand. Dad rollt den weißen Marder in ein Stück graue Packleinwand, getrennt von den anderen. Der Marder hat ein makelloses Fell, was hier in der Gegend selten ist. Ich lege meine Tiere neben die von Dad und wickle sie ein. Wir steigen in den Truck. Dad macht das Radio an, und Country-Gedudel erfüllt das Fahrerhaus. Wir riechen nach Schweiß und Öl und Kiefernharz. Dad summt mit. Ich gucke aus dem Fenster. Mrs. Smythe würde sagen, dass hier alle Bäume aussehen wie die auf Weihnachtskarten: groß und schwer vom Schnee. Sie drängen sich dicht an der Straße entlang. Wenn der Wind stark genug ist, kni-

cken die älteren Bäume um und fallen auf die Überland-
leitungen.

«Also, damit hätten wir unser Weihnachtsgeld zusammen», sagt Dad und schielt dabei kurz in den Rückspiegel.

Ich schaue auch nach hinten. Der Wind wirbelt die Pla-
nen hoch, unter denen die Marder liegen. Dad lächelt. Er
lehnt sich zurück, behält nur eine Hand am Steuer, und
es stört ihn nicht mal, dass wir von drei Autos überholt
werden. Die Falten in seinem Gesicht sind jetzt weich. Er
singt mit einer Frau mit, die ihren Mann verlassen hat –
nicht mal das macht ihn sauer. Wir haben unser Weihnachtsgeld zusammen. Zumindest die nächsten paar Tage
dürfte es bei uns daheim also ohne Geschrei abgehen. So
lange werden Dad und Mom sicher brauchen, um etwas
anderes zu finden, worüber sie sich zanken können.

Die Heimfahrt dauert lange. Dad wechselt zweimal den
Sender. Ich zergrüble mir das Hirn, aber mir fällt nichts
ein, was ich sagen könnte, und eigentlich ist mir auch
nicht nach Reden, weil mein Kopfweh immer schlimmer
wird. Dad konzentriert sich auf die Straße, obwohl er immer mal wieder einen schnellen Blick nach hinten zur
Pritsche wirft. Ich betrachte die Bäume und die Wagen,
die uns überholen.

In einem der Autos sitzen zwei Frauen. Die Beifahrerin
wedelt beim Reden mit den Händen. Sie erinnert mich an
Mrs. Smythe. Die beiden sind erst neben uns, dann vor
uns, dann weg.

Als wir in Tucca ankommen, liegt das Dorf reglos da,
träge, wie betäubt. Das macht der Schnee. Aus den Schorn-
steinen qualmt es. Der süße, scharfe Geruch nach Zedern-
holz bleibt in allen Klamotten hängen. In der Stadt, wo

unsere Schule ist, kann ich die anderen aus dem Dorf rein am Geruch erkennen – ich muss dafür nicht mal die Augen aufmachen.

Zu Hause gehen wir gleich in den Keller. Dad gibt mir die nicht so schönen Marder und behält die besten für sich. Als ich in der fünften Klasse war, hat er mich mit Eichhörnchen angelernt. Er hat mir das Messer in die Hand gedrückt und gesagt: «Herrgott nochmal, es ist doch bloß ein Eichhörnchen. Es ist tot, du Trottel. Es spürt nichts mehr.»

Danach machte er den ersten Schnitt für mich. Ich schluckte, kniff die Augen zu und hob das Messer dann selbst.

«Herrgott», murmelte Dad. «Ja, bist du etwa ein Waschlappen? Hab ich einen Waschlappen zum Sohn? Guck mal. Es ist genau so, als würdest du ein Hühnchen aufschneiden. Siehst du? Tu einfach so, als würdest du einem Huhn die Haut abziehen.»

Dad zeigte es mir, legte mir dann ein zweites Eichhörnchen hin, und wir verließen den Keller erst, als ich es richtig hinbekommen hatte.

Jetzt häutet Dad den makellosen weißen Marder, mit seinem besten Messer. Die Zungenspitze ragt aus dem Mundwinkel hervor. Nachdem er sich aufgerichtet hat, schüttelt er die Hand aus, die den Schnitt zieht. Rasch nehme ich mir den nächsten Marder vor. Er wäre ein Prachtexemplar, wenn er nicht die Narbe auf dem Rücken hätte. Wahrscheinlich von einem Kampf. Für das Fell werden wir nicht viel kriegen. Dad macht sich wieder an die Arbeit. Ich halte inne, balle die Hände zu Fäusten und spreize dann die Finger. Sie sind steif.

«Verdammt», sagt Dad leise. Ich gucke hoch, spüre, wie ich mich verspanne, aber Dad lächelt schon wieder. Er ist fertig mit dem Marder. Jetzt muss das Fell nur noch getrocknet und verkauft werden. Ich bin mit meinem auch fertig. Ich sehe meine Hände an. Sie wissen mittlerweile, was sie zu tun haben, ohne dass ich ihnen Anweisungen geben muss. Dad singt, während wir die knarrende Treppe hochsteigen. Als wir in den Flur kommen, hole ich tief Luft, atme den Duft von frisch gebackenem Brot ein.

Mom liegt ausgestreckt vor dem Fernseher. Ihre Schürze ist mit Mehl verschmiert, und sie leckt sich die Finger ab. Als sie uns sieht, lässt sie das sein und schiebt die Hände in die Schürzentaschen.

«Und?», sagt sie.

Dad packt sie um die Hüfte und wirbelt sie im Wohnzimmer herum.

«Greg! Hör auf!», sagt sie lachend.

Dad wird mit Mehl bestäubt und Mom mit Zedernholzspänen. Die beiden fangen an zu reden, und ich verschwinde, schleiche mich in die Küche. Ich schlucke drei Aspirin gegen das Kopfweh, schnappe mir zwei von den Brötchen und gehe auf mein Zimmer. An der Türschwelle bleibe ich stehen. Eric steht da, Kopfhörer auf den Ohren, E-Gitarre eingestöpselt. Er sieht die Brötchen und zieht einen Kopfhörer hoch.

«Gib her», sagt er.

Ich werfe ihm das kleinere Brötchen zu, und er verputzt es in drei Bissen.

«Das andere», sagt er.

Ich zeige ihm den Stinkefinger und setze mich auf

mein Bett. Ganz offensichtlich überlegt er, ob er auf mich losgehen soll, aber dann zuckt er bloß mit den Achseln und schiebt sich wieder den Kopfhörer aufs Ohr. Ich kaue an meinem Brötchen, rolle jeden Bissen in meinem Mund hin und her. Es ist immer noch warm, und ich wünschte, ich hätte Honig draufgeschmiert oder Blaubeermarmelade.

Eric geht aus dem Zimmer und kommt mit sechs Brötchen wieder. Er stopft sie sich in den Mund, schlingt sie herunter. Ich stecke mir die Finger in die Ohren und starre ihn nur an. Er kann sich nicht essen hören. Als er meinen bösen Blick auffängt, grinst er bloß. Macht seinen Mund so weit auf, dass ich das Gemansche sehen kann. Ich greife nach einem Magazin und blättere es durch.

Dad kommt herein. Eric spannt seine Kiefermuskeln an. Ich gehe in die Küche, hole mir noch ein Brötchen. Mom gibt mir einen Klaps auf die Hand. Wir hören Eric und Dad losbrüllen. Mom verdreht die Augen und schiebt noch drei Brotlaibe in den Ofen.

«Bis später», sage ich.

Sie nickt, schaut dabei stirnrunzelnd auf ihre Hände hinunter.

Ich stiefle los. Überlege, ob ich zu Billy gehen soll. Aber seit er etwas mit Elaine hat, benimmt er sich komisch. Gestern wollte er ihr ein Gedicht schreiben, fand aber nichts Hübsches, was sich auf Elaine reimte, also ist das große Werk unvollendet geblieben.

«Hyäne», sagte Craig. «Elaine, die Hyäne.»

«Von Elaine», sagte Tony, «krieg ich Migräne!»

Billy hat Tony eine geknallt, und dann sind die beiden aufeinander losgegangen. Billy hat ihm den Kopf in den

Schnee geditscht. Damit hatte es sich aber – und wir ließen Billy auf der Treppe sitzen und in Frieden weiterschreiben.

«Elaine mit der wilden Mähne», sage ich vor mich hin. «Schwäne. Kähne. Träne. Wie ich mich sehne – nach Elaine.» Ich kicke Schneematsch vom Boden hoch. Billy soll zusehen, wie er allein klarkommt.

Ich lasse meine Beine den Weg vorgeben: immer der Straße nach. Es beginnt zu schneien, winzige Marienkäfer-Flocken. Erst vier, aber langsam wird es schon dunkel. Die Straßenlaternen flammen auf. Außer mir ist kein Mensch zu Fuß unterwegs. Der Rotz gefriert in meiner Nase. Die Luft brennt mir im Hals. Ich kehre um, mache mich auf den Heimweg. Eric und Dad dürften mittlerweile groggy sein.

Noch ein Postkartenmotiv: Die Häuser entlang der Straße sehen aus wie geschniegelt. Ich verkrieche mich in meine Jacke. In ein paar Wochen wird überall im Dorf die Weihnachtsbeleuchtung angehen. Dad wird unsere zwei Wochen vor dem Fest aufhängen. Wir nehmen jedes Jahr dieselbe Kette. Den Baum werden wir uns eine Woche später besorgen. Mum wird ihn schmücken. Heiligabend wird sie unsere Geschenke darunterlegen. Einige der Geschenke werden in Alufolie verpackt sein, weil sie nie genug Einwickelpapier kauft. Wir werden Truthahn essen. Mom und Dad werden zu einer Menge Partys gehen und sich richtig voll laufen lassen. Eric wird zu einer Menge Partys gehen und sich richtig zudröhnen. Vielleicht werde ich es dieses Jahr auch so machen. Mir ist alles recht – Hauptsache, ich muss nicht mit Tony und Craig zusammenhocken und mir ihr Gemecker anhören.

Ich stampfe mir den Schnee von Turnschuhen und Jeans, bevor ich leise die Haustür öffne. Der Fernseher ist voll aufgedreht. Die Stimme des Ansagers verrät mir, dass ein Hockeyspiel läuft. Ich ziehe Schuhe und Jacke aus. Jetzt, wo ich von draußen reinkomme, fühlt sich das Haus regelrecht heiß an. Mein Gesicht beginnt zu prickeln, als die Haut auftaut. Ich gehe in die Küche und nehme noch eine Aspirin.

Unsere Küche könnte ein paar Pflanzen vertragen, denn sie bekommt im Winter schön Licht. Mrs. Smythe hat ihre Küche mit Pflanzen voll gestellt und die Farne ans Fenster gehängt, wo die Katzen nicht rankommen. Die Smythes haben überall Bilder von den Teilen der Welt hängen, wo sie schon mal gewesen sind – Europa, Afrika, Australien. Sie sind überall gewesen. Sie können es sich leisten, sagt Mrs. Smythe, weil sie keine Kinder haben. Früher haben sie mal eins gehabt. Auf ihrem Fernseher steht das passbildgroße Foto eines dunkelhaarigen Jungen ohne Schneidezähne. Das war ihr Kind, aber es ist verschwunden. Mrs. Smythe macht ziemlich viel mit dem Foto herum.

Eric versucht, sich von hinten an mich ranzuschleichen. Ich höre seine Socken über den Fußboden schlittern, ducke mich rechtzeitig und schlage ihn in die Magengrube.

Er krümmt sich, ein Geschirrtuch zwischen den Händen stramm gezogen. Sein Würgespiel. Er holt mit der Faust aus, aber ich tänzle ihm aus dem Weg. Seine Faust knallt gegen den heißen Herd. Schreiend reißt er die Hand zurück. Ich sprinte aus der Küche und die Kellertreppe hinunter. Eric rennt mir nach, brüllt meinen Namen. «Komm her, du feiges Schwein! Komm her und wehr dich!»

Ich bleibe hinter einem Stoß Sperrholz hocken. Eric hat das Geschirrtuch immer noch parat. Nach einer Weile geht er wieder hoch und schließt die Tür hinter sich ab.

Ich stehe auf. Ich kann Mom und Dad nicht hören. Sie werden wohl ausgegangen sein, um den dicken Fang zu feiern. Wahrscheinlich werden sie bei einer Party landen und durchsaufen bis Montag, wenn Dad wieder zur Arbeit muss. Ich bin also mit Eric allein, aber er wird gegen zehn aus dem Haus gehen. So lange kann ich es schaffen, ihm nicht übern Weg zu laufen.

Plötzlich springt die Kellertür auf. Ich krieche unter Dads Arbeitstisch. Eric ist bestimmt stoned. Wahrscheinlich hat er gekifft, seit Mom und Dad fort sind. Pot macht ihn immer aggressiv.

Er lacht. «Schisser. Kleiner Windelschisser.» Er sucht nach mir, aber nicht besonders sorgfältig. Dann poltert er die Treppe hinauf, knallt die Tür zu, schleicht sich auf Zehenspitzen wieder herunter und wartet. Er muss mich für ganz schön blöd halten.

Lange Zeit rührt sich keiner von uns. Eric zündet sich einen Joint an. Binnen Minuten riecht der ganze Keller nach Pot. Dad wird stinksauer sein, wenn der Rauch die weißen Marderfelle versaut. Das wäre genau das Richtige, denke ich grinsend. Dann kann Eric sich nämlich auf etwas gefasst machen.

«Scheiße», sagt er und verschwindet nach oben, ohne die Tür abzuschließen. Ich krieche unter dem Arbeitstisch vor. Meine Beine sind steif. Von dem Pot wird mir schwindlig.

Der Holzofen hat sich abgekühlt, aber ich mache ihn nicht auf, weil die Scharniere quietschen. Bald wird es hier unten eiskalt werden. Schnell atmend steige ich die Treppe hoch und öffne die Tür einen Spaltbreit. Überall ist es dunkel, nur in unserem Zimmer brennt Licht. Ich ziehe mir Jacke und Schuhe an. Ich schnappe mir etwas von dem Brot und stopfe es in die Jackentaschen, renne dann Richtung Haustür, aber Eric versperrt mir mit höhnischem Grinsen den Weg.

«Du hältst dich wohl für oberschlau», sagt er.

Ich weiche zurück, in die Küche. Er folgt mir. Ich lasse ihn dicht an mich herankommen, bevor ich mich vorbeuge und ihn stoße. So zugedröhnt, wie er ist, geht er gleich zu Boden. Er packt mich am Fußgelenk, aber ich trete ihm gegen den Kopf und flitze durch die Tür, bevor er mich erwischen kann. Ich nehme zwei Stufen auf einmal. Eric steht auf der Veranda und lacht. Ich kann es kaum erwarten, größer zu sein. Ich würde ihn zu gern an die Wand klatschen. Ihn spüren lassen, wie sich das anfühlt. Ich würde ihn zu gern richtig fertig machen.

Ich mampfe ein Stück Brot, während ich Richtung Highway-Ausfahrt marschiere. Mittlerweile fällt der Schnee in großen, dicken Flocken, die schmelzen, sobald sie auf meiner Haut landen. Ich bleibe an der Ausfahrt stehen und warte.

Ich kann One Eyes klapprigen Ford die Straße entlangtuckern hören, bevor ich ihn sehe. One Eye hält tatsächlich an, würgt dabei aber den Motor ab.

«Du schon wieder! Was hast du hier zu suchen?», brüllt er los.

«Ich warte auf die alte Schlampe Madonna», sage ich.

«Klugscheißer. Von mir aus kannst du dir weiter die Beine in den Bauch stehen.»

Trotzdem geht die Hintertür auf. Snooker und John sitzen auf der Rückbank, One Eye und Don Wilson vorn. Alle vier haben silberne Henkelmänner zwischen den Füßen stehen.

Als wir in die Stadt kommen, sage ich: «Könntet ihr mich hier absetzen?»

One Eye dreht den Kopf und guckt mich verblüfft an. Er hatte mich wohl schon vergessen. Dann runzelt er die Stirn. «Wo willst du denn so spät noch hin?»

«Nach Disneyland», sage ich.

«Klugscheißer. Werd bloß nicht wie dein Bruder. Bleib sauber.»

Ich lache. One Eye bremst ein wenig ab und fährt an den Straßenrand. Der Motor hustet und stottert. Beim Aussteigen bedanke mich fürs Mitnehmen. One Eye grunzt. Er fährt wieder los, und ich marschiere zu Mrs. Smythes Haus.

Das erste Mal gesehen habe ich ihr Haus letztes Frühjahr, als die Englischklasse bei ihr zum Barbecue eingeladen war. Der Rasen war grün und gepflegt, und ich sah nur einen einzigen Löwenzahn. Vorn wuchsen Rosenbüsche und hinten Himbeerbüsche. Ich ging zusammen mit Tony und Craig hin, die sich schon unterwegs zugekifft hatten. Mrs. Smythe merkte es ihnen sofort an. Sie nahm die beiden zur Seite und redete mit ihnen. Sie mussten unten im Billardzimmer bleiben, bis sie wieder klar in der Birne waren.

Außer uns war kein Schüler aus dem Dorf da. Nur die Stadtschnösel – Typen, von denen Dad sagte, dass sie sich ihre rosa Patschehändchen nie schmutzig machen. Sie spalteten sich in kleine Grüppchen auf, redeten und aßen und lachten, während ich allein herumwanderte und mich wie der letzte Arsch fühlte. Ich wollte gerade zu Tony und Craig hinuntergehen, als Mrs. Smythe mit einem Hot Dog in der Hand auf mich zukam. Bis zu diesem Moment hatte ich sie noch nie lächeln sehen. Ihr blaues Strandkleid wippte beim Gehen.

«Du warst gestern nicht im Unterricht», sagte sie.

«Bauchschmerzen.»

«Ich wollte dir sagen, wie gut mir dein Aufsatz gefallen hat. Du musst viel Arbeit reingesteckt haben.»

«Na ja.» Ich versuchte mich zu erinnern, was ich geschrieben hatte.

«Welcher Teil war der schwerste?», fragte sie.

Ich räusperte mich. «In die Gänge zu kommen.»

«Da bin ich ja voll ins Fettnäpfchen getreten», sagte sie lachend. Ich grinste.

Dann kam ein großer Mann an und umarmte sie. Sie küsste ihn. «Sam», sagte sie. «Das ist der Schüler, von dem ich dir erzählt habe.»

«Ja, hallo», sagte Mr. Smythe. «Prima Aufsatz.»

«Danke.»

«Was ist dir lieber – William oder Will?», fragte er.

«Will», sagte ich. Er schüttelte meine Hand.

«So ein Brocken, hmm?», sagte er.

O nein, dachte ich, als mir einfiel, worüber ich geschrieben hatte. Dad, Eric, Grandpa und ich waren einmal Heilbutt fischen gewesen und hatten einen Riesenkerl gefangen. Es dauerte ewig, bis wir ihn ins Boot gehievt hatten, und dann knüppelten wir einer nach dem anderen auf ihn ein. Aber er war einfach nicht totzukriegen, und schließlich musste Dad ihn erschießen. In meinem Aufsatz hatte ich geschrieben, er sei an die siebenhundert Pfund schwer gewesen, aber Mrs. Smythe hatte der ganzen Klasse kund getan, ein Heilbutt käme auf höchstens fünfhundert Pfund. Tony und Craig fanden es sehr witzig, mich deswegen aufzuziehen.

«Karen hat mir erzählt, dass du viel übers Fischen schreibst», sagte Mr. Smythe, und das klang richtig nett.

«Entschuldigt mich», warf Mrs. Smythe ein. «Aber bei dem Stichwort verabschiede ich mich. Und dir kann ich das auch nur empfehlen. Wenn man Sam nämlich erst mal dazu gebracht hat, mit seinen blöden Fischgeschichten loszulegen, kann man nicht ein einziges Wort —»

Mr. Smythe gab ihr einen Klaps auf den Hintern. Sie piekste ihn mit ihrem Hot Dog und verschwand. Kopfschüttelnd legte mir Mr. Smythe einen Arm um die Schulter. Wir setzten uns auf die Terrasse, und er erzählte mir, wie er einmal einen Speerfisch gefangen hatte, und vom Sporttauchen am Great Barrier Reef. Einmal war er in einem Käfig getaucht, um einen Weißen Hai beim Fressen zu filmen. Ich erzählte ihm von Onkel Bernies Kiemennetzkutter. Er wollte wissen, ob Onkel Bernie ihn vielleicht mal mitnehmen würde und welche Ausrüstung er dafür bräuchte. Irgendwann verzogen wir uns in die Küche, wo ich ihm an einer Flunder zeigte, wie man einen Heilbutt ausnimmt.

Schließlich, gegen elf, sah ich auf die Uhr. Dad hatte gesagt, er würde mich und Tony und Craig um acht herum abholen. Ich wusste nicht einmal mehr, wo Tony und Craig waren. Ich konnte nicht fassen, dass ich nicht gemerkt hatte, wie spät es geworden war. Mrs. Smythe war schon ins Bett gegangen. Mr. Smythe sagte, er werde mich nach Hause fahren. Ich sagte, das sei nicht nötig, ich könne trampen.

Er schnaubte laut. «Karen würde mich umbringen. Nein, ich fahre dich. Wir rufen jetzt bei deinen Eltern an und sagen ihnen, dass du heimkommst.»

Zu Hause hob niemand ab. Ich sagte, wahrscheinlich schliefen alle schon. Er wählte noch einmal. Wieder ging keiner ans Telefon.

«Sieht so aus, als würdest du heute Nacht bei uns im Gästezimmer schlafen», sagte er.

«Lassen Sie mich mal probieren», sagte ich und hob den Hörer auf. Niemand meldete sich, aber nach dem sechsten Klingeln tat ich so, als hätte ich Dad am Apparat. Ich wollte nicht bei meiner Englischlehrerin übernachten. Tony und Craig würden sich darüber ewig das Maul zerreißen.

«Hi, Dad», sagte ich. «Wieso? Verstehe. Die Karre springt nicht an. Kein Problem. Mr. Smythe fährt mich heim. Was? Na klar, ich –»

«Lass mich mal mit ihm reden», sagte Mr. Smythe und schnappte sich den Hörer. «Hallo! Mr. Tate! Wie geht es Ihnen? Meine Güte. Im Lügen ist Ihr Sohn gar nicht gut, stimmt's?» Er legte auf. «Schon erstaunlich, wie sehr dein Vater nach einem Freizeichen klingt.»

Ich hob den Hörer wieder auf. «Sie schlafen, das ist alles.» Mr. Smythe beobachtete mich beim Wählen. Auch diesmal hob niemand ab.

«Warum hast du gelogen?», fragte er leise.

Wir waren allein in der Küche. Ich schluckte. Er war viel größer und kräftiger als ich. Als er nach mir langte, hob ich die Hände und hielt sie mir vors Gesicht. Er ließ den Arm in der Luft hängen, nahm mir dann den Hörer ab.

«Keine Sorge», sagte er. «Ich tu dir nichts. Keine Sorge.»

Ich nahm die Hände herunter. Er machte ein trauriges Gesicht. Das ärgerte mich. Ich zuckte mit den Achseln, wich zurück. «Ich werde trampen», sagte ich.

Mr. Smythe schüttelte den Kopf. «Nein, im Ernst, Karen würde erst mich umbringen, und anschließend wärst du dran. Na komm. Es ist weniger riskant, wenn du im Gästezimmer schläfst.»

Am nächsten Morgen war Mr. Smythe auf, bevor ich mich rausschleichen konnte. Er machte Pfannkuchen mit Speck. Er fragte, ob ich auch etwas von Süßwasserfischen verstände. Ich sagte nein. Er begann, vom Fischen im Schwarzen Meer zu erzählen, und ich hörte ihm zu. Er war auch ein guter Koch.

Mrs. Smythe kam mit Jogginghose und T-Shirt in die Küche. Sie aß, ohne ein Wort zu sagen, und sah erst dann halbwegs wach aus, als sie ihren Kaffee getrunken hatte. Mr. Smythe rief bei mir zu Hause an, aber wieder hob niemand ab. Er fragte mich, ob ich Lust hätte, mit ihnen zum Old Timer's Lake rauszufahren. Er wollte seine neue Sona-Angelrolle ausprobieren. Ich hatte nichts Besseres vor.

Die Smythes hatten ein sechs Meter langes Schnellboot. Ich durfte damit ein paar Mal auf dem See rumkurven, während Mrs. Smythe sich in der Sonne braten ließ und Mr. Smythe die Angelrute zusammenbaute. Den

Nachmittag über faulenzten wir am Strand und guckten uns die Leute an, die vorbeikamen. Während die Smythes ihr Bier schlürften, stritten sie sich darüber, wer auf dem Rückweg fahren sollte. Wir düsten noch ein paar Mal über den See und brieten uns Hot Dogs zum Abendessen.

Das Verandalicht brennt. Ich gehe den Gartenweg hoch und klingle. Mrs. Smythe hat zwar gesagt, ich solle einfach ohne zu klopfen reinkommen, aber das kann ich nicht. Das käme mir komisch vor. Sie macht die Tür auf und lächelt, als sie mich sieht. Sie trägt einen flauschigen rosa Pulli. «Hallo, Will. Sam hat gehofft, dass du noch vorbeischaust. Er sagt, er freut sich schon darauf, dich zu schlagen.»

«Da kann er lange warten», sage ich.

Sie lacht. «Reinspaziert.» Sie geht voraus, über den Flur, und verschwindet auf der Toilette.

Ich werfe einen Blick ins Wohnzimmer, aber da ist Mr. Smythe nicht. Der Fernseher läuft – irgendein Dokumentarfilm über Wale.

Er ist in der Küche, brütet über einer Partie Solitaire. Seine neue Brille ist ihm die Nase heruntergerutscht, und er sieht viel lehrerhafter aus als Mrs. Smythe. Er kratzt sich an dem Bart, den er sich gerade erst wachsen lässt.

«Komm her», sagt er und klopft auf den Stuhl neben ihm.

Ich setze mich und sehe ihm bei seinen letzten Zügen zu. Er schiebt die Brille hoch. «Womit kann ich dienen?», fragt er.

«Pool», antworte ich.

«Du meinst wohl, du hast deinen Glückstag, hmm?»

Wir gehen nach unten ins Billardzimmer. «Wie wär's mit 'nem kleinen Extra-Einsatz diese Woche?», fragt er, ohne mich anzusehen.

Ich zucke die Achseln. «Von mir aus. Abwasch?»

Er schüttelt den Kopf. «'ne Nummer größer.»

«Aber Schnee schippen tu ich nicht», sage ich.

Wieder schüttelt er den Kopf. «Noch größer.»

«Geld?»

«Noch größer.»

«Was?»

Er legt die Kugeln vor. Platziert die weiße. Wischt sich die Hände an den Jeans ab.

«Was?», frage ich noch einmal.

Mr. Smythe holt einen Quarter aus der Hosentasche. «Kopf oder Zahl?», fragt er und wirft.

«Kopf», sage ich.

Er klatscht den Quarter auf seinen linken Handrücken. «Ich stoße an.»

«Was? Das möchte ich sehen», sage ich lachend. Er hält mir die Hand hin. Zahl, tatsächlich.

Er stößt an. «Hättest du Lust, bei uns zu bleiben?», fragt er ganz leise.

«Klar», sage ich. «Aber Dienstag muss ich zurück. Wir müssen mal wieder die Fallenstrecken kontrollieren.»

Er ist still. Die Kugeln machen Klackergeräusche, während sie über den Tisch springen. «Bist du gern bei uns?»

«Klar», sage ich.

«So gern, dass du dir vorstellen könntest, ganz bei uns zu bleiben?»

Ich bin mir nicht sicher, ob ich richtig gehört habe. Vielleicht hat er etwas anderes gefragt, als bei mir angekommen ist. Ich mache den Mund auf. Ich weiß nicht, was ich sagen soll. Also sage ich nichts.

«Das wäre also der Einsatz», sagt er. «Wenn ich gewinne, bleibst du. Wenn du gewinnst, bleibst du.»

Er will mich wohl auf den Arm nehmen. Ich lache. Er lacht nicht. «Meinen Sie das ernst?», frage ich.

Er richtet sich auf. «Ich glaube, ich habe noch nie etwas so ernst gemeint.»

Plötzlich ist das Billardzimmer sehr klein.

«Du bist dran», sagt er. «Halbe.»

Ich schneide eine Kugel an, aber sie trudelt meilenweit am Loch vorbei. Er ist wieder dran.

«Wir wollen dich natürlich nicht drängen», sagt er. Er beugt sich über den Billardtisch, nimmt eine Kugel ins Visier. «Aber wir dachten uns einfach, hier wärst du besser aufgehoben. Du wohnst ja praktisch schon bei uns.» Ich sehe auf meine Sneakers hinunter. Er spielt weiter. «Wir sind nicht reich. Wir sind nicht perfekt. Wir …» Er schaut mich an. «Wir dachten uns, dass du es vielleicht erst mal ein paar Wochen ausprobieren möchtest.»

«Ich kann nicht.»

«Du musst dich ja nicht gleich entscheiden», sagt er. «Denk einfach darüber nach. Nimm dir ein paar Tage Zeit.»

Ich bin wieder dran, aber mir ist nicht mehr nach Spielen. Nur dass Mr. Smythe wartet. Ich suche mir eine Kugel aus. Ziele, stoße, kriege sie nicht ins Loch.

Schweigend bringen wir das Spiel zu Ende. Mr. Smythe schlägt mich haushoch. Er lächelt. «Tja, ich habe gewonnen. Du bleibst.»

Es gibt nur einen Weg hier raus, und der geht durch die

Tür, vor der allerdings Mr. Smythe steht. Er beobachtet mich. «Gehen wir nach oben», sagt er.

Mrs. Smythe hat den Fernseher ausgemacht. Sie steht auf, als wir ins Wohnzimmer kommen. «Will –»

«Ich hab ihn schon gefragt», sagt Mr. Smythe.

Ihr Kopf schnellt herum. «Du hast was?»

«Ich hab ihn gefragt.»

Sie presst ihre Hände an die Hüften. «Das wollten wir doch gemeinsam tun, Sam.» Ihre Stimme ist ausdruckslos. Sie wendet sich an mich. «Du hast nein gesagt.»

Ich kann sie nicht ansehen. Ich sehe die Wände an, den Fußboden, ihre Slipper. Ich hätte heute Abend nicht herkommen dürfen. Ich hätte warten sollen, bis Eric fort war. Sie steht direkt vor mir, versucht zu lächeln. Ihre Hände auf meinem Gesicht fühlen sich warm an. «Schau mich an», sagt sie. «Will? Schau mich an.» Sie versucht zu lächeln. «Hast du Hunger?»

Ich nicke. Sie bedeutet Mr. Smythe mit einer Kopfbewegung, dass er ihr in die Küche nachkommen soll. Als sie weg sind, setze ich mich hin. Es sollte einfach sein. Es sollte einfach sein. Ich frage mich, was sie in der Küche wohl über mich reden.

Mittlerweile ist es fast sieben, und mir tun die Rippen weh. Den Schmerz kann ich ganz gut wegstecken, aber Eric hat ordentlich zugeschlagen, und es gibt bestimmt blaue Flecken. Dafür hat Dad bei Eric ordentlich zugeschlagen, also dürften wir quitt sein. Ich zähle schon die Tage, bis Eric auszieht. Wenn er so weitermacht, landet er sowieso bald im Bau. Tony sagt, die Polizei fängt schon an, Fragen zu stellen.

Es ist ein seltsamer Abend. Wir tun alle so, als wäre nichts passiert, und Mrs. Smythe macht Nachos. Mr. Smythe holt die Uno-Karten heraus, wir spielen ein paar Runden und sehen uns etwas auf dem Discovery Channel an. Dann gehen wir ins Bett.

Ich liege wach. Mein Zimmer. Dies könnte mein Zimmer sein. Schon jetzt habe ich fast alle meine Bücher hier. Es ist schwierig, für die Schule zu lernen, wenn Eric sich in der Nähe herumtreibt. Ich habe immer noch Kopfweh. Solange die Smythes auf waren, habe ich es nicht geschafft, in die Küche zu schleichen und mir eine Aspirin zu holen. Ich ziehe mein T-Shirt hoch und sehe nach. Unter meinen Rippen entdecke ich einen großen blauen Fleck und darüber fünf kleinere. Ich vermute, Eric wollte mir in die Magengrube boxen, war aber so breit, dass er nicht die richtige Stelle erwischt hat. So schlimm ist es nicht. Von Tony weiß ich, dass ihm sein Alter einmal gleich drei Rippen gebrochen hat. Billy hatte vor ein paar Wochen eine Gehirnerschütterung. Mein Dad ist eigentlich ganz friedlich. Der Einzige, der mir wirklich Ärger macht, ist Eric.

Die Smythes haben ihr Aspirin bei den Gewürzen stehen. Ich nehme mir sechs, die eine Hälfte für jetzt und die andere Hälfte für morgen früh. Ich schlucke gerade die dritte runter, als Mr. Smythe die Hand packt, in der ich die Aspirin hatte. Ich habe nicht einmal gehört, dass er reingekommen ist. Anscheinend bin ich doch nicht mehr ganz wach.

«Wohin haben sie dich diesmal geschlagen?», fragt er.

«Ich hab Kopfschmerzen», sage ich. «Schlimme.»

Er biegt meine Finger auseinander. «Wie viel willst du davon nehmen?»

«Die sind für später.»

Er seufzt. Ich bereite mich auf eine Standpauke vor. «Geh wieder ins Bett» ist alles, was er sagt. «Es wird schon werden.» Er klingt sehr müde.

«Klar», sage ich.

Um fünf stehe ich auf. Ich hinterlasse einen Zettel mit der Nachricht, dass ich zu Hause einiges zu erledigen habe. Ein paar Typen auf dem Heimweg von der Nachtschicht nehmen mich im Auto mit.

Niemand ist zu Hause. Gestern Abend hat Eric hier eine Party veranstaltet. Ich bin froh, dass ich nicht da war. Sie haben den Couchtisch ruiniert, der Teppich stinkt nach schalem Bier und Zigaretten. In unserem Zimmer ist es noch viel schlimmer. Irgendwer hat Erics Bett voll gekotzt, und in meinem liegen zwei benutzte Kondome. Zumindest ist diesmal kein Fenster kaputtgegangen. Ich fange an, meine Zimmerhälfte sauber zu machen, höre aber mittendrin auf. Ich setze mich auf mein Bett.

Bald wird Mr. Smythe aufstehen. Da Sonntag ist, wird es Waffeln oder French Toast geben. Er wird Frühstücksspeck braten und den ganzen Teller leer essen, bevor Mrs. Smythe herunterkommt. Er glaubt wirklich, sie wüsste nichts davon. Sie wird gegen zehn oder elf aufstehen und mit niemandem reden, bis sie ihre drei Tassen Kaffee intus hat. Erst gegen ein oder zwei Uhr nachmittags kommt sie langsam in die Gänge. Sie werden über irgendetwas streiten. Wer mit Müllraustragen dran ist oder mit der Wäsche. Sie werden Zeitung lesen.

Ich verkrieche mich ins Bett. Das Aspirin hilft nicht. Ich versuche zu schlafen, aber der Gestank hier ist echt nicht zum Aushalten. Morgen schreiben wir eine Bio-Arbeit. Und ich habe mein Buch bei den Smythes vergessen. Ich liege wach, bis unser Truck in die Einfahrt biegt. Mom und Dad haben wieder mal Krach. Sie hören sich ziemlich besoffen an. Mom meckert über irgendetwas. Dad antwortet ihr nicht mal mehr. Türen knallen.

Mom kommt als Erste rein und geht sofort ins Bett. Sie scheint nicht mitzukriegen, dass das ganze Haus ein einziger Saustall ist. Dad braucht viel länger zum Reinkommen.

«Was zum – Eric!», brüllt er.

Ich stelle mich schlafend. Die Tür kracht auf.

«Eric, du Dreckskerl», sagt Dad und sieht sich um. Dann schüttelt er mich. «Wo zum Teufel ist Eric?»

Er hat eine Fahne zum Weglaufen. Man kann riechen, dass er seinen Roggenwhisky am liebsten pur trinkt.

«Woher soll ich das wissen?»

Er reißt Erics Verstärker aus den Buchsen. Er wirft sie auf den Boden und bearbeitet sie mit Fußtritten. Er kippt Erics Bett um. Eric ist schlau. Er wird sich eine Weile nicht zu Hause blicken lassen. Irgendwann wird Dad sich abgeregt haben und Eric kann ihm ein bisschen Geld geben, ohne dass Dad sauer wird. Ich rühre mich nicht. Ich warte, bis er aus dem Zimmer ist, ehe ich mir einen Pulli anziehe. Ich kann ihn unten im Keller Holz hacken hören. Es dürfte etwa acht sein. In einer Stunde wird das RinkyDink aufmachen.

Als ich in die Küche komme, ist Mom da. Sie sieht mich und bedeutet mir mit einer Handbewegung, dass ich still sein soll. Dann zieht sie eine Flasche hinter dem Herd vor und setzt sich an den Küchentisch.

«Du bist ein guter Junge», sagt sie kichernd. «Ein guter Junge. Hilf deiner alten Mutter wieder ins Bett, du.»

«Klar.» Ich lege einen Arm um sie. Sie steht auf, hält mit der einen Hand die Flasche fest und mit der anderen mich. «Hier geht's lang, meine Dame.»

«Machst du dich über mich lustig?», fragt sie, und ihre Augen werden schmal. «Lachst du über mich?» Dann lacht sie, und wir gehen zu ihrem Schlafzimmer. Sie lässt sich aufs Bett plumpsen. Sie nimmt einen großen Schluck. «Du lachst über mich, stimmt's, du Scheißer?»

«Mom, du leidest an Verfolgungswahn. Ich hab bloß einen Witz gemacht.»

«Ach ja, du bist wirklich zu witzig. Zum Schieflachen», sagt sie und kichert wieder los. «Ein echter Komiker.»

«Ja, genau.»

Sie wirft die Flasche nach mir. Ich ducke mich. Sie wälzt sich herum und fängt an zu weinen. Ich decke sie zu und gehe hinaus. Der Fußboden ist klebrig. Dad hackt immer noch Holz. Die würden es gar nicht merken, wenn ich nicht da wäre. Vielleicht würden die Leute ein, zwei Wochen reden, aber nach einer Weile würden sie es gar nicht mehr merken. Ich würde nur Tony und Craig und Billy fehlen, und vielleicht auch Eric, wenn er stoned wäre und keinen mehr als Sandsack zum Abreagieren hätte.

Billy steht am Mortal-Kombat-Automaten im Rinky-Dink. Er raucht Kette. Als ich auf ihn zumarschiere, dreht er sich schnell herum.

«Ach, du bist das», sagt er und spielt gleich wieder weiter.

«Ebenfalls hallo», erwidere ich.

«Hast du Elaine gesehen?»

«Nö.»

Billy drückt seine Zigarette im Aschenbecher neben ihm aus. Er spielt eine Weile, verliert einen Mann, schüttelt dann mit einer Hand eine weitere Zigarette aus dem Päckchen. Er steckt sie sich in den Mund, verliert noch einen Mann, zündet sie an, nimmt einen tiefen Zug. «Ganz locker», sage ich. «Die Limousine Ihrer Hoheit ist wahrscheinlich im Stau stecken geblieben. Sie wird schon noch kommen.»

Er funkelt mich böse an. «Halt's Maul.»

Ich gehe Poolbillard spielen, mit Craig, der neuerdings auf James Dean macht. Er trägt ein weißes T-Shirt, Jeans und eine schwarze Lederjacke, die genauso aussieht wie die seines Bruders. Er hat seine Haare geföhnt, und aus einem Mundwinkel hängt ihm eine Zigarette.

«So eine Flasche», sagt er.

«Wer soll eine Flasche sein?»

«Billy. So eine Flasche.» Er stolziert auf die andere Seite des Billardtisches.

«Er ist ganz in Ordnung.»

«Diese Tussi», sagt er. «Diese Dingsbums, Ellen? Irma?»

«Elaine.»

«Genau, die. Die geht doch bloß mit ihm, weil sie eine Wette laufen hat.»

«Was?»

«Sie muss einen Monat mit ihm gehen, dann kriegt sie Koks von einem ihrer Freunde.»

«Aber Billy versorgt sie doch schon mit Koks.»

«Genau. Eine Flasche ist der.»

Ich sehe zu Billy rüber. Er zündet sich schon wieder eine Zigarette an.

«Kannst du dir vorstellen, was eine Tussi aus der Stadt

mit dem anfangen will?», sagt Craig. «Für die ist das doch nur ein Gag. In einer Woche macht sie Schluss mit ihm und wird alle seine bescheuerten Gedichte an die Zeitung geben.»

Jetzt bemerke ich es. Um Billy herum ist sehr viel Platz. Niemand hält sich in seiner Nähe auf. Aber er bekommt es nicht mit. Doch ich bin anscheinend genauso wenig angesagt. Ein paar von den Typen, mit denen ich früher rumgehangen habe, erwische ich dabei, dass sie über mich grinsen. Wenn sie mitkriegen, dass ich sie angucke, gucken sie weg.

Craig gewinnt das Spiel. Diese Woche verliere ich ziemlich oft.

Nach dem Mittagessen kommt Elaine ins RinkyDink. Sie hat ein paar Mädels aus ihrer Stadt-Clique dabei, die auf Zehenspitzen herumtrippeln, als rechneten sie damit, gleich angefallen zu werden. Elaine nimmt sie direkt zu Billy mit. Alle sehen zu. Billy gibt ihr sein neuestes Gedicht. Ich frage mich, welchen Reim er auf «Elaine» gefunden hat.

Die Mädchen gehen. Billy hält Elaine die Tür auf. Ihre Freundinnen fangen an zu kichern. Die Typen, die in der Nähe stehen, fangen an zu grölen. Sie kringeln sich vor Lachen, bis ihnen die Tränen kommen. Mir wird übel. Ich spiele mit dem Gedanken, Billy von der Wette zu erzählen, aber ich weiß schon, dass er mir nicht zuhören wird.

Ich gehe hinaus und mache einen Spaziergang. Ich gehe und gehe und lande schließlich wieder vor dem RinkyDink. Es gibt nichts anderes, wo man hingehen könnte. Ich stelle mich zu Craig, der sich nicht einen Schritt vom Pooltisch wegbewegt hat.

Ich übernachte bei ihm auf dem Fußboden. Craigs Eltern sind Zeugen Jehovas und beten mich den ganzen Abend voll. Ich sitze da und höre zu, weil ich einen Platz zum Schlafen brauche. Ich werde mich erst morgen zu Hause blicken lassen, wenn Mom und Dad wieder nüchtern sind. Craigs Mutter ist Frühaufsteherin: Schon zwei Stunden bevor der Bus uns aus dem Dorf in die Stadt zur Schule bringt, ist sie auf den Beinen. Sie beten, ehe wir mit dem Essen anfangen. Craig sieht mich an und verdreht die Augen. Die anderen machen sich immer über Craig lustig, weil seine Eltern jeden Freitag im Stadtzentrum an einer Straßenecke stehen und den *Wachtturm* hochhalten. Sobald seine Eltern ihn mit dem Zeug traktieren wollen, sagt er, sie sollen Ruhe geben oder er fängt an, sich mit Teufelsanbetung oder Astrologie zu befassen. Ich denke, ich werde ihn fragen, ob er Weihnachten was mit mir machen will. Für seine Eltern ist das kein Feiertag.

Zwischen zwei Unterrichtsstunden komme ich auf dem Flur an Mrs. Smythe vorbei. Craig stupst mich. «Na los», sagt er und macht Nuckelgeräusche. «Na los, besorg dir deine Eins.»

«Schnauze», zische ich und stoße ihn weg.

Sie spricht mit einem Mädchen und sieht mich nicht. Ich überlege, ob ich Englisch heute schwänzen soll, aber dann wird sie garantiert bei mir zu Hause anrufen und fragen, wo ich stecke.

In der Mittagspause redet niemand mit mir. Ich kann weder Craig noch Tony oder Billy finden. Die anderen aus unserem Dorf, die am naturwissenschaftlichen Trakt rumhängen, fangen an zu kichern, als ich vorbeikomme. Ich bleibe nicht stehen, bis ich vor der Tür der Turnhalle bin, wo die Vollidioten das Kommando übernommen haben. Da ich kein Geld und auch nichts zum Mittagessen mitgebracht habe, schnorre ich mir eine Zigarette von dem Mädchen mit den knallengen Jeans. Um mich von meinem leeren Magen abzulenken, schlage ich ihr vor, sich mit mir zu verabreden. Sie guckt mich an, als wäre ich durchgeknallt. Als sie weggeht, wippen die Fransen ihrer Lederjacke.

Ich verhaue die Bio-Arbeit. Es ist ein Multiple-Choice-Test. Ich starre auf das Blatt Papier und könnte mich in den Hintern beißen. Ich weiß, dass ich bloß das Kapitel hätte lesen müssen, um ihn zu bestehen. Mr. Kellerman liest die Ergebnisse von der niedrigsten bis zur höchsten Punktzahl vor. Mein Name kommt als dritter.

«Mr. Tate», sagt er. «Drei von dreißig.»

«Suu-per», ruft Craig und klopft mir auf die Schulter.

«Mr. Davis», sagt Mr. Kellerman zu Craig, «dreieinhalb.»

Craig steht auf und verbeugt sich. Die Jungs in den hinteren Reihen klatschen. In den vorderen Reihen wird gelacht. Mr. Kellerman verliest die restlichen Ergebnisse. Craig dreht mir den Kopf zu. «Sieht so aus, als hätte ich das Superhirn geschlagen», sagt er.

«Ja, ja», erwidere ich. «Und demnächst kriegst du auch noch den Nobelpreis.»

Es klingelt zum Englischunterricht. Ich gehe an mein Schließfach und hole meine Jacke heraus. Wenn sie zu Hause anruft, wird sowieso niemand abnehmen.

Ich marschiere Richtung Innenstadt. Der Schnee lässt allmählich nach, und die Sonne kommt sogar ein bisschen raus. Mir knurrt der Magen. Seit dem Frühstück habe ich nichts mehr gegessen. Wenn ich doch zu Englisch gegangen wäre, hätte Mrs. Smythe mir etwas zu essen gegeben. Sie hat immer etwas von ihrem Lunch übrig. Ich verkrieche mich in meine Jacke.

Im Stadtzentrum steuere ich gleich die Paradise Arcade an. Das ist der Treffpunkt für alle Junkies. Vielleicht wird Eric mir ein bisschen Geld geben. Eine Ohrfeige wäre wahrscheinlicher, aber versuchen kostet ja nichts. Doch ich sehe ihn nirgends. Es ist überhaupt kaum jemand da. Nur ein paar Scheintote an den Flipperautomaten. Dann entdecke ich Mitch und gehe zu ihm rüber, aber er hat abgehoben, er lacht wie irre über den Ball, der im Automaten herumtrudelt. Ich verziehe mich, wandere zum Highway, trampe nach Hause. Mom dürfte mittlerweile weggetreten sein und Dad bei der Arbeit.

Tatsächlich, Mom liegt im Wohnzimmer auf dem Fußboden. Ich hole ihr eine Decke. Der Ofen ist ausgegangen, und es ist eiskalt hier drinnen. Ich gehe in die Küche und mache den Kühlschrank auf, aber es sind nur ein Glas Pickles drin, ein paar armselige Stängel Staudensellerie und ein Rest Milch, der so alt ist, dass er nach Käse riecht. Das Brot von Samstag ist alle. Ich finde eine angebrochene Packung Rice-A-Roni und mache sie warm. Mom kommt wieder zu sich und will ein Glas Wasser. Ich bringe ihr das Wasser mit einer kleinen Portion Rice-A-Roni. Sie verzieht das Gesicht, nimmt aber ein paar Löffel.

Um sechs kommt Dad mit Eric nach Hause. Die beiden haben sich wieder vertragen. Eric hat Dad ein Sechserpack gekauft, und jetzt gucken sie sich zusammen das Hockeyspiel an. Ich bleibe in meinem Zimmer. Eric hat sein Bett sauber gemacht, indem er seine Matratze aus dem Fenster geschmissen und meine geklaut hat. Ich hieve meine Matratze wieder auf mein Bettgestell. Ich hole mein Englischbuch heraus. Am kommenden Freitag haben wir eine Grammatikarbeit. Ich weiß, dass Mrs. Smythe nicht glücklich sein wird, wenn sie mir eine schlechte Note geben muss. Ich lese das Kapitel über Substantive durch und schaffe auch den größten Teil von dem über Verben, bevor Eric hereinkommt und mich mit Fußtritten vom Bett befördert.

Er versucht, sich die Matratze zurückzuholen, aber ich boxe ihm in die Rippen. Eric dreht sich um und reißt mich an den Haaren. «Das ist mein Bett», sagt er. «Kapiert?»

«Arschloch», sage ich. «*Du* hattest doch die Party. *Deine* Scheiß-Freunde haben diese Schweinerei hier veranstaltet. Du kannst auf dem Fußboden schlafen.»

Dad kommt rein und sieht, wie Eric mich gegen die Wand drückt und mir eine scheuert. Er brüllt Eric an, und der dreht sich um. Seine Faust erstarrt mitten im Schwung. Dad krempelt sich die Ärmel hoch.

«Immer hältst du zu ihm!», schreit Eric. «Und nie zu mir!»

«Such dir jemanden, der so groß ist wie du», sagt Dad. «Wenn du dich nicht mit mir anlegen willst.»

Eric wirft mir einen Blick zu, der besagt, dass er die Sache später mit mir klären wird. Ich nehme mein Englischbuch und gehe raus. Ich wandere durchs Dorf, mache allerdings einen großen Bogen um das RinkyDink. Dort sucht Eric immer als Erstes nach mir.

Ich bin an der Highway-Ausfahrt. Der Himmel ist klar, und die Sterne blitzen heraus. Mr. Smythe sitzt bestimmt an seinem Teleskop und versucht, die Plejaden auf seiner

Karte einzuzeichnen. Mrs. Smythe korrigiert jetzt wohl vor dem laufenden Fernseher Klassenarbeiten.

«Kann ich dich wohin mitnehmen?», fragt mich jemand. Ein blauer Pick-up hat neben mir angehalten. Der Fahrer trägt eine Jägerkappe.

Ich nehme die Hand aus dem Mund. Ich habe auf meinen Knöcheln rumgekaut wie ein kleines Kind. «Danke», sage ich. «Aber ich warte auf jemanden.»

Er zuckt die Achseln und drückt wieder aufs Gas. Ich bleibe stehen und sehe zu, wie seine Rücklichter verschwinden.

Sie haben es bestimmt nicht ernst gemeint. Ich wäre ihnen schnell auf den Geist gegangen, wenn sie erst einmal herausgefunden hätten, wie ich wirklich bin. Ich hätte einfach Ja sagen sollen. Dann hätte ich eine Weile bei ihnen bleiben können und wäre erst wieder nach Hause gegangen, wenn sie mich nicht mehr wollen und Eric sich abgeregt hat.

Zwei Autos fahren an mir vorbei, während ich zum Dorf zurückgehe. Ich kann bei Tony unterschlüpfen, bis Eric mit seinen Freunden loszieht und diesen Nachmittag vergisst. Als ich beim RinkyDink ankomme, sind meine Füße steif gefroren. Tony ist da.

«He! Wie ich höre, hat Craig dich in Bio geschlagen», sagt er.

Ich lache. «Haut dich das nicht auch um?»

«Um einen ganzen halben Punkt. Saubere Leistung», sagt er. «Eine Weile haben wir ja gedacht, du würdest ein richtiger Stadt-Bubi werden.»

«Ach was», sage ich. «Hör mal, ich hab tierischen Ärger mit Eric —»

«Ganz was Neues.»

«– und ich brauch was zum Pennen. Kann ich bei dir übernachten?»

«Klar», sagt er. Dann kommt Mitch ins RinkyDink geschlendert, und langsam sammelt sich ein ganzer Pulk um ihn. Er sieht in die Runde, beäugt alle und fängt an, etwas zu verteilen. Tony und ich stellen uns dazu.

«Mann, Mann», sagt Tony, als Mitch ihm auch etwas in die Hand gedrückt hat.

«Was?»

Wir gehen hinaus und verziehen uns hinter das Gebäude, wo jetzt auch die anderen stehen. «Geil», höre ich Craig sagen, obwohl ich ihn nicht sehen kann.

«Was?», frage ich. Tony macht die Hand auf. Ein kleines Fläschchen mit weißen Kristallen liegt darin.

«Crack», sagt er. «Mann, ist der blöd. Er hätte ein Vermögen damit machen können, und stattdessen verschenkt er das Zeug einfach.»

Wir haben keine Pfeife, und da Tony beim ersten Mal alles ganz richtig machen will, beschließt er, es für morgen aufzuheben, bis er sich das richtige Zubehör gekauft hat. Ich habe schon wieder Hunger. Ich will ihm gerade sagen, dass ich noch bei Billy vorbeischauen werde, als ich Eric sehe.

«Ach du Scheiße», sage ich und verstecke mich hinter ihm.

Tony sieht hoch. «Gleich geht's lo-oos», singt er.

Eric sucht nach mir. Ich ducke mich hinter Tony, der versucht, ein unschuldiges Gesicht zu machen. Eric entdeckt ihn und marschiert auf uns zu. «Hau lieber ab», flüstert Tony.

Ich husche ein paar Schritte weiter, hinter andere Leute, aber Eric sieht mich, und ich muss rennen, was das Zeug hält. Tony beginnt zu johlen, und die ganze Bande hinter dem RinkyDink stimmt mit ein. Ein paar von den Typen folgen uns, um zu sehen, was passiert, wenn Eric mich einholt. Ich will es lieber nicht wissen, also lege ich noch einen Gang zu.

Eric war mal sehr schnell. Ich bin froh, dass er mittlerweile wie blöde kifft, weil er dadurch nicht mehr richtig rennen kann. Ich schnaufe und kriege Wadenkrämpfe, aber unser Haus ist in Sicht. Ich renne die Treppe hoch. Die Tür ist abgeschlossen.

Ich stehe da, Hände auf dem Türknauf. Eric kommt um die Ecke unseres Straßenblocks. Allein. Ich klopfe an die Tür, aber dann sehe ich, dass unser Truck nicht da ist. Ich renne zur Hinterseite, aber auch die Tür zum Keller ist abgeschlossen. Sogar die Fenster sind zugesperrt.

Eric streckt seinen Kopf um die Hausecke. Er grinst, als er mich sieht, dann verschwindet er. Ich beiße die Zähne zusammen und renne durch unseren Garten in Richtung von Billys Haus. «Wichser», brüllt Eric. Er hat doch einen Kumpel dabei, vielleicht Brent. Ich ducke mich hinter dem Nachbarhaus. Meine Turnschuhe sind voller Schnee, ja, der Schnee kriecht mir sogar in die Hosenbeine, aber trotzdem schwitze ich. Ich bleibe stehen. Jetzt kann ich Eric nicht mehr hören. Ich hoffe, ich habe ihn abgeschüttelt, aber Eric ist stinksauer, und wenn er stinksauer ist, dann lässt er nicht locker. Ich sehe auf den Boden. Meine Fußstapfen sind im Schnee deutlich zu erkennen. Ich renne wieder los, lande aber in einer Wehe, die mir bis zu den Oberschenkeln reicht. Ich werfe einen Blick nach hinten. Eric ist nirgendwo in Sicht. Dann stapfe ich weiter, arbeite mich bis zur Straße durch und laufe Richtung Ausfahrt.

Ich habe ihn abgeschüttelt. Ich zittere, weil es wirklich sehr kalt ist. Der Schweiß auf meiner Haut kühlt sich ab. Mein Atem wird langsam ruhiger. Ich warte darauf, dass ein Auto vorbeikommt. Aber die Leute von der Abendschicht sind schon zu Hause, und mit denen von der Nachtschicht ist nicht vor zwölf zu rechnen. So lange kann ich es hier bei der Kälte unmöglich aushalten.

Ein Auto, ein rotes Auto. Ein kleiner Toyota. Brents Auto. Ich renne runter von der Straße, auf ein kleines Gehölz zu. Der Toyota hält an und Eric steigt aus. Er brüllt. Ich erreiche den Schutz der Bäume und verschnaufe mich. Sie warten am Straßenrand. Eric späht herüber, versucht mich im Gebüsch auszumachen. Brent bleibt im Auto sitzen und raucht. Eric kreuzt seine Arme über der Brust und bläst sich in die Hände. Meine Beine sind Eisklumpen.

Nach einer langen Weile zieht ein Streifenwagen vor den Toyota und hält. Ich wate aus dem Schnee und winke den beiden Cops zu. Mein Anblick scheint sie zu überraschen. Einer von ihnen wendet sich an Eric und Brent und fragt sie etwas. Ich sehe Eric mit den Schultern zucken. Ich brauche eine Weile, um sie zu erreichen, weil meine Beine nicht mehr richtig wollen.

Der Cop beobachtet mich. Ich schwöre, dass ich diese Leute nie wieder Bullen nennen werde. Nie wieder. Er beugt sich zu Brent vor, der im Handschuhfach herumwühlt. Der Cop sagt irgendwas zu seinem Partner. Ich klettere die Böschung runter.

Erics Gesicht ist heil geblieben. Wahrscheinlich hat Dad ihn auf den Rücken und in die Magengrube geschlagen. Dad ist vorsichtig, seit der Sozialarbeiter uns einen Hausbesuch abgestattet hat. Plötzlich lächelt Eric mich an und streckt mir die Hand entgegen. Ich verziehe mich hinter den Streifenwagen.

«Gibt es hier ein Problem?», fragt der Polizist.

«Nein», sagt Eric. «Kein Problemm. Nur'n klei'ss Missverstännis.»

Ach du Scheiße. Er ist voll breit. Der Polizist sieht Eric scharf an. Ich sehe den Wagen an. Brent starrt mich mit glasigen Augen an. Auch er ist breit.

Eric versucht noch einmal, mir die Hand zu geben. Ich nutze den Streifenwagen als Deckung. Der Polizist packt Eric am Arm, und sein Partner geht Brent holen. Der Polizist sagt etwas über Fahren unter Rauschmitteleinwirkung, aber keiner von uns hört zu. Eric lässt mich nicht aus den Augen. Das hier wird er mir heimzahlen. Brent flucht. Er will einen Anwalt. Er stolpert aus dem Toyota und rutscht auf der Straße aus. Brent und Eric werden auf den Rücksitz des Streifenwagens verfrachtet. Der Polizist kommt zu mir her und fragt: «Schaffst du es allein nach Hause?»

Ich nicke.

«Gut. Dann mal los», sagt er.

Sie fahren weg. Als ich daheim ankomme, gehe ich einmal ums Haus, während ich mir überlege, wo und wie ich einbrechen könnte. Schließlich finde ich einen Stock, mit dem ich die Tür zum Keller aufstemme. Nur für den Fall, dass Eric diese Nacht noch freikommt, mache ich mir ein Bett unter dem Arbeitstisch, und da schlafe ich dann auch ein.

Als ich aufwache, ist niemand zu Hause. Ich brutzle mir ein Ei und mache mich für die Schule fertig. Im Bus setze ich mich neben Tony.

«Eigentlich hätte ich erwartet, dass du mit einem Veilchen ankommst», sagt er.

Meine Beine tun immer noch weh von gestern Abend. Von Rechts wegen sollte ich heute irgendwas fertig haben, aber ich kann mich nicht darauf besinnen, was es ist. Falls sie Eric in die Ausnüchterungszelle gesteckt haben, werden sie ihn bald laufen lassen.

Die Typen aus dem Dorf reden wieder mit mir. Ich schwänze die Sportstunde. Ich schwänze Geschichte. Ich hänge mit Craig und Tony in der Paradise Arcade ab. Ich bin mir nicht sicher, ob ich noch mit ihnen befreundet sein will, wo sie doch gestern Abend bei der Jagd auf mich mitgemacht haben, aber es ist günstiger, wenn sie auf meiner Seite sind. In der Mittagspause holen sie sich Pizza im Sonderangebot – zwei für den Preis von einer –, und ich bin froh, dass ich bei ihnen geblieben bin, weil ich furchtbaren Hunger habe. Sie holen sich auch noch Finger-Snacks von Safeway. Tony ist stolz, weil er es geschafft hat, ein paar Tüten Chips und zwei Pepsi mitgehen zu lassen.

Mitch kommt im Toilettenraum auf mich zu.

«Das war echt mies von dir», sagt er.

«Was denn?» Ich habe ihm nichts getan.

«Na was schon? Dass du deinen Bruder ins Loch gebracht hast. Zum Kotzen ist das.»

«Damit hab ich nichts zu tun. Er hat sich erwischen lassen, als er high war.»

«Da sagt er aber was anderes.» Mitch runzelt die Stirn. «Er sagt, du hast ihm was angehängt.»

«Scheiße.» Ich versuche, ruhig zu klingen. «Wann hat er dir denn das erzählt?»

«Heute Morgen», sagt Mitch. «Er wartet in der Schule auf dich.»

«Ich hab ihm nichts angehängt. Wie denn auch?»

Mitch nickt. Er gibt mir eine kleine Portion Crack und sagt: «Hey, tut mir Leid.» Dann geht er. Ich gucke das Fläschchen an. Ich werde es Tony schenken, vielleicht lässt er mich dafür heute bei sich übernachten.

Billy kommt mit Elaine und ihren Freundinnen ins Paradise. Dass ein paar Leute komisch gucken, merkt er nicht. Er bietet Elaine einen Stuhl an. Sie setzt sich und behandelt ihn wie Luft.

Was sich da anbahnt, will ich nicht mit ansehen müssen. Ich gehe zu Tony rüber.

«Ich verschwinde», sage ich.

Tony zischt mir zu, dass ich still sein soll. «Guck doch mal.»

Elaine bestellt ein Bier. Frankie schüttelt den Kopf und deutet auf das Schild KEIN ALKOHOLAUSSCHANK AN MINDERJÄHRIGE. Elaine runzelt die Stirn. Sie sagt etwas zu Billy. Er zuckt die Achseln. Sie bestellt eine Cola. Billy zahlt. Als die Colas kommen, kippt Elaine ihr Glas Billy über den Kopf. Billy starrt sie an, eher verblüfft als sonst was. Ihre Freundinnen fangen an zu lachen, und jetzt gehe ich wirklich.

Ich lehne mich an die Mauer vom Paradise. Ein paar Minuten später kommt Billy raus. Sein Gesicht ist reglos und bleich. Elaine und ihre Freundinnen folgen ihm, sagen dabei laut einzelne Zeilen aus den Gedichten her, die er ihr geschrieben hat. Auch Tony und die anderen treten vor die Tür; alle lachen. Ich gehe wieder rein und tausche das Crack gegen ein paar Quarters für Videospiele. Ich verliere jedes Mal. Dann will Tony los, und wir trampen zurück zum Dorf. Wir plündern seinen Kühlschrank und genehmigen uns Schokoeis mit Kokosstreuseln. Angela kommt mit Di herein und sagt, dass Eric nach mir sucht. Ich sehe Tony an und er sieht mich an.

«Mann, Mann, du kannst dich auf was gefasst machen», sagt Tony. «Am besten bleibst du heute Nacht hier.»

Als alle anderen ins Bett gegangen sind, holt Tony eine komisch aussehende Pfeife raus und zieht sich das Crack rein. Sein Gesicht wird ganz verträumt, als wäre er weit weg. Ein paar Minuten später sagt er: «Mann, ist das geil. Wie viel Mitch wohl davon hat?»

Ich drehe mich um und schlafe ein.

Am nächsten Morgen im Bus wird Billy von allen geschnitten. Die Plätze neben ihm bleiben leer. Er sieht aus, als hätte er nicht geschlafen. Tony geht zu ihm und boxt ihm in den Arm.

«Und wie geht's unserem Shakespeare heute?», sagt Tony.

Ich hoffe, dass Eric nicht in der Schule ist. Ich weiß nicht, wo ich mich sonst noch verstecken könnte.

Mrs. Smythe wartet an der Haltestelle vor der Schule. Ich schleiche mich zur hinteren Bustür raus, während Tony und ein paar andere so tun, als würden sie sich prügeln, um mir Deckung zu geben.

Wir marschieren zurück zum Paradise. Ich fange schon an zu stinken, weil ich seit Tagen nicht mehr geduscht habe. Ich wünschte, ich hätte etwas Sauberes zum Anziehen. Ich wünschte, ich hätte Geld, um mir eine Zahnbürste zu kaufen. Ich hasse das fiese Gefühl auf meinen Zähnen. Ich wünschte, ich hätte genug für einen Taco oder einen Hamburger.

Dad ist im Paradise, er hat schon auf mich gewartet.

«Gehen wir ins Dairy Queen», sagt er.

Er bestellt einen Kaffee, einen Schokomilchshake und einen Cheeseburger. Wir tragen den Kaffee und den Milchshake zu einem Tisch in der hinteren Ecke, und ich stecke den Kassenbon ein. Wir setzen uns. Dad faltet eine Serviette zusammen und wieder auseinander.

«Jemand von der Schule hat angerufen», sagt er.

«Mrs. Smythe?»

«Genau.» Er sieht hoch. «Sie sagt, sie möchte, dass du bei ihr bleibst.»

Ich versuche, seinen Gesichtsausdruck zu deuten. Seine Augen sind rot gerändert und blutunterlaufen. Er muss einen schweren Kater haben.

Der Kassierer ruft unsere Nummer aus. Ich stehe auf und hole den Cheeseburger, den wir uns teilen. Dad isst immer langsam, damit er länger etwas davon hat.

«War das deine Idee?», fragt er mich.

«Nein», antworte ich. «Sie und ihr Mann haben mich gefragt, aber ich hab gesagt, ich kann nicht.»

Dad nickt. «Hast du ihnen was erzählt?»

«Was denn?»

«Werd nicht frech», sagt er, aber er klingt zermürbt.

«Ich hab ihnen gar nichts erzählt.»

Er hört auf zu kauen. «Warum haben sie dich dann gefragt?»

«Weiß ich nicht.»

«Du musst ihnen was erzählt haben.»

«Nein. Sie haben mich einfach gefragt.»

«Hat Eric mit ihnen geredet?»

Ich pruste los. «Eric? Der doch nicht. Sie würden ... Der würde denen nicht mal Guten Tag sagen. Die Smythes sind wirklich in Ordnung, Dad. Die behalten das für sich.»

«Also hast du ihnen doch was erzählt.»

«Nein, wirklich nicht. Ich schwör's. Hör mal, Eric hat mich ein paar Mal voll ins Gesicht gehauen, und da haben sie sich den Rest zusammengereimt.»

«Du lügst.»

Ich habe meine Hälfte von dem Cheeseburger aufge-gessen. «Das ist die Wahrheit. Ich habe ihnen nichts er-zählt, und sie werden nichts weitererzählen.»

«Ich hab dich nie angerührt.»

«Nein, das hat ja schon Eric besorgt», sage ich. «Hast du ihn gesehen?»

«Ich hab ihn rausgeschmissen.»

«Du hast was?»

«Wegen der Party. Er hat den ganzen Keller verwüstet», sagt Dad mit grimmiger Miene. «Er ist alt genug. Hätte früher oder später sowieso aus dem Haus gemusst.»

Er kaut seinen letzten Bissen Cheeseburger. Eric dürfte mittlerweile total durchgedreht sein.

Wir fahren raus, um die Fallenstrecke zu kontrollie-ren. Die erste Falle ist mit einem Stock ausgelöst wor-den. Dad flucht, verdächtigt die anderen Trapper, die ihre Strecken in der Nähe von unserer haben. «Die knöpf ich mir vor», sagt er. Aber in den letzten drei Fallen finden wir noch ein paar Marder. Sogar ein kleiner Luchs ist da-bei. Dad freut sich. Wir fahren heim. Der Keller ist total demoliert.

Am nächsten Tag in der Schule komme ich zu kaum etwas anderem, als mich vor Eric und Mrs. Smythe zu verstecken, bis mir das alles schließlich zu bunt wird und ich ins Paradise gehe. Tony ist da, mit Billy, der mich fragt, ob ich mit ihm nach Vancouver fahren will – ein paar Tage, bis Eric sich abgeregt hat.

«Jetzt?», frage ich.

«Jetzt ist die beste Zeit», sagt er.

Ich denke über den Vorschlag nach. «Wann willst du los?»

«Heute Abend.»

«Also, ich weiß nicht. Ich bin total pleite.»

«Ich auch.»

«Scheiße», sage ich. «Wie sollen wir da überhaupt hinkommen? Das ist ewig weit weg.»

«In die Stadt trampen, nach Smithers trampen, dann weiter nach Süden bis Prince George.»

«Ja, klar, aber was ist mit Essen?»

Er wackelt mit einer Hand. Fingerfood. Ich muss lachen.

«Also», sagt er, «für den Fall, dass du doch mitwillst, treffen wir uns so um sieben hinterm RinkyDink. Zieh dir dicke Stiefel an.»

Wir wollen gerade das Paradise verlassen und nach Hause trampen, als ich Mrs. Smythe zur Tür hereinschauen sehe. Mir bleibt keine Zeit mehr, um mich zu verstecken, denn auch sie hat mich schon gesehen. Ihre Miene wird starr. Sie kommt auf uns zu und die Jungs feixen. Mrs. Smythe schaut erst die anderen an und dann mich.

«Will?», sagt sie. «Kann ich dich einen Moment draußen sprechen?»

Sie sieht sich um, als rechne sie damit, dass diese Typen gleich über sie herfallen. Ich versuche herauszufinden, was sie so nervös macht. Tony greift sich in den Schritt. Billy pult an seinen Nägeln. Die anderen Jungs kichern. Plötzlich sehe ich diese Typen so, wie sie sie sieht. Alle haben lange, fettige Haare, glatt nach hinten gekämmt. Wir alle tragen Jeans, T-Shirts und Turnschuhe. Wir sehen nicht nett aus.

Sie trägt das, was sie ihre Schuluniform nennt: dunkler Rock, weißes Oberteil, schwarze Schuhe mit flachen Absätzen, Brille. Sie betrachtet mich, als hätte sie mich noch nie gesehen. Ich hoffe, dass sie unser Haus nie zu sehen bekommt.

«Geht's auch etwas später?», sage ich. «Ich hab hier noch zu tun.»

Sie wird rot, die Jungs lachen laut. Ich wünschte, ich könnte meinen Spruch zurücknehmen. «Meinst du das ernst?», sagt sie.

Tony stupst mich am Arm. «Willst du uns nicht deiner Freundin vorstellen? Vielleicht möchte sie ja −»

«Schnauze», zische ich. Mrs. Smythes Miene ist jetzt ganz ausdruckslos.

«Dann sprechen wir uns eben später», sagt sie, dreht sich um und geht hinaus, ohne einen Blick zurückzuwerfen. Wenn ich könnte, ginge ich ihr hinterher.

Billy klopft mir auf die Schulter. «Lass sie», meint er. «Das ist es nicht wert.»

Es spielt sowieso keine Rolle. Sie hat mir mehr oder weniger deutlich zu verstehen gegeben, dass sie mich nicht wieder sehen will. Ich kann es ihr nicht übel nehmen. Ich würde mich ja auch nicht wieder sehen wollen.

Gleich wird sie sich ins Auto setzen und heimfahren. Sie wird hupen, wenn sie in die Einfahrt biegt, sodass Mr. Smythe herauskommen und ihr mit den Einkaufstüten helfen kann. Dies ist der Tag, an dem sie immer ihre Einkäufe macht. Was man so braucht und Sardinen. Erdnussbutter. Ich lecke mir die Lippen. Diamante-Tiefkühlpizza. Tiefkühllasagne. Waffeln. Blaubeer-Mueslix.

Mr. Smythe wird aus dem Haus kommen, winken, die Einfahrt runterlaufen. Sie werden die Einkäufe ins Haus tragen, nachdem sie sich einen Kuss gegeben haben. Sie werden sich den Schnee von den Füßen stampfen und etwas in die Mikrowelle werfen. Dann die x-te Wiederholung von *Cheers* auf Kanal 8 gucken. Mr. Smythe wird ihr erzählen, was bei ihm heute so los war. Vielleicht wird sie ihm erzählen, was bei ihr heute so los war.

Irgendwann nimmt uns einer im Auto mit nach Hause. Billy labert von Weihnachten in Vancouver, wie toll das wird, nur wir beide, dass uns da keiner herumkommandiert und wir hingehen können, wohin wir wollen. Ich drehe mich von ihm weg. Schaue zu, wie die Bäume an uns vorbeiwischen. Ich glaube, mir wäre alles recht – Hauptsache, ich muss nicht mit Tony und Craig zusammenhocken und mir ihr Gemecker anhören.

▲▲▲ HUNDE IM WINTER ▲▲▲

Tante Gennas Pudel Picnic begrüßte andere Leute immer, indem er ihre Beine besprang. Er konnte sich unglaublich fest anklammern. Ein neuer Postbote hat Picnic einmal sechs Straßenblocks mit sich geschleift. Bei jedem Schritt schubberte Picnic übers Pflaster; der Postbote fluchte und schlug mit seinem Postbeutel auf den Pudel ein.

Picnic erwischte allerdings das falsche Bein, als er wie ein geölter Blitz aus unseren Fliederbüschen kam und sich an eine von Officer Wilkensons Waden klammerte. Ich rekelte mich gerade auf der Verandaschaukel und sah den Kolibris zu, die um die Vogeltränke herumschwirrten. An diesem stillen, trägen Nachmittag war der Verkehrslärm auf dem nahen Highway angenehm gedämpft.

«Wem gehört dieser verfluchte Köter?» Eine Männer-stimme durchbrach die Stille.

Ich setzte mich auf. Und sah einen Polizisten, der sich bemühte, Picnic abzuschütteln. Aber Picnic schubberte weiter gegen sein Schienbein, so unermüdlich wie ein Presslufthammer.

«Frank! Mach das Ding da weg!», sagte der Polizist zu seinem Partner, der, statt ihm zur Hilfe zu kommen, Polaroidfotos schoss.

Der Polizist hob sein attackiertes Bein und schüttelte es heftig. Picnic ließ davon ab und nahm sich das andere Bein vor. Der Officer gab Picnic einen Tritt, der einen schwächeren Hund schachmatt gesetzt hätte. Aber Picnic war nicht so leicht unterzukriegen. Ich holte den Besen von der Veranda, doch nicht einmal ein kräftiger Hieb mit dessen Stiel konnte Picnics Leidenschaft zügeln.

«Oje», sagte Tante Genna, die mit einem Tablett Limonade auf der Veranda erschien. Sie war ins Haus gelaufen, als sie die Polizisten kommen sah, weil sie ihnen etwas zu trinken anbieten wollte. Damals wusste ich es noch nicht, aber sie kamen immer wieder, um nachzufragen, ob Mama seit ihrem Ausbruch aus dem Gefängnis Kontakt mit mir aufgenommen habe. Ich glaubte wirklich, sie kämen wegen Tante Gennas leckeren Keksen. Tante Genna war immer gastfreundlich, das Ebenbild einer feinen viktorianischen Lady mit ihrem grau gesträhnten, hochgetürmten Haarknoten. Die Spitzenbesätze ihres Kleides flatterten, als sie das Tablett abstellte und zum Gartenweg eilte, wo die Polizisten standen.

«Ist – das – Ihr – Hund?», zischte der Polizist.

«Selbstverständlich, Officer Wilkenson.» Sie ging in die Knie, und mit vereinten Kräften gelang es ihnen, Picnic vom Bein des Polizisten wegzureißen. «Es tut mir schrecklich Leid. Sind Sie verletzt?»

«Können Sie einen Moment so stehen bleiben?», sagte Officer Wilkensons Partner zu Tante Genna und hielt dabei seine Polaroidkamera hoch. «Ich möchte Sie alle zusammen draufbekommen.»

Es gibt einen See, von dem ich immer wieder träume. Mama hat mich dorthin mitgenommen, als ich zum ersten Mal meine Periode bekam.

In dem Traum sitzen sie und ich am Ufer und spielen auf unseren Kazoos. Das Rohr von Mamas Kazoo ist blau, meins rosa. Wir spielen etwas Klassisches. Die Grillen zirpen. Die Sonne steigt langsam über die Berge. Der See ist kühl und dunkel und glatt wie Glas.

Ein Elch bricht durchs Unterholz. Er stampft zum Rand des Sees, hebt dann den Kopf und schreit.

Mama legt ihr Kazoo leise zur Seite. Sie greift hinter sich und zieht eine Schrotflinte aus dem Matschsack. Sie reicht mir die Flinte. Wir haben für diesen Augenblick geübt. Ich lege die Flinte über der Schulter an, ziele, drücke dann sanft den Abzug durch.

Der Knall des Schusses explodiert in meinem Ohr. Zwischen den Augen des Elchs erscheint ein Loch. Ich weiß nicht, was ich erwartet habe, vielleicht, dass der Kopf des Elchs platzt wie ein überreifer Kürbis, aber nicht dieses saubere rote Loch. Der Elch bricht zusammen, taucht mit dem Kopf voran ins Wasser.

«Zeit zum Frühstücken», sagt Mama.

Mit meinem blauen Kleid gehe ich ruhig ins Wasser. Die Kiesel am Ufer sind alle aus Rosenquarz, rund und glatt wie Pingpongbälle. Während ich tiefer in den See wate, treibt mein Kleid um mich herum auf der Wasseroberfläche. Als ich bis zur Taille drin bin, sehe ich den Elch auftauchen. Er erhebt sich aus dem Wasser, mit tropfendem Fell, die Augen voller Schmutz. Er ragt über mir auf, flüsternd, Schlamm trieft aus seinem Maul wie Speichel. Ich beuge mich zu ihm, aber ganz gleich, wie sehr ich mich mühe, ich kann doch nie verstehen, was der Elch sagt.

Paul und Janet sind die Eltern, die ich mir immer gewünscht habe. Manchmal ist mir, als wäre ich in einem Märchenbuch oder im Fernsehen gelandet. An dem Tag, als wir miteinander bekannt gemacht wurden – ich weiß nicht, was die Leute von der Fürsorge ihnen erzählt hatten, jedenfalls versuchten sie, keine Nervosität zu zeigen. Janet trug ein marineblaues Kleid mit weißem Bubi-Kragen. Wenig Make-up, Perlen, weiße Schuhe. Ihre blonden, burschikos geschnittenen Haare hatte sie sich hinter die Ohren geschoben. Sie sah aus wie die Grundschullehrerin, die sie ja auch war. Paul trug steife, saubere Jeans und ein offensichtlich teures Hemd.

«Hallo, Lisa», sagte Janet und streckte versuchsweise die Hände aus.

Ich blieb, wo ich war. Mit meinen dreizehn fühlte ich mich staksig und unwohl in den Anziehsachen, die mir nicht richtig passten und aus der Mode waren. Paul und Janet sahen aus wie ein Pärchen in einem Disney-Film. Ich konnte mein Glück nicht fassen. Ich glaubte nicht daran. «Sind Sie meine neuen Eltern?»

Janet nickte.

Wir gingen zu McDonald's und ich bestellte mir ein Happy Meal. Ich war noch nie in einem McDonald's gewesen. Mama hielt nichts von Restaurants. Zu dem Happy Meal gab es ein kleines Geschenk – einen Garfield aus Plastik in einem Boxauto. Ich habe ihn immer noch auf meinem Bücherregal stehen.

Paul und Janet redeten behutsam über meine neue Schule, mein Zimmer, und dass ich bald ihre Eltern kennen lernen sollte. Ich kam nicht darüber hinweg, wie perfekt sie aussahen, wie normal sie schienen. Ich wollte ihnen nichts über Mama sagen. Wenn ich das täte, würden sie mich vielleicht wieder zurückgeben wie einen kaputten Toaster.

Als ich Tante Genna zum ersten Mal sah, stand die Sonne hoch am Himmel und blendete uns. Tante Genna kam mit Limonade auf die Terrasse und sagte ihrem Pudel Picnic, er solle mich in Ruhe lassen. Picnic sprang an mir hoch und leckte mein Gesicht ab, als ich mich bückte, um die Hündin zu streicheln. Ich lief kreischend durch den Garten, halb erschrocken, halb entzückt. Tante Genna packte ihre Hunde in Quilts, die mit ihren Namen bestickt waren. Sie servierte ihnen Frühstück und Abendessen auf Porzellantellern. Tante Genna nahm mich zu sich, als Mama zum ersten Mal ins Gefängnis kam, nahm mich auf wie einen weiteren streunenden Hund, bestickte mein Kopfkissen mit meinem Namen, servierte mir Limonade und Kekse in Miniatur-Teegeschirr. Wohin sie auch ging, einen ihrer Hunde – Jenjen, Coco oder Picnic – hatte sie immer im Schlepptau. Obwohl sie in Bended River, Manitoba, geboren war, hielt sie sich doch für eine richtige englische Lady.

Jeden Sonntag nach der Kirche hatten wir eine Teegesellschaft. Tante Genna holte ihr Plastikgeschirr heraus und setzte die Hunde auf Kissen. Jenjen und Coco liebten diese Teegesellschaften. Ich servierte ihnen Hundekuchen auf Tellern, die mit blauen Bären und roten Ballons verziert waren. Picnic saß nicht gern am Tisch – sie winselte, bis Tante Genna sie zu ihrem Stuhl auf dem Flur zurückkehren ließ.

Da ich keinen richtigen Tee trinken durfte, füllte Tante Genna die silberne Teekanne mit Traubensaft.

«Wie geht es Ihnen heute, Lady Lisa?», fragte sie in ihrem feinsten englischen Akzent.

«Oh, ganz ausgezeichnet», sagte ich dann. «Und Ihnen?»

«Sehr gut, abgesehen von meiner Gicht.»

«Oh, wie furchtbar! Haben Sie starke Schmerzen?»

«Ich bekomme davon eine juckende Nase.»

«Möchten Sie vielleicht eine Scheibe Teekuchen?»

«Herzlich gern.»

Bei einer dieser Teegesellschaften erkundigte ich mich zum ersten Mal nach meinen Eltern. Jenjen nagte an ihrem Hundekeks. Sie krümelte den ganzen Tisch voll. Coco und Picnic jaulten. Ich goss uns beiden Traubensaft ein und fragte dann: «Sind meine Eltern tot?»

«Nein», sagte Tante Genna. «Sie sind in Afrika.»

Ich setzte meine Tasse ab und kletterte auf Tante Gennas Schoß. «Was machen sie denn in Afrika?»

«Sie sind beide Ärzte und große Entdecker. Sie wollten dich so gerne mitnehmen, aber in Afrika gibt es einfach zu viele Schlangen und Tiger. Sie hatten Angst, du würdest gefressen werden.»

«Aber warum sind sie dorthin gegangen?»

«Weil sie dort gebraucht wurden. Weißt du, in Afrika gibt es nur wenig Ärzte, und daher ist jeder einzelne wichtig.»

«Aber warum sind sie dorthin gegangen?»

«Lady Lisa», sagte Tante Genna und küsste mich auf die Stirn. «Meine liebe Lady Lisa, sie wollten dich doch nicht allein lassen. Deine Mutter hat bitterlich geweint, als du ihr aus den Armen genommen wurdest. Ach, was hat sie geweint. Sie war ja so traurig.»

«Aber warum ist sie dann fortgegangen?»

«Sie hatte keine Wahl. Die Pflicht rief. Sie wurde nach Afrika gerufen.»

«Wurde mein Vater auch gerufen?»

«Ja. Deine Mutter hat ihn mitgenommen. Sie sind zusammen gegangen.»

«Und wann kommen sie zurück?»

«Das ist noch lange, lange Zeit hin.»

Ich schlang die Arme um sie und fing an zu weinen.

«Aber ich werde immer für dich da sein», sagte sie und tätschelte mir dabei den Rücken. «Ich werde immer da sein, meine liebe Lady Lisa.»

Tante Genna erzählte mir auch andere Sachen. Sie erzählte mir, dass es da draußen Ungeheuer und den schwarzen Mann gab, aber wenn man ein braves Mädchen war, dann würden sie einen nicht erwischen. Ich glaubte Tante Genna das alles und noch viel mehr, bis Mama sie umbrachte.

Janet liebte die seltsamen Autorenfilme, die es nie in Ruperts Kinos schafften. Sie lieh sich immer Streifen mit Untertiteln aus, mit düsterer Beleuchtung, endlosen Dialogen und schlechten Spezialeffekten. Dieser hieß *Street Angel* und ich hoffte insgeheim, es käme auch Sex darin vor, doch als der Film in einer armseligen Hütte begann, fragte ich mich, ob Janet mir glauben würde, wenn ich behauptete, ich wolle meine Hausaufgaben machen. In den ersten paar Minuten passierte überhaupt nichts, außer dass ein schmutziger, magerer Junge Müllhaufen um Müllhaufen nach etwas Essbarem durchwühlte. Im Hintergrund gab es lauter Hunde zu sehen, die getreten und erschossen und überfahren wurden. Dann war der Junge in einer Gasse, und es fing an zu schneien. Ich blieb reglos sitzen, konnte mich nicht auf den Fortgang des Filmes konzentrieren, weil meine Gedanken immer noch um die Szene kreisten, wo ein alter Hund zusammenbrach und der Rest der Meute ihn umkreiste, seinen Leib beschnüffelte. Ein dürrer brauner Köter zwickte dem alten Hund ins Bein. Der Alte knurrte tief in der Kehle und rappelte sich mühselig auf. Ich wusste, was jetzt kam. Ich wusste es und konnte doch nicht die Augen abwenden. Der junge Köter riss ihm den Bauch auf. Und so ging es weiter, bis der alte Hund aufhörte zu winseln und auf dem Boden herumzuzucken, bis seine Augen stumpf wurden, während dieser andere Köter seine Eingeweide von der restlichen Kannibalenmeute wegzerrte. Dann verscheuchte der Junge das Rudel mit Fußtritten und beugte sich über den Kadaver. Er hob einen Zigarettenstummel auf und schob ihn dem toten Hund ins Maul.

Eines Tages sah ich Mama in einer Talkshow.

Sie war per Satellit von ihrer Zelle aus zugeschaltet. Eine andere Frau, die ihre Mutter und ihre Großmutter ermordet hatte, saß vor dem Studiopublikum, mit Handschellen an ihren Stuhl gefesselt. Der Gast neben ihr war eine junge Frau, die ihr Baby in der Toilette ertränkt hatte, weil sie überzeugt davon war, es sei ihr vom Teufel gesandt worden.

Mama war ungeschminkt. Sie hatte sich das Haar streng nach hinten gekämmt, und zwischen dem Braun zeigten sich graue Strähnen. Sie sah blass aus. Bei manchen Gebärden konnte ich die Leibfesseln sehen, mit denen man ihr die Handgelenke an die Taille gebunden hatte.

Der Talkmaster gab das Mikrofon an einen Mann im Publikum weiter, der fragte: «Wann haben Sie zum ersten Mal gemordet?»

Mama antwortete lange nicht. Sie blickte direkt in die Kamera, als könnte sie das Publikum sehen.

«Ich habe meine Jungfräulichkeit mit siebenundzwanzig verloren», erklärte Mama.

«Das war nicht die Frage», sagte der Talkmaster ungehalten.

Mama lächelte, als hätten er und alle anderen die Pointe nicht mitbekommen. «Ich weiß, wie die Frage gelautet hat.»

Ich schaltete den Fernseher aus.

Wie alt war ich, als ich Mama zum ersten Mal töten sah? Ich kann mich nicht erinnern. Ich war klein. Noch nicht groß genug, um über den Zaun in Nachbars Garten sehen zu können. Mr. Watley, so hieß der Nachbar, hatte diesen Zaun errichtet, um die Kinder aus unserer Straße davon abzuhalten, seine Apfelbäume zu plündern. Es waren glatte Zedernholzbretter, rings um das Grundstück bis zur Hinterseite, wo er feinen Maschendraht gespannt hatte. Als ihm klar wurde, dass der Zaun keinen ausreichenden Schutz bot, kaufte er sich einen Pitbull, eine stämmige schwarzbraune Hündin mit O-Beinen.

Auf dem Schulweg musste ich an Mr. Watleys Haus vorbeigehen. Ich konnte hören, wie das Biest laut schnaufend mit mir Schritt hielt. Einmal blieb ich vor dem Zaun stehen, um zu sehen, was passierte. Der Hund stieß ein langes, tiefes Knurren aus. Mir sträubten sich die Haare im Nacken und auf Armen und Beinen.

«Wer ist da?», rief Mr. Watley. «Mach sie fertig, Ginger.»

Ginger warf sich gegen den Zaun. Er wackelte und knarrte. Ich rannte kreischend in unser Haus.

Obwohl ich danach immer auf der anderen Straßenseite ging, konnte ich Ginger noch hören. Ich hörte sie knurren. Ich spürte, wie sie mich verfolgte.

Kein anderes Kind wollte zu mir zum Spielen kommen. Kein Kind traute sich auch nur in die Nähe von Ginger.

An dem Morgen, als Mama zum ersten Mal tötete, fuhr ein mit Teenagern voll geladenes Auto an Mr. Watleys Haus vorbei. Sie beugten sich aus den Fenstern, und einer von ihnen schlug sogar gegen den Zaun, bis Ginger vor Frustration heulte. Als Mr. Watley seine Tür aufmachte, warfen sie mit Bierflaschen. Er beschimpfte sie lautstark. Ich konnte ihn noch in meinem Zimmer hören. Unten im Garten krachte Ginger immer wieder gegen den Zaun. Sie rannte darauf zu und versuchte darüberzuspringen. Der Zaun wackelte.

«Halt dich ja fern von diesem Mann», sagte Mama zu mir, bevor ich mich auf den Schulweg machte. «Er ist verrückt.»

An diesem Tag begann ich schon morgens im Unterricht, mich vor dem Heimweg zu fürchten. In Höhe von Mr. Watleys Haus blieb ich stehen, aber auf der anderen Straßenseite. Die Thermoskanne in meiner Brotbox klirrte, so sehr zitterten mir die Hände.

Ginger bellte.

Ich wartete, bis ich Mama zur Küchentür rausgucken sah. Dadurch fühlte ich mich ein bisschen sicherer, aber nicht viel. Ich rannte los. Vielleicht war das dumm von mir, aber ich wollte nichts weiter, als drinnen im Haus sein. Ich wollte bei Mama sein. Ich weiß noch, dass ich nach links und nach rechts sah, bevor ich die Straße überquerte, genau so, wie man es mir beigebracht hatte. Ich rannte über die Straße. Meine Thermoskanne knallte gegen den Apfel, den ich nicht gegessen hatte und nicht hatte eintauschen können. Ich rannte, kam auf unserem Rasen an und dachte: Ich bin in Sicherheit – als würde ich Fangen spielen und in die Zone kommen, in der man nicht abgeschlagen werden darf. Ich erinnere mich noch an das Geräusch von splitterndem Holz und wie ich mich daraufhin umdrehte.

Ginger schoss auf mich zu, und ich konnte mich nicht bewegen, ich konnte mich einfach nicht bewegen. Sie blieb zwei Schritt vor mir stehen und begann zu knurren, und ich konnte keinen Muskel meines Körpers bewegen. Gingers Zähne waren ganz weiß und ihre Lefzen weit über das Zahnfleisch zurückgezogen.

Ich fand meine Stimme wieder und schrie los.

Ginger machte einen Satz, ich knallte meine Brotbox gegen ihren Schädel, und ihr Gebiss schnappte um mein Handgelenk zu. Es tat überhaupt nicht weh, aber ich schrie noch einmal, als ich das Blut sah. Ich ließ die Brotbox fallen, und Ginger ließ mich los, weil Mama auf uns zugerannt kam. Mama kam angerannt, und sie kreischte dabei.

Schon damals war es so unwirklich wie jetzt. Mama und Ginger, wie sie aufeinander zurannten. Sie rannten in Zeitlupe, wie ein Liebespaar, das sich im Sonnenschein über eine Wiese entgegenschwebt. Mama zog einen Arm zurück, bevor sie sich erreichten, und Jahre später sah ich im Kunstunterricht das Bild von einer Bäuerin mit einem gebogenen Messer, einer Sense, bei der Weizenernte. Ihr Körper, ihre Haltung erinnerten mich so sehr an Mama, dass ich aus dem Klassenzimmer lief, den Flur lang zur Toilette, und würgte, bis ich endlich erbrechen konnte.

Mama führte das Messer über Gingers Schädel, zog die Haut oberhalb der Augenbrauen ab. Ginger jaulte. Mama fuhr mit dem Messer auf und nieder. Ginger winselte, schnappte nach Mama und kroch rückwärts. Auf und nieder. Mamas entrücktes Gesicht. Auf und nieder. Das Blut auf ihrem Kleid, ein Muster wie Tintenkleckse beim Rorschachtest.

Sein kurzer Hals hindert den Elch am Grasen; das macht ihn zum Konzentratselektierer. Mit Vorliebe ernährt er sich von Weide, Tanne, Espe und Birke wie auch von den Wasserpflanzen, die sich am Boden von Seen finden. Der Elch – das größte Mitglied der Hirschfamilie – kann sich gut seiner Haut wehren, weshalb sich selbst Grizzlys und ganze Wolfsrudel scheuen, ihn anzugreifen. Ein gut Teil seiner Zeit verbringt der Elch im Wasser; er schafft es, ohne weiteres eine Strecke von fünfzehn, zwanzig Meilen schwimmend zurückzulegen. Auch zu Lande ist er ausdauernd, kann stundenlang bergaufwärts traben oder über abgebrochene Äste springen.

Während der Brunft ist der Elchbulle ein außerordentlich gefährliches Tier. Wenn sich in dieser Zeit jemand zwischen ihn und die Elchkuh stellt, kann er dem Feind oder auch nur vermeintlichen Rivalen in seiner Raserei schwere, ja sogar tödliche Verletzungen zufügen.

Ein Mann und eine Frau kamen in unseren Garten spaziert. Die Frau kniete sich neben mir hin, während ich mich im Liegestuhl rekelte und mein Gesicht in den Nieselregen hielt. Sie strich mir über die Hand und sagte: «Deine Mutter möchte dich sehen.»

Ihr Haar und ihre Haut waren blau getönt von dem diffusen Licht, das durch ihren Regenschirm drang. Sie hielt mir eine Visitenkarte hin. Ich machte mir nicht einmal die Mühe zu lesen, was darauf stand, denn ich sah ihr schon an ihrem perfekt zurechtgemachten Gesicht an, dass jemand anders sie auf mich gehetzt hatte.

Ich tat so, als sei ich schwer von Begriff. «Janet ist im Haus.»

Leider fiel auch sie nicht darauf rein. Ihre Hand fasste mich am Arm. «Deine richtige Mutter.»

Ich fragte mich, was sie wohl sonst im Leben machte, wenn sie nicht gerade versuchte, andere Leute dazu zu bringen, Serienmörderinnen im Knast zu besuchen. Manche waren Schriftsteller, Boulevardreporter, Jornalistikstudenten, also gewöhnliche Sterbliche; es gab aber auch die eine oder andere Hellseherin. Ich fragte mich, warum sie immer paarweise erschienen und was ihr Partner wohl denken mochte, der schweigend hinter ihr stand. Nur die schmierigsten Typen machten sich an mich heran, ohne Paul oder Janet um Erlaubnis zu bitten, die passten einen Zeitpunkt ab, wo ich allein war.

Mama schickte mir immer wieder solche Leute, die mich überreden sollten, sie besuchen zu kommen. Ich vermutete, dass sie sich in Wirklichkeit nur mein Gesicht einprägen wollte, damit sie wüsste, nach wem sie Ausschau zu halten hatte, wenn sie je wieder freikam.

«Sie hat Sehnsucht nach dir.»

Ich drehte den Kopf himmelwärts. «Sagen Sie ihr, ich hätte Sehnsucht nach Tante Genna.»

«Du willst doch bestimmt nicht, dass ich ihr das aus-richte?»

Ich schloss die Augen. «Sie nehmen das hier auf Band auf, stimmt's?»

«Lisa», die Frau hielt mich am Arm fest, während ich versuchte, mich aufzusetzen, «Lisa, hör zu – es würde dich nur einen einzigen Tag kosten, nur einen einzigen Tag deines Lebens. Sie will dich doch bloß wieder sehen –»

Ich riss meinen Arm los und lief zum Haus. Im selben Moment kam Janet heraus.

«Wer sind die Leute da?»

Der Mann und die Frau gingen schon wieder. Von mir aus konnten sie sich auf den Kopf stellen – ich war nicht bereit, Mama zu sehen, würde vielleicht nie dazu bereit sein. Aber ich wollte auch keine Fragen. «Nur ein paar Zeugen Jehovas.»

Am nächsten Tag sah ich die Frau vor der Schule warten, aber ich tat, als würde ich sie nicht bemerken. Irgendwann verschwand sie dann auch wieder.

Ich war vierzehn, als ich meinen ersten Selbstmordversuch unternahm – am Silvesterabend, deshalb erinnere ich mich noch so genau daran. Paul und Janet waren auf einem Kostümball und glaubten, ich wäre bei einer Freundin. Paul ging als Pirat und Janet als Prinzessin.

Sie brachten mich zum Haus meiner Freundin. Paul schob sich die Augenklappe aufs Kinn runter, damit sie ihn nicht beim Fahren störte. Ich saß hinten, erfüllt von dem Gefühl, mit mir im Reinen zu sein. Im Geist sah ich meine Pflegeeltern bei meiner Beerdigung, wie sie gramgebeugt am offenen Sarg standen und auf mein friedliches Gesicht herabblickten.

Nachdem sie mich abgesetzt hatten, wanderte ich nach Hause zurück. Ich trug Janets Midol-Vorräte und Pauls Magentabletten in mein Zimmer hinauf, wo ich bereits zwei Röhrchen Aspirin gehortet hatte. Dann ging ich noch einmal nach unten, um drei Flaschen Ginger-Ale und einen großen Plastikbecher zu holen.

Als Nächstes schrieb ich ein Gedicht für Paul und Janet. Es war drei Seiten lang. Damals fand ich es tief schürfend und ergreifend, aber jetzt schüttelt es mich, wenn ich nur daran denke. Ein Glück, dass ich nicht gestorben bin. Wer möchte schon mit so dämlichen letzten Worten der Nachwelt in Erinnerung bleiben? Es klang richtig nach Seifenoper: «Geliebte Eltern, der Abschied fällt schwer/Ich muss leider gehn, bitte weint nicht zu sehr», und so weiter in der Art. Wahrscheinlich wäre es nicht ganz so schlecht geworden, wenn ich nicht auf alles einen Reim gesucht hätte.

Ich kippte das Aspirin in eine Müslischale. Um die Sache schnell hinter mich zu bringen, stopfte ich mir gleich eine ganze Hand voll in den Mund. O Gott, wie das schmeckte. Die trockenen, bitteren Pillen knirschten in meinem Mund wie Käfer mit harten Panzern. Dann wurde der Würgreiz übermächtig, und ein Brei aus etwa zwanzig Aspirin verteilte sich auf meiner Bettdecke. Ich schüttete drei Becher Ginger-Ale in mich hinein, um den Geschmack im Mund loszuwerden, und beschloss dann, langsamer weiterzumachen, die restlichen Tabletten eine nach der anderen zu schlucken.

Nach der sechsundzwanzigsten Aspirin zählte ich nicht mehr, sondern konzentrierte mich darauf, nicht zu kotzen. Ich hatte nicht genug Geld, um Nachschub zu kaufen, und wollte nichts verschwenden. Als die Müslischale leer war, hatte ich echt genug. Außerdem war kein Ginger-Ale mehr übrig. Mir kam die Galle hoch. Jahre später fand ich heraus, dass eine Überdosis Aspirin zu einem wahrhaft qualvollen Tod führt. Aspirin ist zwar giftig, aber die für einen erwachsenen Menschen tödliche Dosis ist so hoch, dass der Magen meistens schon platzt, bevor das Gift seine volle Wirkung entfalten kann.

Meine letzten Augenblicke auf der Erde. Und ich wusste nicht, was ich mit ihnen anfangen sollte. Nichts schien der Situation angemessen zu sein. Ich lag auf meinem Bett und blätterte die Zeitschrift *People* durch. Farrah Fawcett war mit Ryan O'Neal zusammen. Irgendein Model verklagte Elvis' Erben auf Unterhaltszahlungen. Disco war out. Eine Frau aus Virginia verkaufte mit belgischer Schokolade überzogene Karamelläpfel für zwölf Dollar pro Stück an Stars, die sagten, sie hätten noch nie etwas so Köstliches gegessen.

Um Mitternacht hörte ich das Feuerwerk, war aber zu müde, um aufzustehen. Ich döste. Von der Party nebenan bei unseren Nachbarn bekam ich kaum etwas mit, so laut klangen mir die Ohren.

Irgendwann in der Nacht schleppte ich mich ins Badezimmer am hinteren Ende des Flurs und erbrach fadendünnen gallegelben Schleim in die Toilettenschüssel.

Die ganze nächste Woche wünschte ich, ich wäre gestorben. Ich konnte nichts bei mir behalten. Janet dachte, ich hätte eine Magengrippe, und besorgte mir eine Packung Tylenol Forte und dazu Pepto-Bismol. Bis heute wird mir von Ginger-Ale übel.

Es war ein Laune des Schicksals, dass Mama mich abholen kam, kurz nachdem der Tierschutzverein Picnic mitgenommen hatte. Etliche Leute hatten sich über Picnics aggressive Zuneigungsbekundungen beschwert, und als sie Officer Wilkenson besprang, war das Maß voll.

Tante Genna hatte sich nach oben in ihr Schlafzimmer zurückgezogen, wo ich sie leise schluchzen hörte, als es an der Haustür klingelte. Sie ermahnte mich immer, keine Fremden hereinzulassen, und daher starrte ich die Frau misstrauisch an, die draußen auf der Treppe stand.

«Meine Tante hat gerade keine Zeit», erklärte ich.

Das Gesicht der Frau war glatt und blass. «Lisa», sagte sie. «Erkennst du mich denn nicht mehr, Süße?»

Ich trat einen Schritt zurück und schüttelte den Kopf.

«Na komm, Süße, lass dich ansehen», sagte sie, während sie halb in die Hocke ging. «Was bist du groß geworden. Weißt du noch, wie ich dir früher vorgesungen habe? ‹Zwei Jägersleut, zwei Jägersleut›? Na, erinnerst du dich?»

Ihre braunen Augen kamen mir bekannt vor. Ihre dunkelblonden Haare waren durch Strähnen aufgehellt, die im Sonnenlicht leuchteten.

«Tante Genna mag es nicht, wenn ich mit Fremden rede», sagte ich.

Sie setzte eine grimmige Miene auf, und da wusste ich, wer sie war. Sie erhob sich. «Wo ist deine Tante?», fragte sie.

«Oben», antwortete ich.

«Lass mich mit ihr reden. Du wartest hier, Süße. Wenn ich runterkomme, gehen wir vielleicht einkaufen. Wie wär's mit einer Zuckerwatte? Die hast du doch früher so gern gemocht. Na, was meinst du?»

Ich nickte.

«Du bleibst hier unten», sagte die Frau. Ihr blaues Sommerkleid raschelte, als sie an mir vorbeiging. «Du rührst dich nicht von der Stelle, Süße.»

Ihre hohen Absätze klackerten schick, als sie die Treppe hochstieg. Ich setzte mich auf Picnics Stuhl mit der hohen Rückenlehne. Er roch immer noch nach dem armen Hund, salzig, wie Tang.

Oben gab es einen dumpfen Knall. Dann hörte ich ein schleifendes Geräusch. Gleich darauf wurde die Dusche aufgedreht. Nach einer endlosen Weile ging die Badezimmertür knarrend auf, und Mamas hohe Absätze klackerten über den Fußboden.

«Da bin ich wieder!», sagte Mama fröhlich, als sie die Treppe heruntergehüpft kam. «Deine Tante sagt, wenn du Lust hast, können wir einkaufen gehen. Sie ist in der Badewanne.» Mama beugte sich zu mir herab und flüsterte: «Sie möchte allein sein.»

Sie hatte meinen Rucksack über einer Schulter hängen. Ich sprang vom Stuhl. Mama streckte eine Hand aus. Ich zögerte.

«Kommst du?», sagte sie.

«Aber heute Abend muss ich zurück sein! Ich bin zu Jimmys Geburtstagsparty eingeladen.»

«Na schön», meinte sie. «Dann kaufen wir ihm ein Geschenk.»

Sie führte mich zu ihrem Auto. Es war hellblau, und sie ließ mich vorne sitzen. Ich konnte nicht über das Armaturenbrett hinwegsehen, weil sie darauf bestand, dass ich mich anschnallte. Tante Gennas Haus schrumpfte, als wir wegfuhren. Ich weiß noch, dass ich mich fragte, ob wir jetzt, wo Picnic weg war, einen neuen Hund bekommen würden. Ich weiß noch, dass ich zu Mamas Schuhen hinunterschaute und kleine rote Sprenkel auf den Spitzen sah, wie die Klecksbilder, die ich im Kindergarten gemacht hatte. Ich weiß noch, dass Mama mir Orangensaft zu trinken gab, der nicht schmeckte, und dann weiß ich nichts mehr.

«Igitt!», sagte ich. «Das fass ich nicht an.»

«Kein Problem», sagte Amanda, «ich mach's.»

Amanda war die begehrteste Laborpartnerin in meiner Klasse, weil sie absolut alles machte, egal, wie eklig es war. Wir sahen auf einen toten Schweinefötus hinunter, den Amanda aus dem mit Formaldehyd gefüllten Glas geangelt hatte. Unsere Aufgabe bestand darin, sein Herz zu finden.

«O Gott», sagte ich, als Amanda den ersten Schnitt machte.

Einen Augenblick lang war ich am See, und Mama schmierte mir Blut auf die Wangen.

«Jetzt bist du eine richtige Frau», verkündete sie. Mir lief es kalt den Rücken herunter.

«Ich weiß nicht, wie du so was fertig bringst», sagte ich zu Amanda.

«Ach, du musst bloß das Messer flach an die Haut legen. Dann drückst du zu. Dann schneidest du. Ganz einfach. Willst du mal probieren?»

Ich schüttelte den Kopf, kreuzte die Arme über der Brust.

«Schisshase», sagte Amanda.

«Lieber Schisshase als Leichenschänder», gab ich zurück.

«Warum muss immer ich die Memmen abkriegen?», murmelte sie so laut, dass ich es hören konnte, während sie sich über das tote Ferkel beugte und in seinen gallertartigen Eingeweiden herumstocherte, auf der Suche nach einem kleinen dunkelroten Klumpen.

Ich hockte wie belämmert auf meinem Laborstuhl. Ganz gleich, was es zu zerstückeln und verstümmeln gab – Amanda zuckte nicht einmal mit der Wimper. Mama hätte sie bestimmt gemocht. Schließlich richtete sie sich auf und schob mir das Skalpell unter die Nase. Offenbar erwartete sie, dass ich es ihr abnahm.

In diesem Augenblick sah ich die Narben an ihren Handgelenken. Als sie bemerkte, dass ich darauf starrte, zog sie schnell die Ärmel herunter.

«Ich bin ausgerutscht», sagte sie, wie um sich zu rechtfertigen. «Und hab mich geschnitten.»

Wir standen da und schauten uns an, ohne auf das Gemurmel der Klasse um uns herum zu achten.

«Keinen Ton zu niemandem», sagte sie.

Statt ihr zu antworten, knöpfte ich die Manschette meiner Bluse auf und krempelte den Ärmel hoch. Ich drehte meine Hand um, sodass die Handfläche nach oben zeigte.

Ich war fünfzehn, als ich meinen zweiten Selbstmordversuch unternahm – ein Jahr nach der Pleite mit dem Aspirin. Diesmal hatte ich meine Hausaufgaben gemacht. Ich wusste genau, was ich tun musste.

Ich kaufte mir einen Rasierer mit gerader Klinge.

Janet und Paul wollten ins Theater gehen. Ich winkte ihnen fröhlich hinterher, als sie durch den Regen zum Auto rannten.

Ich machte die Eingangstür zu und horchte auf das Haus. Dann ging ich nach oben und zog meinen Bikini an. Ich ließ mir ein Bad einlaufen, gab Meeresschaumbad und Mango-Badeöl dazu. Ich stieg in die Wanne, legte mich langsam zurück, ließ mich vom Wasser einhüllen, während ich zusah, wie das Badezimmer sich mit Dampf füllte.

Der Rasierer fühlte sich in meinen Händen kalt an, kalt wie das Stethoskop eines Arztes. Ich hielt ihn unter Wasser, um ihn anzuwärmen. Winkelte die Arme an und streckte sie wieder. Holte mehrmals tief Luft. Drehte den Wasserhahn zu. Er tropfte. Ich konnte unmöglich sterben, solange der Hahn tropfte, also fummelte ich ein paar Minuten daran herum.

Ich stieg aus der Wanne. Nahm eine Schmerztablette. Stieg wieder in die Wanne. Hielt den Rasierer in meine Armbeuge. Bekam zittrige Hände. Drückte ihn ins Fleisch. Er schob sich durch meine Haut, die Spitze verschwand. Anfangs spürte ich nichts. Ich zog den Rasierer Richtung Handgelenk. Ein gutes Stück den Unterarm herunter setzte der Schmerz ein. Ich riss den Rasierer heraus.

Blut quoll aus dem Schnitt. Blutströpfchen. Ich war nicht tief in die Haut eingedrungen, gerade mal so tief, dass sie leicht auseinander klaffte, aber die Pulsader hatte ich nicht einmal angeritzt.

Mittlerweile zitterte ich so sehr, dass der Schaum in der Wanne wild wogte. Die Wunde ziepte scharf, etwa so, als hätte ich mich an Papier geschnitten. Ich drückte sie zusammen, ließ dabei den Rasierer ins Wasser fallen.

«Das schaffst du», sagte ich mir, während ich nach dem Rasierer tastete.

Ich hielt ihn an dieselbe Stelle, drückte diesmal aber stärker. Blut lief in einem dünnen Rinnsal über meinen Arm und tropfte ins Wasser. Es brannte, es brannte scheußlich.

Als Paul und Janet heimkamen, fanden sie mich vor dem Fernseher vor, wo gerade *Ist das Leben nicht schön?* mit James Stewart als gescheitertem Selbstmordkandidaten lief. Der Film bringt mich immer zum Weinen, und so saß ich also flennend da, als Paul und Janet zur Tür reinkamen. Sie setzten sich jeder auf eine Lehne meines Sessels und umarmten mich.

«Was hast du denn, Schätzchen?» Paul küsste mich auf die Stirn.

«Nichts, nichts, alles in Ordnung», sagte ich.

«Wirklich? Du gefällst mir aber gar nicht», meinte Janet.

Ich legte den Kopf auf ihre Knie, machte ihr Kleid nass. Paul und Janet behaupteten zwar, sie wollten alles von mir wissen, aber es gab Dinge, vor denen ihnen schauderte. Wie würden sie reagieren, wenn ich sagen würde: «Ich habe Angst, dass Mama mich findet und umbringt»?

«Ich bin eine echte Heulsuse. Ich muss sogar bei den Telefon-Werbespots schniefen», sagte ich stattdessen.

Paul beugte sich zu mir und strich mir die Haare aus dem Gesicht. «Du weißt doch, dass wir dich lieb haben, Knuddel?»

Er roch nach Old Spice, und ich fühlte mich wie in einem Werbespot. Alles wäre gut, dachte ich, wenn es in Kanada die Todesstrafe gäbe.

In einem winzigen, ramschigen Antiquitätenladen in Masset auf den Queen-Charlotte-Inseln fand ich meinen Elch. Paul und Janet hatten mich zu einem Kongress mitgenom-

men. Da mich die Verrechnungsmodalitäten für den Quet-
zal zu Tode langweilten, verließ ich das Hotel und spazierte
in den Laden.

An den Wänden hingen dicht an dicht Landschaftsbil-
der und kleine Porträts von Indianerkindern mit traurigen
Augen. Der bucklige Ladenbesitzer folgte mir auf Schritt
und Tritt, ohne etwas zu sagen. Nicht einmal hallo. Ich
wollte schon gehen, als ich die Elchkuh sah.

«Wie viel kostet das Bild?», fragte ich und streckte die
Hand danach aus.

«Nicht anfassen», schnauzte er mich an.

«Wie viel?», wiederholte ich.

«Zwanzig.»

Ich gab ihm die zwanzig Dollar, schnappte mir das Bild
und ging.

«Ja, was schleppst du denn da an?», fragte Janet, als ich
zurückkam. Sie stand vor dem Spiegel, steckte sich Ohrringe an.

«Ach, nichts. Bloß ein Bild.»

«Na, so was. Ich wusste ja gar nicht, dass du dich für
Kunst interessierst. Lass mich mal sehen.»

«Es ist bloß ein Kitschgemälde für Touristen. Ich zeig's
dir später.»

«Her damit.» Janet nahm mir das Päckchen aus der Hand
und wickelte es aus.

«Vorsichtig», sagte ich.

«Ja, ja.» Janet sperrte den Mund auf und ließ das Bild aufs
Bett fallen. «O Gott, ist das ekelhaft! Was hast du dir bloß
dabei gedacht, so etwas zu kaufen? Bring es wieder zurück.»

Ich nahm das Bild und drückte es an meine Brust. Sie
versuchte, es mir wegzureißen, aber ich hielt es fest. Dann

kam Paul herein, und Janet sagte: «Paul, schaff dieses ekelhafte Ding hier raus!»

Ich musste es ihm zeigen, aber er lachte bloß. «Sieht fast wie ein Dalí aus», sagte er.

«Es ist widerlich.»

«Solche Worte aus dem Mund einer Frau, die sich gern Pepsi in ihre Milch kippt.»

«Paul, ich meine es ernst», zischte sie.

«Nun lass es ihr doch», sagte Paul. «So schlimm ist es nun auch wieder nicht.»

Später hörte ich, wie er ihr zuflüsterte. «Jan, um Himmels willen, du hast wirklich überzogen reagiert. Gib jetzt Ruhe, okay? Okay?»

Ich habe es immer noch, es hängt in meinem Badezimmer. Abgesehen davon, dass die Elchkuh, die auf der Seite liegt, ein menschliches Baby zur Welt bringt, ist es ein reizendes Bild. In den Tannen sitzen leuchtend rote Kardinalvögel, und die Sonne strahlt auf den See in der linken Ecke herab. Wenn man die Augen zusammenkneift und direkt in die Bäume schaut, kann man eine Frau in einem blauen Kleid sehen, die einen gespannten Bogen hält.

Amanda wohnte in einem Haus, wie ich es mir immer gewünscht hatte: Giebelfenster mit Spitzenvorhängen, handgeknüpfte Teppiche auf den Parkettböden, weiche geblümte Sessel und Möbel aus dunkelrotem, auf Hochglanz poliertem Kirschbaumholz.

«Gefällt's dir hier?», fragte Amanda, während sie ihren Mantel auf den Garderobenständer aus Messing warf. «Wir können gern tauschen. Du wohnst in meinem Haus und ich in deinem.»

«Ich könnte glatt jemanden umbringen, um hier zu wohnen», sagte ich.

Amanda kratzte sich am Kopf und betrachtete das Wohnzimmer, als wäre es eine Müllhalde. «Und ich könnte jemanden umbringen, um hier rauszukommen.»

Ich folgte ihr die Treppe hinauf zu einem großen, luftigen Zimmer, das ganz in Hellrosa und Weiß gehalten war. Als ich das Bett mit dem Baldachin sah, konnte ich nicht anders als loszukreischen. Amanda machte ein gequältes Gesicht.

«Ist das nicht scheußlich?»

«Ich find's toll!»

«Ehrlich?»

«Einfach irre!»

Sie warf ihren Rucksack auf einen Stuhl in der Ecke. Ich ließ mich aufs Bett plumpsen. Amanda hatte ein großes Poster auf die Unterseite des Baldachins getackert – einen nackten Mann mit einer Peitsche, die ihm aus dem Hinterteil hing wie ein Schwanz.

«Mutter hat mir nicht erlaubt, es woanders aufzuhängen», erklärte sie. «Süß, was?»

Unten wummerte eine Bassgitarre. Eine Männerstimme kreischte ein paar Worte, die ich aber nicht verstehen konnte. Eine zweite Gitarre jaulte los, dann ließ ein schweres, pulsierendes Trommeln den ganzen Fußboden vibrieren. Und plötzlich herrschte wieder Stille.

«Matthew», sagte Amanda.

«Matthew?»

«Mein Bruder.»

Amandas Mutter rief uns zum Abendessen. Matthew hatte sich offensichtlich zum Ausgehen fertig gemacht: Er trug einen Kilt und war weiß geschminkt. Seine schwarz gefärbten Haare standen ihm vom Kopf ab wie die Stacheln eines Kaulbarschs. Als seine Mutter einen Moment lang nicht hinsah, schnappte er sich ein winziges Buttermesser mit Perlmuttgriff und schob es in seinen Kilt. Er bekam genau mit, dass ich ihn beobachtete, und zwinkerte mir im Gehen zu.

«Woher stammen eigentlich deine richtigen Eltern?», fragte Amandas Mutter, während sie Wein in die geschliffenen Kristallgläser nachgoss.

Wir waren nur zu viert, saßen fast gedrängt am unteren Ende eines langen Tisches. Ich wurde rot. Ich fühlte mich beschwipst.

«Afrika», sagte ich.

Amandas Mutter hob eine fein gezupfte Augenbraue.

«Sie sind bei einem Aufstand ums Leben gekommen.»

Sie sah immer noch nicht so aus, als würde sie mir glauben.

«Meine Eltern waren Missionare», fügte ich hinzu. Ich nahm einen großen Schluck Wein. «Ärzte.»

«Ach ja.»

«Mutter», sagte Amanda. «Lass sie in Ruhe.»

Wir schwiegen, während das Dienstmädchen eine große weiße Keramikterrine hereinbrachte. Als sie den Deckel hob, durchdrang der süße, altvertraute Duft nach Wild den Raum. Ich starrte den Teller an, den das Mädchen vor mich hingestellt hatte.

«Du nimmst am besten die Gabel, die außen liegt, meine Liebe», empfahl mir Amandas Mutter.

Doch ich war unten am See. Mama war so stolz auf mich. «Jetzt bist du eine Frau», sagte sie. Nachdem sie mit dem Messer Blut auf meine Wangen geschmiert hatte, reichte sie mir das Herz. Ich hielt es in der Hand, ohne zu wissen, was ich damit anfangen sollte. Es war so warm wie ein kleines Kätzchen.

«Ich glaube, du solltest mal was essen», sagte Amanda.

«Dann wollen wir doch mal das Glas abstellen, meine Liebe.»

Das Wasser im See war kühl und dunkel und glatt wie Glas. Die Knochen sanken auf den Grund, nachdem wir das Mark ausgelutscht hatten. Ihre nassen Haare klebten Mama am Schädel. Sie brach einen Zahn aus dem Elchs-gebiss und schenkte ihn mir. Lange Zeit habe ich ihn an einer Kette um den Hals getragen.

«Ich fürchte», sagte ich, «sie geht nach einem Muster vor, selbst wenn es niemand sonst erkennen kann.»

«Dein Essen wird kalt», sagte Amandas Mutter.

Der metallische Geschmack von blutigem Fleisch er-füllte meinen Mund. «Ich bin nicht sie», erklärte ich. «Ich werde das Muster zerstören.»

Dann verspritzte ich sauren Rotwein auf das gestärkte handgewebte Tischtuch, das Amandas Mutter von ihrer Mutter und diese wiederum von ihrer Mutter geerbt hatte.

Nach einem langen, schillernden Schweigen sagte Amandas Mutter: «Wir haben im Wohnzimmer einen Perserteppich. Vielleicht möchtest du ja auf den schei-ßen.» Dann erhob sie sich, legte ihre Serviette auf den Tisch und ging.

«Lisa», sagte Amanda und klopfte mir auf die Schulter. «Du kannst zum Essen herkommen, wann immer du Lust hast.»

Im Sommer machte Mama am liebsten Camping. Schon früh am Morgen weckte sie mich, und dann setzten wir uns vors Zelt und horchten. Mein Lieblingsplatz war in Banff. Wir kampierten an einem türkisblauen See. Mama machte Rührei mit Speck und Pfannkuchen über einem kleinen Lagerfeuer. Alles schmeckte köstlich. In Banff war Mama immer glücklich. Sie pfiff unentwegt, selbst beim Gang auf die Toilette. Sie bekam richtige Apfelbäckchen, und wenn sie lächelte, bildeten sich Grübchen darin. Wir unternahmen stundenlange Wanderungen, auf denen wir andere Leute nur aus der Ferne zu sehen bekamen.

«Stell dir vor, es gäbe niemanden sonst auf der Welt», sagte sie einmal, während sie die Augen schloss und die Arme weit ausbreitete, als wolle sie die Berge an sich drücken. «Ach, stell dir das bloß vor.»

Wenn wir unser Lager abbrachen, reisten wir, bis Mama das Bedürfnis hatte, Halt zu machen und sich für ein Weilchen niederzulassen. Dann mieteten wir ein Apartment, Mama suchte sich Arbeit – und ich musste zur Schule gehen, was mir überhaupt nicht passte. Ich hinkte immer hinterher. Ich kannte nie jemanden, und sobald ich die ersten Freundschaften geschlossen hatte, befand Mama, dass es Zeit war weiterzuziehen. Darüber ließ sie nicht mit sich reden. Wenn ich es doch versuchte, was nur wenige Male vorkam, warf sie mir ihren berühmten Blick zu, rätselhaft und abweisend.

Ich war elf, als wir durch die Einöden von Alberta fuhren. Eines Tages – ich lag gerade dösend auf dem Rücksitz – rumpelte der Wagen über eine besonders große Bodenwelle, und Mamas Album rutschte aus ihrem Rucksack.

Ich machte es auf. Ich war auf der zweiten Seite angelangt, als Mama in die Bremsen stieg, nach hinten langte und mir eine Ohrfeige gab.

«Hab ich dir nicht verboten, das Buch anzufassen? Nicht? Gib es sofort her. Sofort, sonst setzt es noch was.»

An jenem Abend benutzte Mama das Album zum Feuermachen, aber es war zu spät. Ich hatte die Zeitungsausschnitte gesehen, ich hatte die Schlagzeilen gesehen, und ich begann mich zu erinnern.

In jener Nacht träumte ich, Tante Genna würde sich in Blut duschen. Mama hielt mich fest, bis ich aufhörte zu zittern.

«Denn er ist mein Fels auf Erden, da ich still und sicher leb», sang Mama leise, während sie mich wiegte. «Seine Hilfe muss mir werden, so ich mich ihm übergeb.»

Ich schloss die Augen und stellte mich schlafend. Mama zwängte sich neben mich in den Schlafsack und zog den Reißverschluss zu. Ich wartete darauf, dass sie irgendetwas über das Album sagte. Während sich die Nacht scheinbar endlos hinzog, bekam ich Angst, sie würde vielleicht niemals ein Wort darüber verlieren und ich müsste immer darauf warten, dass etwas passierte. Denn dieses Warten wäre schlimmer, viel schlimmer als alles, was Mama mir antun mochte.

Amanda und Matthew kannten ein Spiel namens «Einstecken oder Einpacken». Das erste Mal spielte ich es mit ihnen auf dem Schulparkplatz hinter einem schwarzen Lieferwagen. Beide standen neben mir, als ich mit Sandpapier ein Stück Haut von meiner Wade abschmirgelte, bis es zu bluten anfing. Um bei diesem Spiel zu gewinnen, muss man entweder total zugedröhnt oder total abgebrüht sein.

Amanda träufelte Zitronensaft auf meine Wade. Ich sah ihr direkt in die Augen. «Vielen Dank», sagte ich.

Matthew zog einen Klebestift aus seiner Schultasche und strich mir damit über die Wade. «Vielen Dank», sagte ich.

Und dann war wieder Amanda dran, die in dem kahlen Fleck Erde am Parkplatz herumgestochert hatte und mit einer haarigen, gut daumennagelgroßen Spinne zurückgekommen war. Das Viech zappelte in ihren Händen. Scheiße, dachte ich. Ach du Scheiße.

Sie drehte die Hände nach unten, zu meiner Wade hin. Die Spinne versuchte sich festzuklammern; ihre langen, dünnen Beine tasteten hektisch über Amandas Handfläche, um irgendwo Halt zu finden.

Schon bevor die Spinne abrutschte, wusste ich, dass ich verloren hatte. Ich riss mein Bein zurück, sodass sie im Fallen zwar die Innenseite meines Unterschenkels kitzelte, aber die klebrige Wunde auf meiner Wade nicht einmal streifte. Ich zog den Fuß hoch und zerquetschte sie, ehe einer von beiden auf die Idee kommen konnte, sie wieder aufzuheben.

Ich war zwölf, als ich das Polaroidfoto, das Officer Wilkenson mir gegeben hatte, zu einer Polizeiwache in Vancouver brachte.

Auf dem Foto sind Tante Genna und Officer Wilkenson nur verschwommen zu sehen, aber im Vordergrund steht ein kleines braunhaariges Mädchen, das einen Besenstiel umklammert hält und in die Kamera blinzelt.

Ich zeigte das Polaroid einem Mann hinter dem Schalter. «Das ist meine Tante Genna», sagte ich. «Meine Mama hat sie umgebracht, aber sie ist nicht auf dem Bild.»

Er warf einen schnellen Blick auf das Foto und dann auf mich. «Wir haben viel zu tun», sagte er. «Setz dich.» Er deutete auf einen Stuhl. «Spinner», murmelte er, als ich mich zu meinem Platz begab. «Den ganzen Tag krieg ich hier nichts als Spinner rein.»

Nach einer Weile brachte mich eine Polizistin in ein anderes Zimmer, wo ein Mann in einem marineblauen Anzug mir mit ernster Miene eine Menge Fragen stellte. Er hatte eine ausdruckslose Näselstimme.

«Also das bist du, ja? Und du sagst, das ist Officer Wilkenson?»

Er machte ein paar Telefonate. Das nahm ziemlich viel Zeit in Anspruch, aber er wurde dabei immer aufgeregter. Dann kam jemand anders ins Zimmer, und ich musste alles noch einmal erzählen.

«Ich hab es Ihnen doch schon gesagt. Das ist Tante Genna. Ja», erklärte ich, «das ist der Polizist. Und das bin ich.»

«Donnerwetter», sagte der im marineblauen Anzug. «Jetzt haben wir sie.»

Als ich zum dritten Mal Selbstmord begehen wollte, fand ich als Erstes heraus, wo Paul seine kleine Automatik bei der Arbeit aufbewahrte. Sie sollte ein Schutz vor Überfällen sein, war aber nicht einmal geladen, und ich hatte richtig Mühe, die passende Munition dafür zu finden. Als er gerade mit einem Auftrag beschäftigt war, schob ich die Pistole in meine Handtasche.

Diesmal würde ich es richtig anstellen.

Ich weiß noch, dass es ein Mittwoch war und Neumond. Der Himmel war klar. Ich wollte auf keinen Fall daheim bei Paul und Janet eine Schweinerei veranstalten, also würde ich mir die Kugel am Lookout Point geben, wo ich die Wellen sehen und dem Meer lauschen konnte.

Ich hinterließ keinen Abschiedsbrief. Weil ich einfach nicht wusste, was ich schreiben sollte. Wie ich es erklären sollte. Mein Körper hatte bereits etwas seltsam Totes an sich, als ich die Straße entlangging und den Daumen zum Trampen rausstreckte. Dieses Mal war das letzte Mal.

Ein Auto nach dem anderen fuhr an mir vorbei. Aber das machte mir nichts aus. Was wussten diese Leute schon? Ein Witz des Schicksals, dachte ich, als Matthew am Straßenrand hielt und sein Fenster herunterließ.

«Wohin soll's denn gehen?»

«Fährst du zufällig Richtung Lookout?»

«Jetzt schon.»

Ich zog die Tür auf und stieg ein. Matthew wirkte untypisch dezent. Er trug ein purpurrotes ärmelloses Shirt und schwarze nietenbesetzte Shorts.

«Willst du zu einer Party?»

«Yeah», sagte ich. «Eine Party mit ein paar alten Freunden.»

Im Autoradio lief Popmusik aus England. Keiner von uns beiden machte den Mund auf, bis wir zur Abzweigung kamen.

«Du hättest links abbiegen müssen», sagte ich.

Matthew gab keine Antwort.

«Wir fahren in die falsche Richtung», sagte ich.

«Ach ja?»

«Mann, nach Lookout geht's da lang.»

«Ach ja?»

«Matthew, hör auf mit dem Scheiß.»

«Tss–tss. Diese Fäkalsprache.»

«Matthew, halt sofort an.»

«Hast du etwa Angst?»

«Ich mach mir gleich in die Hosen. Fahr rechts ran.»

«Weißt du», sagte er beiläufig, «hier draußen könnte ich sonst was mit dir anstellen, ohne dass je ein Mensch davon erfahren würde.»

«Ich finde, du solltest lieber anhalten, bevor wir beide etwas tun, was wir später vielleicht bereuen.»

«Hast du jetzt Angst?»

«Fahr rechts ran, Matthew.»

«Schätzchen, nenn mich doch Matt.»

«Das wird dir noch Leid tun», sagte ich.

«Ich mach mir schon in die Hosen.»

Ich knipste meine Handtasche auf. Tastete herum, bis ich den glatten Griff der Pistole zu fassen bekam. Mein Körper fühlte sich nicht mehr tot an, sondern wie elektrisiert. Jeder Nerv vibrierte.

Matthew machte den Mund auf und gleich wieder zu, als ich die Pistole zog und auf seinen Bauch richtete.

«Du könntest versuchen, mir die Knarre aus der Hand zu schlagen, aber dann würde ich dir wahrscheinlich die Eier wegpusten. Weißt du, was Dumdumgeschosse sind, du Arschloch?»

Er nickte und starrte brav nach vorn durch die Windschutzscheibe.

«Hab ich dir nicht gesagt, du sollst anhalten?» Ich machte meinen Sicherheitsgurt auf. Matthew fuhr an den Randstreifen. Im Radio lief «Mr. Sandman». Ein Sattelschlepper donnerte vorbei, wirbelte Staub auf, der wie feiner Nebel um uns herumwehte.

Dann hob er einen Finger und schob ihn in den Lauf der Pistole.

«Peng», sagte er.

Mama hätte nicht gezögert. Sie hätte es genossen, ihn zu töten.

Ich hatte zu lange gewartet. Matthew ließ den Finger aus dem Lauf flutschen. Ich schob die Pistole wieder in meine Handtasche. Er schloss die Augen, legte den Kopf aufs Steuerrad. Die Hupe heulte los.

Ich kann nicht töten, befand ich in diesem Moment. Das ist der Unterschied. Ich kann Verrat üben, aber ich kann nicht töten. Mama würde sagen, dass Verrat schlimmer sei.

Vor langer Zeit wurden in Bended River, Manitoba, sechs Personen für vermisst erklärt:

Daniel Smenderson, 32,	zuletzt gesehen auf dem Weg zum nahe gelegenen 7-Eleven-Laden, wo er Zigaretten kaufen wollte
Angela Iyttenier, 18,	beim Trampen
Geraldine Aksword, 89,	auf dem Weg zu einem Curling-Spiel
Joseph Rykman, 45,	während der Mittagspause an der Baustelle, auf der er arbeitete
Peter Brendenhaust, 56,	vom St.-Paul-Missionsheim für Obdachlose
Calvin Colnier, 62,	ebenfalls vom St.-Paul-Missionsheim

Nachdem ein Schneesturm die Stromversorgung für drei verschiedene Unterbezirke im Umkreis von Bended River unterbrochen hatte, begab sich ein Polizist, der mehreren Beschwerden wegen Geruchsbelästigung nachgehen sollte, zur Adresse 978 West Junction Road. Ein kleines Mädchen im Nachthemd begrüßte ihn an der Eingangstür. Im Haus war es sehr warm. Er roch den Holzrauch vom Kamin im Wohnzimmer. Das Brennholz stapelte sich bis an die Decke. Während er sich den Schnee von den Stiefeln stampfte, fragte er die Kleine, ob ihre Eltern zu Hause seien. Sie sagte, ihr Daddy sei im Keller.

«Und wo ist deine Mommy?», fragte er.

«Weg», sagte sie.

«Wie lange bist du hier schon allein?»

Sie gab ihm keine Antwort.

«Weißt du denn, wo deine Mommy hingegangen ist?», fragte er.

«Zwei Jägersleut», sang das kleine Mädchen, «die wandern durch den finstern Wald, die wandern durch das grüne Tal.»

Er nahm sie bei der Hand, aber sie wollte nicht mit ihm in den Keller gehen.

«Mama sagt, das darf man nicht.»

«Und wieso nicht?»

«Weil Daddy da unten ist.»

Als er die Kellertür aufmachte, schlug ihm der Gestank entgegen. Er hielt sich ein Taschentuch vor dem Mund, holte tief Luft und drückte auf den Lichtschalter, aber es blieb dunkel. Daraufhin ging er zurück zu seinem Wagen und forderte über Funk Verstärkung an, die ihm jedoch nicht gewährt wurde – sein Kollege vom Revier Bended

River machte gerade Mittagspause. Also nahm er seine Taschenlampe und stieg noch einmal hinunter.

Und fand nichts. Der Gestank schien von überall herzukommen. Trotz des Würgreizes schaffte er es, mit erhobener Stimme zu fragen, ob jemand da unten sei.

Der Keller hatte einen ordentlich gefliesten Boden. Alles funkelte säuberlich im Schein seiner Taschenlampe. Unter dem überwältigenden Gestank nahm er etwas wahr, das nach Krankenhaus roch, nach Desinfektionsmitteln. An einer Wand im mittleren Raum stand eine große Hackbank mit dicker Marmorplatte.

«Es roch wie nach vergammelten Steaks», erzählte er später Freunden. «Oder vielmehr so, wie meine Frau riecht, wenn sie ihre Periode hat.»

Der Keller bestand aus drei Räumen: einem Badezimmer, einem Vorratsspeicher und dem mittleren Raum mit der Marmorplatte. Nachdem er alle drei zweimal kontrolliert hatte, bemerkte er, dass die Hackbank an einem Scharnier befestigt war. Er riss und zerrte, schaffte es aber nicht, sie hochzuwuchten. Doch dann ertasteten seine Finger einen kleinen Knopf auf einer der Schubladen. Was hatte er schon zu verlieren? Er drückte darauf.

Die Platte hob sich um ein paar Zentimeter. Er versuchte noch einmal, sie hochzuklappen, aber stattdessen schob sie sich zur Seite. Hinter der Hackbank befand sich eine Gefriertruhe. Sie summte nicht, sie brummte nicht, sie machte überhaupt kein Geräusch. Sie war aus. Der Gestank wurde noch stärker, und er fürchtete, gleich ohnmächtig zu werden.

Er griff nach unten und klappte den Deckel auf. Im ersten Moment hielt er die abgehäuteten Rümpfe in der Gefriertruhe für Wild oder Kälber. Dann entdeckte er die Arme und Beine, aufeinander gestapelt in extragroßen Plastikbeuteln.

Drei Tage später wurde Moreen Lisa Rutford des siebenfachen Mordes angeklagt. Die Leichen ließen sich nur mit Mühe identifizieren, da sie weder Köpfe noch Finger hatten und Moreen die Zusammenarbeit verweigerte. Am leichtesten zu identifizieren war David Jonah Rutford, Moreens Ehemann, dem nur das Herz fehlte.

Der Tod sollte eine Magd haben: Ihre ach so blasse Haut sollte von Narben überzogen sein. Sie sollte hellbraunes Haar haben, mit blonden Strähnen. Vielleicht sollte ihr Kleid kunstvoll mit Blut gesprenkelt sein: Spritzern so gut platziert wie die Schmutzflecken auf dem Gesicht einer Heldin, nachdem sie die Bösen besiegt und die Welt gerettet hat. Vielleicht sollte ihr Kleid türkisblau sein.

Sie sollte an einem dunklen, glatten See entlangwandern.

Am Morgen, bei zischendem Regen, der die graue Oberfläche des Sees aufwühlt, sollte ein Elch sich langsam aus dem Wasser erheben, mit blinden Augen und schlammtriefendem Maul, das Geheimnisse ausflüstert.

Sie sollte eine Schrotflinte heben und ihn töten.

Mama zog ihr bestes Kleid an, um ihre Tour zu machen. Sie setzte mich an den Küchentisch, und wir aßen Pizza Hawaii, meine Lieblingssorte. An diesem Morgen war sie fröhlich, und auch ich freute mich, weil Daddy weg war, sodass sie sich nicht hatten streiten können. Endlich einmal war das Haus still und friedlich.

Sie sagte: «Ich muss dich gleich ein Weilchen allein lassen, Süße. Kannst du auf dich aufpassen? Nur für ein Weilchen?»

Ich nickte. «Klar.»

«Ich hab dir was zum Mittagessen hingestellt. Und auch zum Abendessen, falls es doch länger dauern sollte. Du kannst dir doch selbst ein Müsli machen, oder?»

«Klar.»

«Lass auf keinen Fall jemanden ins Haus», sagte sie. «Und geh nicht raus. Du setzt dich einfach vor den Fernseher, und ehe du dich's versiehst, ist Mama schon wieder da. Ich hab dir ein paar Comics besorgt.»

«Au ja!», sagte ich.

Und dann sah ich sie nicht wieder, bis sie mich bei Tante Genna abholen kam.

Bevor sie ging, küsste sie mir das ganze Gesicht ab und drückte mich ganz fest an sich. Dann hob sie ihren Rucksack über eine Schulter und zog sich die Baseballmütze tief in die Stirn.

Ich sah sie den Gehweg zum Auto hinabhüpfen, noch einmal winken und wegfahren, mit einem fröhlichen Lächeln, einem mörderischen Lächeln.

▲▲▲ GASTSPIELE ▲▲▲

Erste Begegnung

Sie hatten Pot in der Garage geraucht, und die Wirkung ließ schon nach. Er wurde melancholisch. Das High war kurz und schwach gewesen, kaum ausreichend, um überhaupt abzuheben. Pennerkraut, dachte er. Na ja, man kriegt eben das, wofür man bezahlt.

Wenn er hierher kam, tat er manchmal so, als würde er in Mikes Haus leben. Es war idiotisch, er kam sich dabei vor wie ein Schwachsinniger. Aber wenn er draußen im Whirlpool mit dem tragbaren Fernseher saß, aus dem das sonntägliche Football-Match plärrte, voll gestopft mit den fettarmen Mango-Crêpes, die Patricias Teilzeitkoch-Schrägstrich-Personal-Trainer zum Frühstück gemacht hatte, begann er sich auszumalen, wie es wäre, wenn er mit Mike tauschen könnte.

«Scheißregen», sagte Mike zu niemandem speziell.

«Bitte keine unflätigen Ausdrücke», schrie Mikes Tante Patricia vom Balkon herunter.

Mike zeigte ihr einen Vogel. Zum Glück sah sie nicht in seine Richtung. Tom neigte den Kopf. Die Welt verschob sich. Vielleicht hatte dieses obermiese Gras ja doch einen kleinen Kick gebracht. Mike sah echt abartig aus. Tom starrte ihn an. Mike hatte sich die Haare gegelt und zu einem Dutt hochgebunden. Er hatte eine breite Stirn, aber seine Kinnlade lief spitz zu, ließ ihn aussehen wie eins der sprechenden Tiere in *Der Wind in den Weiden*, Mr. Fox oder wie er noch mal hieß. Mike blickte Tom finster an. «Kommt die Sonne hier eigentlich nie raus?»

Tom hatte gar nicht gemerkt, dass es nieselte. «In etwa zwei Monaten, für etwa zwei Tage.» Jemand erzielte einen Punkt, und im Fernsehen brach lauter Jubel aus. Dieser Lärm machte ihn glücklich.

«Hier ist es echt ätzend», sagte Mike. «Vancouver ist die beschissenste Stadt der Welt.»

«Im Gegensatz zu Toronto», bemerkte Tom grinsend.

«Schnauze, *Tommy*.»

Also. Mike wollte ein bisschen Stimmung verbreiten. Das war das Problem, wenn man sich mit ihm zurauchte: Er wurde zu einem richtigen Kotzbrocken. Leck mich, dachte Tom. Ich hab gute Laune, und die wirst du mir nicht versauen. «Hier leidet wohl jemand unter akutem Nikotinentzug», sagte er. «Möchtest du nicht Patricia um einen Raucherkaugummi bitten?»

Mike ließ seinen finsteren Blick von Tom zum Horizont wandern und verfiel in schmollendes Schweigen, bis Toms Mutter anrief. Patricia brachte ihr Funktelefon an den Whirlpool.

«Tommy.» Seine Mutter klang angespannt und aufgeregt. «Hast du nicht etwas vergessen?»

Mit einem Plutz landete Tom im wirklichen Leben. Der Tag war gelaufen. «Was?»

«Wir bekommen heute doch Besuch. Und du solltest eigentlich hier sein.»

Tom war verwirrt. Er wartete.

«Dein Cousin», sagte seine Mutter. «Du hast gesagt, du wärst hier, um ihn zu begrüßen. Du hast es versprochen.»

Scheiße, dachte Tom. Jetzt fiel es ihm wieder ein. Der.

«Ja, ja. Ich komm gleich.»

Er drückte auf den Aus-Knopf und seufzte.

«Ich muss los.»

«Jammerschade», sagte Mike und gähnte ihm fast ins Gesicht. «Rufen Sie uns nicht an – wir rufen Sie an.»

Patricia lächelte Tom zu, als sie ihr Funktelefon wieder an sich nahm. «Mein kleiner Sonnenschein», sagte sie und schlenkerte Mikes Dutt hin und her. Mike schlug ihre Hand weg. Mit zuckersüßer Stimme fügte sie hinzu: «Sei nett, sonst spielen deine Freunde nicht mehr mit dir.»

«Schluchz», sagte Mike.

Mike weigerte sich, aus dem Whirlpool zu steigen, selbst als Patricia die Düsen abstellte. Tom zog sich Jogginghose und Sweatshirt an und winkte Patricia zum Abschied. Mike zeigte ihm einen Vogel, aber so, dass sie es nicht mitbekam. Tom lachte und zeigte ihm auch einen.

Er radelte durch die Hintergassen von Mount Pleasant zurück nach Hause. Seit die Bürgerinitiative gegen Freier zusammen mit der Polizei begonnen hatte, in diesem Gebiet zu patrouillieren, standen hier immer weniger Prostituierte herum. Er vermisste sie. Ein paar von ihnen hatten angefangen, ihn zu grüßen.

Der Aufzug im Haus war außer Betrieb, also trug er sein Rad in den zweiten Stock. Einer der Baker-Zwillinge hatte das Treppenhaus mit anatomisch korrekten Spray-Bildern von unmöglich proportionierten Comic-Frauen dekoriert. Tom konnte sich nie entsinnen, welcher der

Zwillinge auf Bewährung draußen war, Wayne oder Willy.

Onkel Richard, der jüngste Versuch seiner Mutter, ihm einen Vaterersatz zu besorgen, las vor dem laufenden Fernseher die Zeitung. Als Onkel Richard angefangen hatte, ihn Tommy zu nennen, begann Tom, ihn Ricky zu nennen und – als er herausfand, dass ihn das richtig sauer machte – Ricky Ricardo, wie den Gatten der *Bezaubernden Lucy*. Onkel Richard übernachtete jeden Samstag bei ihnen. Er war eine Art Wachmann, ein ehemaliger Berufssoldat, der um den Bauch herum schon etwas Speck ansetzte. Toms Mutter hatte die beiden des Öfteren zum gemeinsamen Besuch von Baseball- und Hockeyspielen animiert, aber mittels einer unausgesprochenen Vereinbarung gingen sich Tom und Onkel Richard aus dem Weg, so gut sie konnten. Trotzdem hatte seine Mutter das Gefühl, es wäre nur eine Frage der Zeit, bis sie anfingen, miteinander an Autos zu basteln oder – Gott bewahre – fischen zu gehen.

Als Tom in die Wohnung kam, sah Onkel Richard hoch, gab aber keinen Ton von sich.

Tom stellte sein Rad ab und rollte es in den Besenschrank. Er hob einen Zipfel seines Sweatshirts und wischte sich die Stirn ab. Zusätzlich zum Stress mit den miesen Noten und der Suche nach einem neuen Job jetzt, wo der Chuckie Burger dichtmachte, hatte Tom auch noch Onkel Richard am Hals, der schon durchdrehte, wenn sein Toast zu dunkel war. Lieber Gott, dachte Tom, lass ihn eine von ihren ganz kurzen Bettgeschichten sein.

Seine Mutter wartete am Fenster zur Straße. Er erkann-

te sie kaum wieder. Ihre Haare waren nicht mehr feuer-
wehrrot, sondern braun und, was noch ungewohnter war,
zu einem Knoten nach hinten gebunden. Außerdem trug
sie ein pastellgelbes Kleid, als wollte sie zum Ballettunter-
richt oder so etwas in der Art. Und darüber hinaus ver-
strömte sie, wenn sie – wie jetzt – nüchtern war, eine intensive nervöse Energie, die Tom jedes Mal kalt erwischte.
Obwohl sie ganz still dastand, merkte Tom, dass sie aufgeregt war.

Sie warf ihm einen kurzen Blick zu und sah dann wieder
aus dem Fenster. «Er müsste längst da sein. Glaubst du, dass
er noch kommt?»

Man sollte meinen, Jesus persönlich wäre im Anmarsch,
dachte Tom. «Das hat er doch gesagt.»

Sie biss sich nervös auf die Lippe. Tom ging zu ihr und
umarmte sie. Sie war so klein, dass er sich bücken musste.
Geistesabwesend tätschelte sie ihm den Rücken.

«Isst du was?», fragte Tom.

Sie schüttelte den Kopf. «Später.»

«Du solltest aber was essen.»

«Ach Tom, du bist ein guter Junge.» Sie schob ihn weg.
«Aber du stinkst. Geh dich duschen.»

«Keine Sorge, der kommt schon noch», sagte Tom.

Unter der Dusche versuchte Tom, sich an seinen Cousin zu erinnern. Jeremy hatte ihm einmal einen Schoko-
ladenosterhasen unter die Nase gehalten und immer wieder weggezogen, bis er vor Verzweiflung losbrüllte und
Jeremy zu lachen anfing. Wie alt war er damals gewesen,
sechs? Sieben?

Eigentlich sollte Jeremy doch beim Militär sein. Toms
Mutter war so stolz gewesen, dass sie Fotos von ihm in

Uniform aufgehängt hatte. «Jeremy ist als Einziger in die Fußstapfen seines Vaters getreten», hatte sie gesagt.

«Und warum haben sie ihn dann rausgeschmissen?», hatte er gefragt.

Sie hatte ihn mit aufgerissenen Augen angestarrt, geradezu verstört. Er hatte sich so seine Gedanken gemacht, aber niemand wollte ihm sagen, was wirklich passiert war, nicht einmal Tante Rhoda, die schlimmste Klatschbase der Welt. Jeremy musste schon ziemlichen Scheiß gebaut haben, wenn nicht einmal Rhoda sich das Maul darüber zerreißen mochte.

Tante Faith, Jeremys Mutter, war das einzige Familienmitglied, dem Tom so etwas wie Sympathie entgegenbrachte. Jedes Jahr schickte sie Weihnachtskarten und Plätzchen, die seine Mutter jedes Jahr aufgeregt erwartete, und gelegentlich auch Geld, wenn Mom mit ihrem Lohn wieder mal nicht hinkam. Doch eines Tages hatte Tante Faith ihn beiseite genommen und ihm erklärt, seine Mutter sei eine gefallene Frau, er ein uneheliches Kind. Das sei der Grund, erklärte sie ihm, warum er an Epilepsie leide. Gott habe ihn verflucht. Sie müssten alle beide in der Hölle schmoren, wenn sie diese Sünde nicht bereuten. Jetzt, wo auch sie ihren Platz auf dem Familien-Schandmal eingenommen hatte, konnte er sie schon wesentlich besser ertragen.

Seine Familie, das war nur Mom. Er brauchte sonst niemanden. Schon gar keine bibelschwingende Schreckschraube.

Urplötzlich ging das warme Wasser aus, und Tom musste sich in Windeseile das Shampoo aus den Haaren waschen. Er schlotterte, fluchte und flitzte aus der Dusche.

Als er ins Wohnzimmer zurückkam, stand seine Mutter

immer noch am Fenster. Tom stellte sich neben sie und wartete.

Plötzlich schnappte sie nach Luft und streckte aufgeregt einen Finger aus. «Seinem Vater wie aus dem Gesicht geschnitten», rief sie und klatschte in die Hände. «Ach, sieht er nicht fesch aus!»

Tom schaute auf die Straße hinunter. Jeremy war aus einem silberfarbenen Cabrio ausgestiegen. Er stand am Bordstein, Hände in den Hosentaschen, mit gelangweilter und ätzend cooler Miene. Toms Mutter schob das Fenster hoch und winkte.

«Jeremy! Hi-ier! Hu-huh! Je-re-my!»

«Mom», sagte Tom. «Bitte nicht.»

Jeremy lächelte zu ihnen hoch und winkte zurück.

«Geh runter und begrüß deinen Cousin.» Seine Mutter schubste ihn. «Ihr zwei werdet gute Freunde werden, das hab ich im Gefühl.»

Tom rührte sich nicht von der Stelle. Onkel Richard sah von seiner Zeitung hoch und funkelte ihn böse an. Worüber war Richard so sauer? Tom erhob sich zu voller Größe und marschierte mit geheuchelter Gleichgültigkeit los, die drei Treppenabsätze bis zum Eingang hinunter.

Als Tante Faith angerufen und gefragt hatte, ob Jeremy bleiben könne, bis er sich über seine Zukunft im Klaren sei, hatte seine Mutter mit Freuden zugesagt. Sie muss sich ja auch nicht ein Zimmer mit ihm teilen, dachte Tom. Er wünschte, Jeremy würde woanders bleiben. Sein Zimmer war kaum groß genug für ihn und ganz bestimmt nicht ausreichend für jemanden, der sich so ein Auto leisten konnte.

«Glaub mir, er wird für dich wie ein Bruder sein», hatte

seine Mutter gestern Morgen gesagt, als sie das Gästebett in sein Zimmer geschafft hatten.

«Mom, er hat schon vier Brüder», hatte Tom erwidert, während er das Klappbett in die Zimmerecke neben der Heizung gerollt hatte. «Außerdem ist er einundzwanzig.»

«Na und?»

Jemand zog ihn am Hemd. «Erinnerst du dich noch an mich, Tommy?»

Er hatte gar nicht gesehen, dass Jeremy unten an der Treppe auf ihn wartete. «Ich heiße *Tom*», sagte er. «Nur meine Mutter nennt mich Tommy.»

Jeremy zog eine Augenbraue hoch. «Null Problemo, Kumpel. Weißt du einen anständigen Platz, wo ich meine Karre abstellen kann?»

Tom blieb einen Moment stehen. «Wir haben einen Mieterparkplatz. Soll ich dir den nachher zeigen?»

«Bitte.» Jeremy streckte die Hand aus. «Sieht so aus, als würden wir zusammen kampieren. Es ist mir ein Vergnügen, Zimmergenosse. Du weißt doch, ich war mal dein Babysitter.»

Du und eine halbe Million anderer Leute. Tom griff nach Jeremys Koffer, aber sein Cousin wischte seine Hand weg.

«Das schaff ich schon allein.» Jeremy lächelte zu ihm hinunter. «Bist du schon mal in einem Cabrio gefahren?»

Toms Herz machte einen Satz. «Nein.» Er versuchte, sich die Hoffnung nicht an der Stimme anmerken zu lassen.

«Dann hast du echt was verpasst. Vielleicht zeig ich's dir mal. Lust auf 'ne kleine Spritztour?»

«Aber immer», sagte er, weiterhin bemüht, sich seine

Vorfreude nicht anmerken zu lassen. «Meine Mutter wartet.»

«Die nehmen wir auch mit.»

Sie machten sich auf den Weg nach oben. Toms Mutter umflatterte Jeremy. Onkel Richard guckte ihn an, kniff dann die Augen zusammen, musterte ihn von oben bis unten. O Gott, jetzt geht's los, dachte Tom und wartete darauf, dass die beiden mit Armdrücken oder etwas ähnlich Schwachsinnigem anfingen.

Doch als Richard Jeremy die Hand schüttelte, wirkte er zufrieden. Jeremy hatte nicht mit der Wimper gezuckt. Tom hasste es, Richard die Hand geben zu müssen. Genau so, dachte er, testen Macho-Ex-Marine-Arschlöcher wie Ricky Ricardo deine Männlichkeit. Einmal richtig zudrücken.

Seine Mutter reagierte geradezu verzückt, als Jeremy sie fragte, ob sie eine kleine Fahrt mit dem Wagen machen wolle. Onkel Richard grunzte. Sie ließen ihn vor dem Fernseher hocken und gingen hinunter.

Alle drei stiegen in den Wagen, Jeremy und Toms Mutter vorne, und Tom quetschte sich auf die Rückbank.

«Du bist gewachsen», bemerkte Jeremy.

Tom rümpfte die Nase. «Das will ich auch hoffen. Als du mich das letzte Mal gesehen hast, war ich sieben.»

«Ach, nun hab dich doch nicht so», sagte seine Mutter.

Tom hielt den Mund.

«Habt ihr Hunger?», fragte Jeremy.

«O ja», hauchte seine Mutter.

«Und wie steht's mit dir?», fragte Jeremy.

Tom zuckte die Achseln.

«Worauf hättest du denn Lust, Tante Christa?»

«Ach, ganz egal. Und nenn mich bitte Chrissy. Alle nennen mich so.»

Tom starrte sie an. Sie strahlte Jeremy an.

«Wie wär's mit einer Pizza?»

«Ja, gern. Was auch immer.»

«Also Pizza.»

Tom hasste es, wenn sie sich so aufführte – mit allem einverstanden, der perfekte Fußabtreter.

In der Pizzeria versuchte Tom, Jeremy zehn Dollar zuzustecken.

«Deine Kohle ist hier nicht gefragt», sagte Jeremy.

«Ich kann für mich selber zahlen», erklärte Tom.

«Weiß ich, Großer», entgegnete Jeremy. «Aber ich möchte euch einladen. Na komm schon, Tom. Nur dieses eine Mal. Bitte.»

«Nun lass ihn doch», sagte seine Mutter. «Bitte, Tommy.»

Alles hatte sich schon so weit verschoben, dass seine Mutter mit Jeremy auf der einen Seite saß und er für sich auf der anderen.

Sie hatten sich einen Tisch am Fenster ausgesucht. Zwei Tische weiter stritt sich ein Pärchen, mit gedämpften Stimmen, aber in scharfem Ton. Tom spitzte die Ohren, um mitzubekommen, was sie sagten. Seine Mutter stupste ihn.

«Und?», fragte Jeremy.

Beide sahen ihn erwartungsvoll an. Er versuchte sich zusammenzureimen, worum sich das Gespräch drehte. Die Augen seiner Mutter warben um Aufmerksamkeit. Sie würde tagelang wegbleiben, wenn er das hier vermasselte.

«Ich glaub, schon», sagte er.

Jeremy stützte einen Ellbogen auf den Tisch und legte das Kinn in seine Hand. «Du glaubst es», sagte er langsam. «Du weißt also nicht genau, ob du in der zehnten Klasse bist?»

«Normalerweise ist er nicht so unhöflich», beeilte sich seine Mutter zu erklären. «Das kommt wahrscheinlich von den Medikamenten.»

Tom sah sie überrascht an. Sie schlug die Augen nieder und drehte den Kopf zum Fenster. Jeremy beobachtete sie, ließ dann den Blick zu Tom wandern.

«Keine Panik», sagte Tom. «Sie meint meine Anti-Epileptika.»

«Ach, reden wir doch über etwas anderes», sagte sie bemüht heiter.

Jeremy ignorierte ihren Einwurf. «Kriegst du immer noch Anfälle?»

Anfälle? Anfälle? Verdammt, dachte Tom. Er lächelte freundlich. «Denkst du immer noch an eine Karriere beim Militär?»

Am Tisch breitete sich Schweigen aus.

«Nein, nein», sprudelte Toms Mutter dann mit Verzögerung los. «*Die* hat Tommy nicht mehr. Stimmt doch, Tommy? Ich möchte mal wissen, wo unser Essen bleibt. Man fragt sich wirklich, warum sich so was Fast-Food-Restaurant nennt, wenn es ewig dauert, bis man sein Essen kriegt! Ich finde es ungeheuerlich, dass sie solche Preise verlangen können, in manchen von diesen Lokalen zahlt man zwei Dollar für eine Pepsi! Ist das nicht ungeheuerlich?» Seine Mutter holte Luft und starrte wieder aus dem Fenster.

Als die Pizza kam, rührte sie ihr Stück kaum an. Sie

hielt den Kopf gesenkt, kniff den Mund zusammen. Jeremy aß und redete gleichzeitig.

Das Gute an diesem Besuch ist, dachte Tom, dass es wahrscheinlich ein ganz kurzer werden wird.

In dieser Nacht wachte Tom auf und wälzte sich herum. Er hatte Angst gehabt, Jeremy könnte schnarchen oder im Schlaf reden. Aber Jeremy war wach und starrte an die Decke. Er drehte sich zu Tom um und grinste. «Braucht immer seine Zeit, bis man sich woanders eingewöhnt hat.»

«Bei mir dauert das Wochen», sagte Tom. «Als wir das letzte Mal umgezogen sind, hab ich vier Tage gebraucht, um mir den Weg zum Klo zu merken. Ich bin immer wieder in der Küche gelandet.»

Jeremy langte zum Nachttisch und tastete nach seinen Zigaretten. «Da kannst du von Glück sagen, dass dein Alter nicht beim Militär ist. Sonst wärst du total angeschissen. Wir hatten uns gerade mal an eine neue Umgebung gewöhnt, und bumm! – Schon waren wir wieder weg.» Jeremy hielt ihm die Schachtel hin. «Auch eine?»

«Nein danke.» Tom hätte seinen Cousin gern gefragt, warum er unehrenhaft entlassen worden war, aber ihm fiel partout nicht ein, wie er das Thema diskret ansprechen könnte. «Hey, Jeremy, ich hab gehört, du hast jemanden umgebracht» schien nicht gerade die richtige Einleitung zu sein.

«Richard kann mich nicht leiden», sagte Jeremy.

«Zeig mir einen Menschen, den er leiden kann.» Tom schnaubte verächtlich. «Der führt sich immer so auf.»

«Mein Alter ist ganz anders. Locker. Redet mit jedem. Wohin wir auch gehen, immer blubbert er jeden voll, den er zu schnappen kriegt. Ein durch und durch netter Kerl.»

«Richard ist nicht mein Vater.»

Jeremy schüttelte eine Zigarette aus der Packung. «Na, ich will dich nicht wach halten. Du hast morgen Schule.»

«Ach», murmelte Tom. «Ich wünschte, ich könnte abgehen.»

«Und warum tust du's dann nicht? Mach die Biege. Geh auf Weltreise.» Jeremy breitete die Arme aus.

«Das täte ich ja auch gern. Aber Mom würde mich umbringen. Sie sagt, wenn ich vor dem Abschluss aufhöre, dann organisiert sie jemanden, der mir beide Arme bricht.»

Jeremy starrte ihn an. «Das hat sie zu dir gesagt?»

«Ach komm, Mann, das sollte ein Scherz sein.»

«Eine merkwürdige Art von Humor.»

«Wie lange bleibst du eigentlich?», fragte Tom.

«Nur, bis ich was Eigenes finde. Wieso? Willst du dein Zimmer wieder für dich haben?»

«Nein, nein. War bloß 'ne Frage.»

«Wann kriegst du Ferien?»

«Das ist noch Monate hin.» Tom stöhnte theatralisch.

«Hast du eine Freundin?»

Tom sah Jeremy an, der nur mäßig interessiert wirkte.

«Keine Zeit», antwortete Tom.

«Aber da gibt es eine, die du gut findest», sagte Jeremy und klickte sein Feuerzeug auf.

«Kann sein.» Tom begann, sich unwohl zu fühlen.

«Wie alt ist sie?»

«Achtzehn.»

«Oh, oh. Eine ältere Frau.» Jeremy ließ das Feuerzeug zuschnappen. «Ja, als ich fünfzehn war ... sie hieß Michelle. Michelle Latournier. Mein Gott, war das eine heiße Braut. Jetzt ist sie verheiratet, hat ein Kind, lebt von der Stütze, aber damals …» Er legte die Hände hintern Kopf und schloss die Augen, eine unangezündete Zigarette im Mundwinkel. «Ich hätte für sie sterben können.»

«Sie heißt Paulina», sagte Tom. «Redhead.»

«Paulina Redhead. Komischer Name.»

«Ach was», erklärte Tom mürrisch. «Sie hat rote Haare.» Genau genommen nannte die Farbe sich erdbeerblond. Tom hatte eins der Mädchen im Schulbus sagen hören, Paulina färbe sich die Haare. Erdbeerblond. Daraufhin hatte Tom bei der Bandprobe von seinem Platz aus direkt auf ihre Haarwurzeln gestarrt, um herauszufinden, ob sie nun rot oder braun waren, ohne allerdings zu einem eindeutigen Ergebnis zu kommen. «Paulina Mazenkowski.»

Jeremy fing an zu husten. «Entschuldige. Ich muss mit dem Rauchen aufhören.»

Tom drehte den Kopf um. Er hatte den Verdacht, dass sein Cousin nur einen Lachanfall kaschieren wollte.

«Und hast du sie schon mal gefragt, ob sie mit dir ausgeht?»

«Ich?»

«Ist hier noch jemand im Zimmer?»

«Nein. Das würde mir nicht im Traum einfallen.»

«Ich dachte, du hättest gesagt, dass sie dir gefällt.»

«Schon, aber …» Tom brach ab.

Jeremy drehte sich herum und stützte sich auf einen Arm. «Kein Buckel», sagte er mit einem Blick auf Toms Rücken. «Anständige Zähne. Pickelarme Haut. Spricht englisch. Halbwegs intelligent – für einen Teenager. Verknallt. Zu allem bereit. Du hast Schlumpf-Haare, aber vermutlich ist das heutzutage cool. Warum also nicht?»

Tom stellte sich vor, was passieren würde, wenn er in der Schule auf Paulina Mazenkowski zugehen und versuchen würde, sich mit ihr zu verabreden. Sie würde sich kaputtlachen oder einfach feixen. Wie auch immer, dachte er, während er die Augen wieder zumachte, ich werd's ja doch nie herausfinden.

In dem Traum war alles dunkel, außer dem Feuerkranz rings um die Sonne. Nur er konnte ihn sehen. Er versuchte immer wieder, anderen Leuten begreiflich zu machen, dass dies eine Sonnenfinsternis sei, aber sie blickten ihn bloß an, als wäre er nicht ganz richtig im Kopf, und ihm wurde klar, dass sie kein Wort von dem verstehen konnten, was er sagte. *Was sagte* er denn eigentlich?

Beim Aufwachen erinnerte er sich an die echte Sonnenfinsternis. Sie hatte genau an seinem Geburtstag stattgefunden. Er war noch ganz klein gewesen. Als der Himmel eine unheimlich dunkle Blautönung annahm, mit einem schmächtigen Kreis aus perlmuttweißem Licht in der Mitte, hörten die Vögel auf zu singen, die Bienen zu summen, und die Kühe auf der Weide sammelten sich und trotteten zurück zum Stall. Alle anderen Tiere gaben gespenstische Laute von sich. Er hatte seine Hand in die von Jeremy geschoben, weil Jeremy sich nicht fürchtete. Er hatte sich sicher gefühlt.

Jeremy schnarchte jetzt wirklich, aber es klang gedämpft, weil sein Kopf unter dem Kissen lag. Tom war selbst überrascht, dass ihm das Schnarchen nichts ausmachte. Er zog sich die Laken über den Kopf und schlief wieder ein.

Irgendwann an diesem Morgen begann die Aura. Er duschte bei offenem Plastikvorhang und machte den ganzen Fußboden nass. Er wusste, dass das Wasser bis in die Wohnung darunter tropfen und Mrs. Tupper sich beim Hausmeister beschweren würde, aber er konnte den Vorhang nicht zuziehen, konnte das Risiko nicht eingehen, dass dort jemand auf ihn wartete. Er versuchte es mit einer Extradosis Tabletten, aber das half nichts. Etwas Großes und Dunkles verfolgte ihn den ganzen Tag lang. Immer wieder drehte er sich um, schnell, um es zu fassen zu kriegen, aber da war nichts. Er wusste, dass es nur die Aura war, und doch begann sein Herz bei jedem lauten Geräusch wie ein Aufwerfhammer zu schlagen. Seine Hände wurden schwitzig, während er darauf wartete, dass ihm jemand ein Messer in den Rücken stach oder eine Drahtschlinge um den Hals legte und ihn erwürgte.

Später, bei Chucky Burgers, beobachtete er die Kunden genauso sorgsam wie die Kasse, halb davon überzeugt, dass jemand eine Knarre ziehen und ihn abknallen würde. Als ein paar Kunden ihn komisch ansahen, merkte er, dass er heftig schwitzte, obwohl es kalt war. Nach dem abendlichen Ansturm gab es nichts mehr zu tun. Tom wischte die Männertoilette, und die Aura begann sich zu verflüchtigen wie Kopfweh. In seiner letzten Pause schlich er sich hinaus auf die Hintergasse und rauchte einen Joint. Manchmal half das, manchmal machte es alles nur schlimmer. Heute drosselte es ihn nur, nahm seinen Empfindungen die Spitze, dämpfte sie so weit ab, dass ihn nichts mehr kratzen konnte. Er spritzte sich ein paar Tropfen Visine in die Augen und lutschte ein Pfefferminzbonbon, bevor er wieder hineinging, um seine Schicht zu beenden.

Nach Geschäftsschluss brachte Angie, die Managerin, einen großen Kuchen an, der wie ein Hamburger geformt war. Alle versuchten zu lächeln, doch das Ganze erinnerte Tom an eine Beerdigung.

«Auf Chuckie Burgers», sagte sie.

«Auf Chuckie's», sagte Tom.

Die anderen murmelten, tranken ihren Orangensaft, griffen sich ihr Stück Kuchen und gingen. Tom nahm das Zeugnis, das Angie ihm gab, und verstaute es sorgfältig in seinen Rucksack.

«Du warst ein prima Kollege», sagte Angie. «Du findest im Nu einen neuen Job.»

Während er heimwärts radelte, überlegte er, wie sie die nächste Monatsmiete zusammenkriegen würden. Sie konnten ein paar Sachen verkaufen. Die Stereoanlage war gar nicht so übel. Der Fernseher, na ja, der würde nicht viel bringen. Den Videorecorder hatte er schon ins Pfandhaus getragen.

Der Fahrstuhl war repariert, aber irgendein Witzbold hatte in die Ecke gepinkelt. Tom hielt die Luft an, solange er konnte.

«Bin wieder da», sagte er.

«Hey, Tom!»

Tom machte einen Satz, so überrascht war er von der Stimme, bis ihm einfiel, wer das war. Jeremy kam ins Wohnzimmer geschlendert. Er sah aus, als käme er direkt von Modeaufnahmen für GQ.

«Es ist halb zwölf.» Jeremy klang besorgt. «Warst du die ganze Zeit in der Schule?»

«Bei der Arbeit.»

«Du hast einen Job?»

«Ich hatte einen.»

«Bist du gefeuert worden?» Jeremy lehnte sich an die Wand.

«Betriebsbedingte Kündigung. Das Geschäft geht schlecht.» Tom ließ sich auf die Couch plumpsen, hoffte, Jeremy würde einfach zurück ins Bett gehen. «Haben wir was zu essen da?»

«Guck mal im Kühlschrank nach.»

Tom blieb auf der Couch liegen. Er fühlte seine Augenlider schwer werden. «Gleich.»

«Alles in Ordnung mit dir?»

«Ja. Wo ist Mom?»

«Das wüsste ich auch gern.»

Scheiße. Schon wieder auf Tour. Er hatte gedacht, sie würde länger durchhalten. «Hat wahrscheinlich Nachtschicht», log er, während er sich wünschte, sie würde jetzt tatsächlich Tischtücher in der Großwäscherei stärken.

Jeremy starrte ihn unverwandt an, also rappelte er sich von der Couch hoch. Er machte den Kühlschrank auf und trat einen Schritt zurück. «Wow.»

«Ich hab ein bisschen was eingekauft», sagte sein Cousin, der ihm in die Küche gefolgt war. «Hier war ja ziemlich Ebbe. Nicht der Rede wert.»

Er hatte den Kühlschrank noch nie so voll gesehen. So voll, dass die Lebensmittel fast herausquollen. «Das soll für uns sein?»

«Was denn sonst, Mann?», sagte Jeremy.

Tom wurde sauer. «Ich meine, für uns drei?»

«Nein, ich werd alles allein aufessen.»

«Oh.» Tom machte den Kühlschrank zu.

Nach einer kurzen Stille sagte Jeremy: «Schon mal das Wörtchen Sarkasmus gehört?»

Es war demütigend. Tom versuchte, sich eine clevere Antwort einfallen zu lassen. Normalerweise war er nicht so langsam. «Ich ess später was.»

Jeremy nahm die Hände hoch. «Wie du willst.»

Als sein Cousin aus der Küche ging, befand Tom, dass Jeremy nur hatte nett sein wollen. Er setzte sich an den Tisch. Abgesehen vom Brummen des Kühlschranks war es jetzt ganz still in der Küche. Er stand auf, um das Fenster zuzumachen. Am liebsten hätte er noch eine Runde mit dem Fahrrad gedreht. Stattdessen ging er seine Englisch-Hausaufgaben suchen.

«Nein, nein, nein», sagte Mike. Er kickte irgendwelchen Müll in die Ecke, um sich dann auf den Flurboden zu setzen. «Tattoos sind out. Piercen ist in, Mann.»

«So, so», sagte Tom und kniete sich neben ihm hin.

«Jetzt hör mir mal zu, Mann», sagte Mike. «Wir haben die richtigen Haare, wir haben die richtigen Klamotten, wir haben die richtige Einstellung – warum ziehen wir die Sache da nicht konsequent durch, verdammte Scheiße?»

«Was heißt hier ‹wir›?», fragte Tom. Er holte sein Sandwich heraus.

«Na, komm schon. Wenn ich es mache, musst du es auch machen.»

«Leck mich», sagte Tom.

Mike, der gerade dabei war, ein Twinkie auszuwickeln, ließ die Arme sinken. «Ich mein's ernst, Mann. Was soll das denn sein, wenn wir es nicht zusammen durchziehen?»

«Sehr schmerzhaft. Mit der Betonung auf *Schmerz*. Du kannst mich gern langweilig oder spießig nennen, aber mich mit Löchern voll tackern zu lassen, entspricht nicht gerade meiner Vorstellung von cool.»

«Cool ist doch ätzend. Mann, hier geht es um Adrenalin. Diese verdammten Nazis.» Mike reichte ihm einen fettarmen Granola-Riegel mit Joghurtüberzug. «Mann, die wollen mich aushungern. Ich weiß echt nicht, wie du diese Scheiße runterkriegst.»

Früher hatte Tom sich gewundert, wieso Patricia Mike immer Granola-Riegel einpackte, obwohl er die nie aß. Als Tom ihr einmal gesagt hatte, Mike hasse alles, was aus dem Bioladen kam, hatte sie erwidert, er würde ausdrücklich danach verlangen. Nachdem er eine Weile darüber nachgedacht hatte, war ihm klar geworden, dass Mike ihm auf diese Weise – diskret und ohne seine Gefühle zu verletzen – ab und an etwas zum Essen zukommen lassen wollte.

«Das Zeug ist gut für dich», sagte Tom.

Mike machte Würgegeräusche. «Es ist Scheiße. Hundertprozentig organische, handgepflückte Körnerfresser-Scheiße.»

«Im Gegensatz zu deinem Twinkie.»

«Ach, Schnauze, das ist Manna.»

Mike warf seine Haare zurück, aber der Pony flog ihm gleich wieder ins Gesicht, wie ein Vorhang. Er reichte Tom ein Tofu-Würstchen und eine noch nicht ganz reife Papaya. Sie aßen schweigend.

Seine Mutter war an diesem Morgen von ihrer Tour zurückgekommen. Das Geräusch des Schlüssels, der sich im

Schloss drehte, hatte ihn aus dem Schlaf gerissen. Er hatte sie kichern hören und dann die Stimme eines Mannes. Eines Mannes, der nicht Onkel Richard war. Endlich!, dachte Tom, als die Wohnungstür zuging. Ihre Pumps klackerten über den Flur zur Toilette. Normalerweise ließ sie einen Mann erst dann in die Wohnung, wenn sie ihn schon ein paar Wochen kannte. Sie war vorsichtig geworden, seit einer ihr, während sie noch schlief, Geldbeutel, Schmuck und den guten Fernseher gestohlen hatte. «Aufs Kreuz gelegt», sagte sie. «Im buchstäblichen wie im übertragenen Sinne.» Sie lächelte tapfer, brach aber gleich darauf in Tränen aus und stützte ihren Kopf in die Hände.

«Denk einfach nochmal drüber nach», sagte Mike.

Tom brauchte ein paar Sekunden, um zu kapieren, dass es wieder ums Piercen ging. «Als würde mich jemand mit 'nem Nasenstecker einstellen.»

«Verdammt», sagte Mike, «sieh dich doch mal an, Mann. Bei dir reichen doch schon die Haare, um anständige Bürger zu verjagen.»

«Ich kann sie mir ja hinten zusammenbinden», sagte Tom.

Mike verdrehte die Augen. «Hal-lo! Wer von uns beiden hat metallic-blaubeerblau gefärbte Haare? Was ist dagegen schon ein Scheiß-Nasenstecker?»

«Also, dieses Mal lass ich dir gern den Vortritt.»

«Feige Sau», sagte Mike.

Es klingelte. Mike kickte den Rest seines Mittagessens in die Ecke. «Was hast du in der nächsten Stunde?»

«Physik», antwortete Tom gähnend.

«Bis dann», sagte Mike. Er boxte Tom in den Arm und verschwand.

Nach einer Woche war Tom schon daran gewöhnt, Jeremy im Wohnzimmer herumliegen zu sehen, wenn er von der Schule heimkam.

«Gehst du eigentlich nie woandershin als in dein Zimmer?», fragte Jeremy, als Tom die Wohnungstür aufmachte.

Tom stellte sein Rad weg.

Jeremy streckte den Kopf um die Ecke. «Hast du denn keine Freunde?»

«Was?»

«Freunde.» Jeremy sprach so langsam, als würde er mit einem Idioten reden. «Typen, mit denen du rumhängst. Du weißt schon, Typen, mit denen du in die Billardhalle gehst, mit denen du einen rauchst, mit denen du Mädels angräbst. Wenn du willst, schlag ich's dir auch gern im Wörterbuch nach.»

«Leck mich», murmelte Tom.

«Nur'n kleiner Scherz, mein Bester», sagte Jeremy, während er ins Wohnzimmer zurückging, wo er sich auf dem Liegesessel ausstreckte, die Fernbedienung in der einen, eine Dose Pepsi in der anderen Hand. «Wie war's in der Schule?»

«Okay. Hat Mom mir Geld dagelassen?»

Jeremy schüttelte den Kopf.

«Bist du sicher?» Tom ließ sich aufs Sofa plumpsen. «Es war so halbwegs ausgemacht.»

«Hat sie aber nicht. Wie viel brauchst du denn?»

«Fünfundsiebzig Dollar», sagte Tom geknickt.

«Ist das alles? Das kann ich vorstrecken.»

«Ehrlich?» Tom war nicht auf den Gedanken gekommen, Jeremy zu fragen.

«Klar. Wofür soll es denn sein?»

«Ausflug mit der Band. Wir haben zwei Übernachtungen und müssen auch noch fürs Essen bezahlen und was sonst so anfällt.»

Jeremy griff in seine Jeanstasche und zog seinen Geldbeutel heraus. «Ich scheine mich zu erinnern, dass du gesagt hast, du hättest keine Zeit.» Er wedelte mit dem Geld vor Toms Nase herum. «Gibt's vielleicht irgendeinen Grund für diesen plötzlichen Sinneswandel?»

«Nein», sagte Tom, wurde aber knallrot.

«Paulina ist nicht zufällig in der Band, oder?»

«Das geht dich nichts an.»

Jeremy machte eine Riesenshow daraus, die Scheine einen nach dem anderen in seinen Geldbeutel zurückzustecken. Dann stellte er den Fernseher an, ohne Tom weiter zu beachten.

«Kann sein, dass sie dabei ist», sagte Tom.

«Was spielt sie denn?», fragte Jeremy, der ihn immer noch nicht ansah.

Tom schäumte innerlich. «Flöte.»

«Zweite Flöte? Dritte?»

«Erste.»

«Ist sie gut?»

«Ja.»

«Sitzt du vielleicht neben ihr?»

«Hinter ihr.» Tom sah verzweifelt zu, wie Jeremy durchs Programm zappte. «Ich würde es dir auch zurückzahlen.»

«Kein Problem», sagte Jeremy. «Das kratzt mich nicht weiter.»

«Nein, wirklich. Sobald ich einen neuen Job habe.»

«Wer's glaubt», sagte Jeremy. «Hier. Nimm.»

Tom ignorierte das Geld. «Was soll das heißen?»

«Sagen wir mal, ich sitze nicht gerade auf dem Trockenen, bis ich es wiederkriege.»

Tom schnappte sich seinen Rucksack, stand auf und verließ ohne ein weiteres Wort das Wohnzimmer.

«Jetzt ist es schlecht», sagte seine Mutter, als sie heimkam. Sie rieb sich die Füße und zog ihren Arbeitskittel aus. «Nächstes Jahr, Tom. Nächstes Jahr haben wir Geld.»

Während er sich zum Ausgehen umzog, zwinkerte Jeremy Tom zu. «Denk drüber nach. Es sind bloß lumpige fünfundsiebzig Kröten», sagte er und knöpfte sein sorgfältig gebügeltes Seidenhemd zu. Allein von dem, was so ein Hemd kostet, dachte Tom, könnten wir unsere Stromrechnung bezahlen.

«Ich brauch deine mildtätigen Gaben nicht», erklärte Tom.

«Ach nein?», sagte Jeremy. «Dann muss ich wohl was falsch verstanden haben.»

Tom drehte sich zur Wand und blieb so liegen, bis Jeremy gegangen war.

Als er die Wohnungstür zuknallen hörte, rollte Tom sich auf den Rücken. Er starrte an die Decke, dachte nach und wartete.

Jeremy kam spät nach Hause. Tom lauschte, hörte ihn in der Küche herumstöbern, Türen auf- und zumachen und mit Besteck klappern.

«Ich kann dir dein Auto waschen!», platzte Tom los, als Jeremy in sein Zimmer kam.

«Himmel!», sagte Jeremy, dem sein Sandwich fast aus der Hand rutschte. «Soll ich wegen dir vielleicht auch noch einen Herzinfarkt kriegen?»

«Tut mir Leid. Tut mir wahnsinnig Leid.»

«Ja, ja.» Er knipste das Licht an. «Du willst also mein Auto waschen.»

Am folgenden Samstag weckte Jeremy Tom um sieben. Sie fuhren zur nächsten Tankstelle. Es war zu kalt dafür, aber Tom bat Jeremy trotzdem, das Verdeck zu öffnen. Er wünschte sich, Mike könnte ihn so sehen. Als sie bei der Tankstelle ankamen, holte Jeremy die Putzutensilien hervor.

Tom stöhnte. «Das brauchen wir doch wohl nicht alles, oder?»

Jeremy sagte nur: «Willst du die Kohle oder nicht?»

Zuerst wurde der Wagen abgespritzt (im Schatten, nie in der Sonne), dann gewaschen (mit warmem Seifenwasser und einem Naturschwamm; da hieß es aufpassen, dass keine Steinchen oder Sandkörner auf den Schwamm gerieten). Dann wurde er wieder abgespritzt und trockengerieben (mit einem weichen Baumwolltuch). Anschließend wurde der Wagen mit Wachs behandelt. Die Reifen geschrubbt. Die Sitze und Fußmatten abgesaugt. Die Fenster gewaschen (erst innen, dann außen, nie andersherum). Das Armaturenbrett abgewischt (nie gewaschen). Um Jeremy wenigstens kurz aus seiner verbissenen Konzentration herauszuholen, hob Tom irgendwann den Schlauch und spritzte ihn voll. Doch als der Wasserstrahl Jeremys T-Shirt zum zweiten Mal traf, wusste Tom, dass er einen Fehler gemacht hatte.

Jeremy sah langsam hoch.

«Huch», sagte Tom und hielt den Schlauch nach unten. «Tut mir Leid.»

Jeremy bewegte sich auf ihn zu. Tom verzog sich hinter den Wagen.

«Komm her.» Jeremy winkte ihm mit einem Finger. «Komm her, Tom.»

«Ich hab mich doch schon entschuldigt!»

«Ich tu dir ja auch nichts. Ich will nur mit dir reden. Komm her, wird's bald.»

Nachdem sie den Wagen viermal umkreist hatten, ging Jeremy auf ihn los. Tom stolperte über den Schlauch, Jeremy riss ihn hoch und hielt ihn am Kragen fest.

«Ab sofort wirst du mein Auto jede Woche einmal waschen», sagte er, während er ihn näher an sich heranzog. «Jede Woche. Solange ich hier bin.»

«Du kannst mich mal», erwiderte Tom. «Ich will dein Geld nicht mehr.»

«Du wirst genau das machen, was ich eben gesagt habe.»

«Oder was?»

«Oder ich gehe zu deiner Schule. Ich werde diese Paulina schon finden.» Er neigte sich zu Tom und flüsterte ihm ins Ohr: «Und dann erzähl ich ihr alles, was du mir gesagt hast.»

Tom wurde starr vor Wut.

«Und auch ein paar Sachen, die du nicht gesagt hast», fügte Jeremy lachend hinzu.

«Tja, Tom», bemerkte sein Cousin, bevor er an diesem Abend wegging. «Sieht so aus, als hättest du einen Job.»

Eigentlich war es gar nicht so schlimm. Jeremy kaufte Lebensmittel ein, räumte hinter sich auf und kümmerte sich ansonsten weitgehend um seine eigenen Angelegenheiten. Ab und an verschwand er und kam erst wieder, wenn er sich nicht mehr auf den Beinen halten konnte. Muss erblich sein, dachte Tom.

Seine Mutter hatte heute wirklich Nachtschicht. Sie gab Jeremy einen Kuss auf die Wange – ein Dankeschön, weil er fürs Abendessen eingekauft hatte, obwohl sie zu verkatert gewesen war, um mehr als ein paar Bissen herunterzubringen. Als sie weg war, machte Tom am Küchentisch seine Hausaufgaben fertig und spülte dann das Geschirr.

«Wo willst du hin?», rief Jeremy, der es sich im Wohnzimmer gemütlich gemacht hatte, als Tom sein Rad aus der Besenkammer rollte.

«Nach draußen», sagte Tom und trat den Radständer hoch.

«Wohin?»

Tom hörte den Liegesessel quietschen, als Jeremy sich erhob. Er verkniff sich ein «Das geht dich nichts an» und atmete stattdessen mit geschlossenen Augen tief durch. «Nur 'ne Runde mit dem Fahrrad drehen.»

«So spät noch?»

«Es ist erst halb eins.»

«Spät genug», sagte Jeremy. Er stand mit gekreuzten Armen vor der Tür. «Und du hast morgen Schule.»

Der Trick, hörte er Mike sagen, besteht darin zu glauben, dass man nicht aufzuhalten ist. «Ich will jetzt mit dem Fahrrad los. Lass mich durch.»

«Verschwinde ins Bett. Gehe nicht über Los, ziehe nicht zweihundert Dollar ein.»

Tom schob sein Rad vorwärts, direkt auf Jeremys Füße zu, und blieb dann stehen. Jeremy sah zu ihm herunter.

Tom sagte: «Du hast kein Recht, mir zu sagen, was ich tun soll. Du bist nicht mein Vater. Du bist nicht mal mein Bruder. Du bist bloß ein Typ, der zu geizig ist, sich eine eigene Bude zu besorgen.»

Jeremys Gesicht wurde starr. «Ich mein's doch nur gut.»

«Dann geh zur Heilsarmee. Wir brauchen deine Hilfe nicht.»

«Du Trottel», sagte Jeremy. «Ist dir eigentlich klar, was für Irre da draußen rumlaufen?»

Tom griff nach dem Türknauf und Jeremy wich zur Seite. «Ich kann für mich selbst sorgen.»

Er rechnete damit, dass Jeremy ihn zurückhalten würde, aber der rührte keinen Finger.

Tom fuhr nicht weit, nur zu dem kleinen Park hinter der Fraser Avenue, einem ehemaligen Verkehrskreisel. Dort setzte er sich auf eine Schaukel.

Es fing an zu regnen, zur Hälfte dicke Tropfen, zur anderen Geniesel. Tom mochte die Farbe von nassem Asphalt bei Nacht, den Geruch nach Gras und Staub und das Geräusch des vorbeizischenden Verkehrs.

Eine Prostituierte, die er noch nie gesehen hatte, saß rauchend auf einer Bank in der Nähe. Einen Moment lang beäugte sie ihn misstrauisch, dann schenkte sie ihm keine Beachtung mehr. Nur eine oder zwei von den Frauen hatten je mit ihm gesprochen. Er machte sich nichts daraus. Es war immer noch angenehmer, stumme Gesellschaft zu haben, als allein dazusitzen.

Als sie ging, fühlte sich der Park leer an, und er wäre am liebsten nach Hause gefahren. Aber er blieb noch da. Niemand, nicht einmal seine eigene Mutter, konnte ihm vorschreiben, was er zu tun hatte. Wenn er um Mitternacht mit dem Fahrrad losziehen wollte, war das allein seine Sache. Er war kein Kind mehr. Er wusste, was er tat. Außerdem war dies Vancouver, verdammt nochmal, und nicht New York.

Er blieb noch eine halbe Stunde im Park. Mittlerweile, rechnete er sich aus, war Jeremy bestimmt längst schlafen gegangen.

Als er nach Hause kam, saß Jeremy mit einem Taschenrechner am Küchentisch. Er blickte nicht auf, obwohl Tom sich direkt neben ihn stellte. Der Tisch war übersät mit Papieren. Tom sah genauer hin und stellte fest, dass es lauter Rechnungen waren – Strom, Telefon, Miete. Die Schuhschachtel, in denen er sie sonst aufbewahrte, stand auf dem Fußboden.

«Was machst du da?»

Jeremy hämmerte auf die Tasten des Taschenrechners ein. «Du kannst für dich selbst sorgen, ja?»

«Das da ist privat!», sagte Tom.

«Wie tief seid ihr in den Miesen?»

«Das geht dich einen Scheißdreck an! Verschwinde!»

«Setz dich», sagte Jeremy ruhig.

«Raus hier, verdammt! Raus! Hier!»

Endlich sah Jeremy zu ihm hoch. «In drei Tagen wird euch der Strom abgestellt. Was willst du dagegen unternehmen?»

«Ich kann es nicht fassen, dass du meine Sachen durchwühlt hast», sagte Tom.

«*Deine* Sachen? Hast du darüber denn nicht mit deiner Mutter gesprochen?»

«Meine Güte», sagte Tom, griff nach den Rechnungen, schob sie zurück in die Schuhschachtel. «Halt Mom da raus. Sie kann nicht ... sie, sie hat es zurzeit nicht so leicht. Lass sie einfach in Ruhe.»

Jeremy packte eine Ecke der Schuhschachtel und zog. Tom zog in die Gegenrichtung, ließ dann aber los, sodass

Jeremy die Schachtel an sich riss. «Setz dich», sagte er. «Setz dich.»

Tom griff nach einem Stuhl. Er setzte sich und schloss für einen Moment die Augen. Als er sie wieder aufmachte, starrte Jeremy ihn an. «Ich möchte nicht, dass du mit Mom darüber sprichst. Es ist schon okay. Ich kümmere mich darum.»

«Wie denn?» Jeremy hielt Toms Arztrechnungen hoch. Tom zuckte zusammen. Jeremy machte seinen Geldbeutel auf. Dann legte er einen Fünfzig-Dollar-Schein auf jede Rechnung. Er nahm sich auch die letzte Stromrechnung vor, die Telefonrechnung, die Mahnung für die Miete, die Mastercard-Abrechnung seiner Mutter und tat dasselbe. Als er damit fertig war, sah er Tom an. «Kannst du mich hören?»

Tom schluckte, unfähig, den Blick von den Scheinen abzuwenden. Wie viel Geld lag da auf dem Tisch? Zwei-, dreitausend Dollar? O Gott, wo hatte er solche Summen her?

«Bodenstation an Tommy. Kannst du mich hören?»

«Ja», antwortete Tom leise.

«Dann wollen wir einen Deal machen.» Jeremy war auf einmal bestens gelaunt.

Tom spürte ein bedrohliches Kribbeln in seiner Wirbelsäule. Das musste ein ganz übler Scherz sein.

«Was für einen Deal?»

Jeremy lächelte. «Weißt du noch, was du gesagt hast, bevor du weggegangen bist? Dass ihr meine Hilfe nicht braucht?»

Tom sagte nichts, merkte aber, wie sein Gesicht knallrot anlief.

«Ach, ich bin nicht nachtragend», sagte Jeremy augenzwinkernd. «Nicht aufregen, sondern abrechnen − das ist mein Motto. Sieh mal, es ist ganz einfach. Ich begleiche eure Außenstände, eine Rechnung pro Woche, außerdem helfe ich euch mit der Miete und den Lebensmitteln, und dafür musst du nichts weiter tun als eine winzige Kleinigkeit.»

Tom wappnete sich innerlich. «Und das wäre?»

«Ach, es ist ganz leicht. Du sollst nur brav sein.»

Tom starrte ihn argwöhnisch an. «Wenn du ‹brav› sagst, was meinst du damit?»

«Schluss mit den heimlichen Ausflügen allein bei Nacht. Keine Übernachtungen woanders, ohne rechtzeitig anzurufen, und auch nur mit meiner ausdrücklichen Erlaubnis. Du fragst mich, ob du zu einer Party gehen darfst. Du hörst auf mich, wenn ich dir sage, was du zu tun hast.»

Tom musste sich zusammenreißen, um nicht laut zu werden. «Aber −»

«Kein Aber.» Jeremy beugte sich vor. «Ist das ein Deal?»

Es klang verführerisch. Ein wenig Freiheit verloren. Ein wenig finanzielle Sicherheit gewonnen. Nur lange genug, um durchs Schuljahr zu kommen, ohne sich wegen der Miete Sorgen machen zu müssen. Wenn sein Cousin Mutter Teresa spielen wollte, wie konnte er da nein sagen?

«Sieht so aus.»

Jeremy erhob sich und klopfte ihm auf den Rücken. «Eine kluge Entscheidung. Du wirst es nicht bereuen. Und jetzt geh ins Bett. Siehst du? Ist das so schlimm?»

Tom schob seinen Stuhl zurück und stand auf. Ihm war schwindlig. Er ging ins Badezimmer, schloss die Tür ab, um sicherzustellen, dass er ein paar Minuten für sich allein hatte, zum Nachdenken. Geistesabwesend putzte er sich die Zähne, starrte sich im Spiegel an. Wie schlimm konnte es werden?

Am nächsten Samstag legte Tom sich ins Bett, um zu lesen. Ihm taten die Arme weh und sogar die Schultern. Fünf Stunden hatte er damit verbracht, Jeremys blödes Auto zu waschen, die Fußböden in der Wohnung zu schrubben und Jeremys verdammtes Mädchen für alles zu spielen. Jeremy konnte sein Geld nehmen und es sich in den Arsch schieben. Tom würde auf keinen Fall noch einmal so einen Tag mitmachen.

Jeremy klopfte. Tom wusste, dass es Jeremy war, weil seine Mutter nie klopfte, bevor sie in sein Zimmer kam. Stirnrunzelnd beugte er sich so weit über das Buch, dass die Zeilen verschwammen.

«Immer noch sauer auf mich?», fragte Jeremy fröhlich.

Tom blätterte um.

«Ja, Jeremy»», sagte Jeremy mit hoher, quieksiger Stimme. «Ich hasse dich immer noch wie die Pest.»» Jeremy setzte sich aufs Bett und fuhr mit normaler Stimme fort: «Was wäre, wenn ich dich fragen würde, ob du mit mir 'ne kleine Spazierfahrt unternehmen willst?» Er stand auf. «‹Tja, ich weiß nicht. Da muss ich erst meine Mom fragen.›»

«Geh weg», sagte Tom und drehte sich auf die andere Seite, damit Jeremy sein Gesicht nicht sah.

«Es kann ja sprechen!»

Tom presste die Lippen aufeinander.

«‹Ich habe alle meine Hausaufgaben gemacht und noch gar nichts weiter vor, Jeremy.›» Jeremy zwickte Tom ins Bein. «Na, dann wollen wir mal!»

Tom steckte sich die Finger in die Ohren.

«Es ist schon eine ganze Stunde her, dass du mit mir geredet hast», sagte Jeremy traurig. «Wenn du nicht bald irgendwas sagst, gräme ich mich zu Tode.»

«Verschwinde», murmelte Tom.

«Okay. Herzlichen Glückwunsch zum Geburtstag, Kleiner.» Dann, beiläufig: «Ich hab auch ein Geschenk für dich. Na, neugierig?»

«Nein.» Tom blätterte um.

«Es ist größer als ein Brotkasten.»

Tom knallte das Buch zu. Er warf Jeremy einen bösen Blick zu und rutschte an den Rand des Bettes, um aufzustehen. Jeremy packte ihn an den Armen und schob ihn lachend nach hinten.

«Lass mich los!», rief Tom. Er fing an zu strampeln.

«Na, so was! Es hat schon wieder gesprochen!» Jeremy setzte sich rittlings auf Toms Brustkorb, drückte ihn auf die Matratze hinunter. «Und wenn es weiß, was ihm gut tut, dann wird es auch weiter sprechen!»

«Runter von mir!»

Jeremy summte und tat, als säubere er sich die Nägel.

Tom strampelte, kickte, versuchte sogar, ihn zu beißen. Jeremy gähnte. «Können wir jetzt reden?»

«Wenn du nicht sofort von mir runtergehst –»

«Dann tust du was?», fragte Jeremy, ohne sich zu rühren.

«Zu Mommy laufen und petzen?» Jeremy langte hinüber und hob das Buch auf. «*Schläfenlappenepilepsie, Manie, Schizophrenie und das limbische System*. Ganz leichte Lektüre, hm? Herrgott, liest du denn nie was Normales? Je was von Stephen King gehört?»

Tom hörte auf, sich zu wehren. «Was willst du?»

Jeremy lächelte. «Das klingt schon besser. Dann wollen wir mal sehen. Also, erstens, hast du Lust auf eine Spazierfahrt?»

«Nein.»

«*Meep.* Falsche Antwort.» Jeremy langte nach unten und zog Toms Hemd hoch.

«He, was soll das?»

«Probieren wir's doch gleich nochmal. Hast du Lust auf eine Spazierfahrt?»

«Nein!»

«*Meep.* Wieder falsch. Letzte Chance.» Jeremy kniff Tom fest in die Seite. Tom wand sich. Jeremy rieb sich die Hände. «Meine Güte», gluckste er. «Kitzelig. Perfekt. Also, machen wir eine Spazierfahrt?»

Tom schaffte es, einen Arm freizubekommen. Er schlug nach Jeremy, der grunzte und rückwärts kippte. Tom wälzte sich herum, wand sich los, wurde aber gleich wieder niedergerissen und landete auf dem Bauch. Jeremy beugte sich über ihn und flüsterte: «*Meep.* Schon wieder falsch. Du hast verloren, Bürschchen.»

Niemand hatte Tom je gekitzelt. Sein Cousin war unerbittlich. Als Jeremy mit ihm fertig war, fühlten sich seine Rippen an wie geprellt, und er keuchte, den Tränen nahe.

«Probieren wir's noch ein letztes Mal», sagte Jeremy heiter. «Möchte Tommy eine Spazierfahrt machen?»

Tom blieb liegen, schnappte nach Luft.

Jeremy berührte ihn leicht an der Seite.

«Ja!», sagte Tom schnell. «Ja!»

«Das klingt schon viel besser! Also, wird Tommy Jeremy alles verzeihen? Hmmm?»

«Ja.»

«Und Tommy wird auch nicht mehr schmollen?»

«Nein.»

«Ist Tommy sich da ganz sicher?» Jeremy drückte auf Toms Rippen.

«Ja. Lass das, Jeremy. Bitte.»

«Bitte, bitte?»

Tom biss die Zähne zusammen. «Bitte, bitte.»

«Irgendwie habe ich das Gefühl, du bist nicht ganz aufrichtig», sagte Jeremy in ernstem Ton. «Wenn es dir wirklich, ehrlich Leid tut, dass du dich wie ein Arsch aufgeführt hast, wirst du das sicher auch beweisen wollen, oder, Tommy?»

Tom schloss die Augen und holte tief Luft. Dann noch einmal. Und noch einmal. Jeremy hüpfte auf ihm herum. «Sag mal, pennst du?»

«Verdammt –»

Jeremy fing wieder an, ihn zu kitzeln, und rief dabei: «Sag *Supercalifragilisticexpialidocious*! Sag es! Sag es, oder ich mach weiter!»

In seiner Verzweiflung schrie Tom «Mom!», aber es kam kaum mehr als ein Krächzen heraus. Er kriegte einfach nicht genug Luft. Jeremy hielt einen Moment inne.

Tom sagte: *«Super. Cali. Expe. Fragi …»* Scheiße, dachte er. Was kommt danach? *«Lista. Dextro –»*

«Alles», sagte Jeremy. Seine Hände näherten sich schon wieder Toms Hüften. «Das Wort, das ganze Wort und nichts als das Wort. Nicht mogeln!»

«Ich kann mich nicht mehr erinnern! Bitte, Jere…»

Jeremy johlte und ließ Tom los. Er lachte, als Tom sich sein Hemd in die Hose stopfte. Tom stand auf und stürzte zur Tür.

«*Meep*», sagte Jeremy. «Falsche Richtung. Komm wieder her.»

Tom erstarrte, ließ die geballten Fäuste hängen.

«Komm wieder her, Tommy.»

«Was willst du?», fragte er, ohne sich umzudrehen.

«Na, komm schon. Sei brav. So ist es gut. Setz dich.»

Tom setzte sich steif auf Jeremys Bett. Jeremy nahm neben ihm Platz und legte ihm einen Arm um die Schulter. Tom schüttelte sie ab.

«*Meep*», sagte Jeremy. Wieder legte er den Arm um Toms Schulter, und diesmal tat Tom nichts dagegen. «Na komm, ganz locker. Solange du brav bist, brauchst du dir um nichts Sorgen zu machen. Also. Wollen wir brav sein?»

Tom nickte kläglich.

«Dann mach dich schnell stadtfein, gleich geht die Post ab!» Jeremy sprang auf und zog Tom mit hoch. «Ich nehme das Geburtstagskind auf eine Spazierfahrt mit», rief er, als sie am Wohnzimmer vorbeimarschierten.

«Viel Spaß», sagte seine Mutter. «Kommt nicht zu spät wieder.»

Tom machte den Mund auf, wollte um Hilfe schreien, aber Jeremy stieß ihn vor sich her. Auf dem Parkplatz riss Tom sich von ihm los, ergriff die Flucht. Doch Jeremy fing ihn gleich wieder ein und zischte: «*Meep*.»

«Das kannst du nicht machen», sagte Tom, als Jeremy ihm einen Arm auf dem Rücken verdrehte. «Das ist Kidnapping.»

«*Meep*-badda-*meep-meep*», sang Jeremy. «*Meep-meep*.»

«Du Schwein.»

Jeremy lachte. Schwungvoll zog er für Tom die Beifahrertür auf. «Setz dich.» Tom setzte sich. Jeremy knallte die

Tür zu und stieg auf der Fahrerseite ein. «Keine kleinen Tricks wie Aussteigen während der Fahrt oder heimliches Rausspringen vor roten Ampeln und schnall dich an.»

Jeremy sang, als er wie üblich mit aufheulendem Motor vom Parkplatz startete.

«Kannst du nicht wie ein normaler Mensch fahren?», murmelte Tom.

«Tommy schmollt», sagte Jeremy mit mahnendem Unterton.

Sie fuhren schweigend. Jeremy schob eine Kassette in den Rekorder, und Bob Seeger and the Silver Bullett Band legten mitten im Song los.

«Bist du nicht neugierig auf dein Geschenk?»

Tom schwieg.

«‹Klar bin ich neugierig, Jeremy! Was hast du denn für mich, was hast du denn für mich?›», sagte Jeremy mit seiner anderen, quieksigen Stimme.

«Tja, Kleiner. Es ist wirklich was Tolles, wenn ich das so sagen darf. ‹Was ist es denn? Was ist es denn?› Das kann ich dir leider nicht verraten. Es ist eine Überraschung. ‹Nun gib mir doch wenigstens einen Tipp, einen kleinen Tipp.› Tja, es ist größer als ein Brotkasten. Es ist ganz weich. Und Mike McConnel hat so eins. ‹Doch nicht etwa was aus Leder, oder?› Aber Tommy! Wie bist du bloß darauf gekommen?»

Tom machte unwillkürlich große Augen. «Du lügst.»

«Es sei denn, du hast kein Interesse daran.»

«Du willst mich bloß verarschen.»

Jeremy lachte. Er warf Tom einen Blick zu, sah seinen Gesichtsausdruck und wurde für einen Moment ernst. Dann langte er über den Sitz und knuffte ihn. «Probieren wir's noch einmal. Würde ich das Geburtstagskind auf den Arm nehmen?»

«J...» Tom kniff den Mund zu, als Jeremy den Zeigefinger hob und ihn hin und her schwingen ließ.

«Du bist schnell. Lass dir bloß von niemandem einreden, du wärst langsam. Wenn ich mich recht entsinne, sagtest du, er hätte das Teil in der Leather Ranch gekauft. Das ist doch korrekt, oder?»

«Ja», sagte Tom, mittlerweile halb überzeugt, dass Jeremy es ernst meinte.

«Und zu dem Einkaufszentrum da drüben gehört ein Geschäft, das sich zufälligerweise Leather Ranch nennt, oder?»

«Ja. Jeremy?», begann Tom zögernd, denn er wusste nicht, wie er die Frage formulieren sollte, ohne unhöflich zu klingen. Warum würdest du mir eine Lederjacke kaufen wollen?

«Ja?»

«Ich muss noch Hausaufgaben machen. Ich muss –»

«Aber doch nicht heute Abend. Heute Abend wollen wir's uns gut gehen lassen.»

Sie parkten, und Jeremy führte ihn mit festem Griff direkt überm Ellbogen zum Einkaufszentrum. «Wir wollen doch nicht, dass du verloren gehst. Also. Die Spielregeln. Nummer eins: Du suchst dir eine Jacke aus. Nummer zwei: Ich akzeptiere die Jacke. Nummer drei: Du siehst bei keiner Jacke aufs Preisschild. Hast du diese Regeln verstanden?»

«Aber Jere...»

Jeremy drückte voll auf einen Nerv in Toms Arm. «Hast du diese Regeln verstanden?»

Als der Druck nachließ, sagte Tom: «Ja.»

«Gut. Regel Nummer vier: Ich bezahle. Du kaufst ein.

Und du bekommst von mir das Signal – *meep* –, wenn ich dich dabei erwische, dass du eine Regel verletzt. Solltest du so dumm sein, das Signal zu ignorieren, dann schmeiße ich dich auf den Boden und kitzle dich durch, bis du dich einpisst. Ist das klar?» Er drückte wieder zu.

«Ja.» Tom hatte gedacht, Jeremy würde ihn loslassen, wenn sie ins Einkaufszentrum kamen, aber dem war nicht so.

«Okay, wenn du mehr als *vier* Signale bekommst, dann schmeiße ich dich auf den Boden und kitzle dich durch, bis du dich einpisst. Noch Fragen?»

Tom schüttelte den Kopf.

«Gut. Weißt du, es macht mir richtig Laune, mal der Ältere zu sein», sagte Jeremy fröhlich. «Das ist viel, viel besser. Du kannst von Glück sagen, dass du keine älteren Brüder hast. Meine haben mich echt in den Wahnsinn getrieben.»

Sobald sie im Geschäft waren, setzte Jeremy sich zu der Kassiererin, einer hübschen Blondine, die sich den Mund zuhielt, wenn sie kicherte. Er wedelte mit einer Hand zu Tom hin und erklärte ihm, er solle sich umsehen. Tom entdeckte sofort eine schwarze Fliegerjacke, genau so eine, wie Mike sie hatte. Er trug sie zu Jeremy hinüber, der ihm sagte, er solle sie anprobieren.

«Bäh», meinte Jeremy dann. «Kommt nicht in die Tüte. Häng das Teil weg.»

«Aber ich finde –»

«*Meep.*»

Die Kassiererin kicherte, während sie Jeremy mit einem wimpernverhangenen Blick bedachte. Tom wanderte weiter durch den Laden, zog Jacken von den Stangen, hängte sie wieder zurück. Schließlich kam Jeremy ihn mit der Bemerkung holen, sie seien nicht zum Trödeln da. Aus alter

Gewohnheit hob Tom ein Preisschild hoch, und Jeremy gellte triumphierend: «*Meep!* Noch zweimal, Kleiner, und du schwimmst kieloben.»

Ohne überhaupt richtig hinzusehen, griff Tom nach einer Jacke und zeigte sie Jeremy.

«Nicht übel.» Er drehte sich zur Kassiererin um. «Hast du die auch in Braun da?», rief er ihr zu.

«Ich will aber eine schwarze.»

«Schwarz steht dir nicht. Guck dich nur mal im Spiegel an. In Schwarz siehst du krank aus.»

Zum ersten Mal, seit sie den Laden betreten hatten, warf Tom einen Blick in den Spiegel. Dann drehte er sich schnell weg.

«So schlimm ist es nun auch wieder nicht», sagte Jeremy. «Weißt du, du bist kein Frankenstein.»

Tom starrte auf seine Joggingschuhe.

«Die Sache ist nur, dass du bescheuerte Klamotten trägst und bescheuerte Haare hast.»

«Das ist alles, ja?»

«Na komm, sei nicht so streng mit dir.»

«Da haben wir das Prachtstück», zwitscherte die Kassiererin. «Ich hab das Modell gleich eine Nummer größer rausgesucht, weil du bestimmt noch wächst.» Sie neigte den Kopf, um ihn anzulächeln. «Bei meinem Bruder war es haargenau so. Er hatte erst mit siebzehn einen Wachstumsschub. Also mach dir deswegen bloß keinen Kopf, hey.»

Tom schubste Jeremy. «Wenn du schon mal dabei bist, willst du ihr nicht gleich auch noch von Paulina erzählen?»

Jeremy wippte auf den Absätzen und sah schuldbewusst zur Decke hoch. Die Kassiererin kicherte.

«O nein, bitte nicht.»

«Wen kratzt das schon? Du wirst es doch niemandem erzählen, was, Sherrie?»

«Meine Lippen sind versiegelt.»

«Hast du gehört? Na komm, probier das Teil an.» Jeremy hielt ihm die Jacke zum Reinschlüpfen hin. Als Tom sich nicht rührte, setzte Jeremy ein tückisches Lächeln auf. «In zwei Sekunden bist du ein einziges *Meep* von der totalen Erniedrigung entfernt.»

«Du», sagte Tom, während er die Hände in die Ärmel schob, «du bist ja so durchgeknallt, dass es schon nicht mehr komisch ist.»

«Ja, ja. Tätärätä! Geil siehst du aus! Jetzt brauchst du nur noch eine anständige Frisur. Sherrie, kennst du einen Friseur, der noch offen hat?»

«Klar. Versuch's bei Hair Affair. Zwei Läden weiter. Frag nach Linda. Die hat's echt drauf.»

«Moment mal.» Tom blieb stehen. «Ich will nicht zum Friseur.»

«Keine Sorge. Die Jacke geht auf meine Rechnung, und das Geld für den Friseur kannst du mir später zurückzahlen.» Jeremy bezahlte die Jacke. Sherrie gab ihm ihre Telefonnummer. Jeremy zerrte Tom in den Frisiersalon.

«Ich mag meine Haare – Jeremy, hörst du mir überhaupt zu?», fragte Tom.

«Jammer nicht rum. Das nervt echt. Hallöchen! Einmal schneiden, für meinen Bruder hier, Linda soll das machen. Ist sie da?»

Linda hatte einen adretten platinblonden Bubikopf. Sie trug ein pinkfarbenes Kostüm von so ausgesuchter Hässlichkeit, dass es bestimmt sehr teuer gewesen war. Ihre

Fingernägel hatten dieselbe Farbe wie ihre Pumps und ihre Haare. Tom drehte Jeremy den Kopf zu und formte lautlos das Wort «Nein». Jeremy flüsterte: «Noch ein *Meep*, und du bist fällig.»

Tom wand sich innerlich, während Jeremy und Linda darüber berieten, wie er aussehen sollte. Drei entsetzliche Sekunden lang wollte Jeremy eine Dauerwelle plus Tönung, aber Linda schüttelte den Kopf.

«Dafür reicht die Zeit nicht.» Sie hob Toms Kinn. «Ich denke, wir rasieren den Nacken aus, aber die Strähnen vorne lassen wir stehen. Ja, das ist gut.»

Jeremy schüttelte den Kopf. «Abgelehnt. Da würde man ja immer noch das beschissene blaue Zeug sehen, das er in den Haaren hat. Das muss alles weg.»

«Auf keinen Fall!», brüllte Tom.

«Wie wär's denn damit?», sagte sie und deutete auf ein Foto.

Jeremy betrachtete es eingehend. «Ja. Ja, das gefällt mir.»

«Was? Lass mich mal sehen», sagte Tom.

«Hier. Stumpf geschnitten. Und darunter ganz kurz.»

«Du brauchst es ihm nicht zu zeigen. Das ist genau richtig.»

«Seine Haare.»

«Mein Geld.»

Linda verschränkte die Arme. «Wenn er nicht will, dann will ich auch nicht.»

Tom lächelte vor Erleichterung. Das Lächeln verflüchtigte sich, als Jeremy sich über ihn beugte. «Wenn Tommy nicht will, dann wird ihm das noch sehr, sehr Leid tun. Tommy will doch, oder?»

«Nein, ich will nicht!»

«Ach, Tommy. Du hast es nicht anders gewollt.» Jeremy riss ihn aus dem Frisierstuhl.

«Nein!»

«Sag ja, Tommy.»

Jeremy schnappte ihn am Ellbogen und drückte auf einen Nerv. Toms Arm fühlte sich an, als würde eine Nadel hindurchgestochen. «Nein. Nein. O Gott –» Jeremy drückte fest zu. «Verdammt, nein!»

«Sag ja, bevor es zu spät ist.» Langsam schob Jeremy ihn nach unten. Dann begann er ihn zu kitzeln.

«Hilfe!», rief Tom. Linda sah eine Weile zu, wandte dann peinlich berührt den Blick ab. Außer ihnen war niemand im Salon.

Eine halbe Stunde später applaudierte Jeremy, als Linda die letzten Härchen aus Toms Nacken bürstete.

«Du siehst geil aus, Kleiner. Jetzt. Ein weißes Hemd. Mit der neuen Frisur brauchst du eindeutig ein weißes Hemd. Was meinst du, Linda?»

Sie nickte und befingerte Toms kariertes Hemd. «Verbrenn seine Klamotten, und zwar alle, wenn die anderen auch so aussehen.»

Tom starrte sein Spiegelbild an. O Gott. Der Mensch, der ihm da entgegensah, war Mitglied in einem Debattierclub, hatte seine Hausaufgaben immer pünktlich fertig und nie, aber auch niemals Geldsorgen.

«Na komm, es sind doch bloß Haare.» Jeremy gab ihm einen Klaps. «Die wachsen doch nach. Kann ich deine Karte haben, Linda? In einem Monat trabt er hier wieder an.»

Jeremy kaufte ihm zwei weiße Hemden, einen Cowboy-Binder, ein Paar Jeans (steife dunkelblaue Lees), ein Paar spitze schwarze Lederschuhe Marke Fluevog und acht Paar

Nylonsocken. Tom stolperte Jeremy durch die Läden hinterher, wie benommen von den Summen, die Jeremy für ihn ausgab. «Jeremy», sagte er. «Um Himmels willen, das kann ich mir nicht leisten. Ich kann es dir nicht zurückzahlen.»

«Hmmm. Brauchst du auch Unterhosen?»

«Nein. Hörst du mir überhaupt zu? Ich hab kein Geld. Verdammte Scheiße, Jeremy, ich –»

«Guck mal, da ist ein Ausverkauf. Mach dir keinen Kopf, du musst mir ja nicht alles auf einmal zurückzahlen. Ein bisschen hier, ein bisschen da. Null Problemo.»

«Jeremy –»

«*Meep.* Diesmal nur zwei *Meeps*, Kleiner. Das war der erste.»

Tom brummte der Schädel. Jetzt hatte er auch noch Kopfweh. Jeremy zerrte ihn in ein Schmuckgeschäft, um ihm eine Uhr zu kaufen, aber der Inhaber wollte gerade schließen. «Verdammt», sagte Jeremy. «Dann müssen wir das später erledigen.» Sie setzten sich auf eine Bank im Einkaufszentrum, und Jeremy holte die Quittungen heraus. Schnell rechnete er alles zusammen und zeigte Tom, wie tief er in der Kreide steckte. Breit grinsend sagte Jeremy dann: «Weißt du, was ich brauche?»

«Ja», erwiderte Tom, entsetzt über die Summen, die da zusammengekommen waren. «Aber ich hab das Ritalin zu Hause gelassen.»

«Kicher, kicher. Nein, ich brauche jetzt was zwischen die Kiemen. Und ich kenne das ideale Plätzchen.»

Sie fuhren hinaus zu einem kleinen japanischen Restaurant. Jeremy bestellte für sie beide. Als das Essen serviert wurde, war Tom schon froh, dass er überhaupt wusste, was da auf seinem Teller lag.

«Probier mal ein bisschen Sushi», sagte Jeremy und bot ihm ein gefülltes Reisbällchen von seinem Teller an.

Tom schüttelte schnell den Kopf.

«Du ahnst ja nicht, was dir entgeht, Kleiner.»

Jeremy schäkerte mit der Kellnerin. Tom beobachtete die beiden, wünschte sich, Jeremy würde endlich den Mund halten und ihn nach Hause gehen lassen. Aber Jeremy hatte andere Pläne.

«Wie wär's mit Kino? Oder einem Club? Vielleicht eine Party?»

Tom beugte sich vor und stützte den Kopf in seine Hände. «Können wir nicht einfach nach Hause fahren?»

«Ich dachte, du bist gern lange auf. Freiheit oder Tod! Die Nacht ist jung!»

«Na schön, dann eben Kino», sagte Tom, weil damit sicherlich der geringste Energieaufwand verbunden war.

«Also los, Geburtstagskind. Der Countdown läuft!»

An seinem sechzehnten Geburtstag, nachts um halb zwölf und mitten im Spielfilm, machte Tom die Augen zu und schlummerte ein.

Zweite Begegnung

Als er an diesem Sonntag aufwachte, schloss Tom sich im Badezimmer ein und setzte sich auf die Toilette. Mann, Mike würde sich schlapp lachen. Er würde so etwas sagen wie: «Hat dir jemand ins Hirn geschissen oder ist Lobotomie wieder in Mode gekommen?»

Er konnte sich eine Baseballmütze aufsetzen. Tief in die Stirn ziehen. Aber in der Turnhalle müsste er sie abnehmen.

Und sie konnte ihm auch vom Kopf geweht werden. Mike würde sich nicht täuschen lassen, das war sicher. Er stand auf und wandte sich dem Spiegel zu.

«Gott, o Gott», murmelte er, während er sich mit der Hand durch die kläglichen Reste seiner Haare fuhr.

«Tommy?» Seine Mutter klopfte an die Badezimmertür. «Tommy, bist du fertig?»

«Nur noch einen Moment», sagte Tom. Er wickelte seinen Kopf in ein Handtuch. Verdammte Scheiße, das ist doch albern, dachte er. Er nahm das Handtuch wieder ab und machte die Tür auf.

Seine Mutter schlug sich eine Hand vor den Mund – eine Geste wie in einem Stummfilm.

«So schlimm?»

«Aber nicht doch», sagte sie und begann zu lächeln. «Ach, Tommy, es sieht einfach prima aus.» Sie streckte die Hand aus und berührte seine Stirn. «Ich hab deine Augen schon so lang nicht mehr gesehen, dass ich nicht mal mehr wusste, welche Farbe sie haben.»

Tom sah nach unten. «Ich weiß nicht. Ich finde es abartig.»

«Aber was redest du da? Endlich siehst du wieder aus wie ein Junge.»

«Es sind nur die Haare.»

«Ach was, du siehst richtig gut aus, Tommy.» Sie zog ihn über die Türschwelle nach draußen. «Ich muss mal pinkeln.»

Tom blieb einen Moment auf dem Flur stehen, um sich seelisch für die Begegnung mit Jeremy zu rüsten. Aber als er in die Küche kam, war sein Cousin nicht da. Tom sah im Wohnzimmer nach und dann sogar in seinem Zimmer, doch Jeremy war ausgeflogen.

In der Küche bereitete Tom sich seine Captain-Crunch-Cornflakes zu. Die Sonne schien durchs Küchenfenster. Seine Mutter kam herein und machte sich Toast. Sie summte vor sich hin und schüttelte hin und wieder den Kopf, um ihm dabei einen verstohlenen Blick zuzuwerfen. Schließlich setzte sie sich ihm gegenüber hin, langte über den Tisch hinweg und wuschelte ihm durchs Haar. «Ich hab's dir ja gesagt.»

«Was denn?», fragte Tom.

«Das mit dir und Jeremy. Ihr seid Freunde geworden.»

Tom rümpfte die Nase. «Das hättest du wohl gern.»

Sie versuchte, ihm in die Wange zu zwicken, und er duckte sich. «Wenn du das machst, siehst du wie dein Großvater aus.»

«Wenn ich was mache?»

Sie rümpfte die Nase und blinzelte ihn mit säuerlicher Miene an. «Ach, gib's doch zu. Du und Jeremy, ihr seid Freunde.»

«Mom», sagte Tom. Aber sie wirkte geradezu glücklich, und da sie das so lange nicht gewesen war, hielt er den Mund.

«– nach Hause fliegen, vielleicht sogar über Weihnachten, wie findest du das?» Sie lächelte ihn erwartungsvoll an. Er rang sich ein Grinsen ab, während er versuchte, sich einen Reim auf das zu machen, was sie soeben gesagt hatte. «Toll.»

«Ja, Tommy, es wird bestimmt ganz toll! Du wirst sehen. Wir werden uns einen riesigen Baum besorgen, und ich werd Mutter mit dem Truthahn helfen.»

Während sie weiterredete, packte ihn schon das Grauen vor einer Familienweihnacht unter dem Motto der Liebe, bei der man sich andauernd nur das Beste wünschte, ohne auch nur ein Wort davon ernst zu meinen. Na ja, dachte er, bereits resigniert, es ist noch ein Dreivierteljahr hin. Zwischen jetzt und dann kann sich noch manches ändern.

Er aß sein Frühstück auf, spülte sein Geschirr und räumte es weg, während seine Mutter am Tisch in Erinnerungen schwelgte, die Fakten so lange ummodelte, bis sie zu ihrer neuen Geschichte passten. Im Gegensatz zu ihrem wohl bekannten Klagelied war sie nicht mehr die unschuldig Verstoßene, die man den Wölfen zum Fraß vorgeworfen hatte – nein, jetzt war sie zu Hause ausgezogen, und beide Seiten hatten irgendwie den Kontakt abreißen lassen. In dieser Version erschien die Familie in einem wesentlich milderen Licht. Sie war nicht mehr die Verkörperung des Bösen, sondern höchstens etwas lieblos. Oder vielmehr etwas gedankenlos.

Ihr Gesicht wurde rot vor Aufregung. Sie beschrieb Ausflüge zu Pferd, Beerenpflücken im Wald. Jeremy hatte sie Morgenluft wittern lassen: Der Tag der Versöhnung stand unmittelbar bevor. Tom machte ihr Kaffee mit extra viel Süßstoff. Auf einmal merkte er, dass er ein bisschen eifersüchtig war, aber gleichzeitig auch erleichtert. Sie setzte ihre Hoffnung auf jemand anderen.

Früher oder später würde Jeremy wieder verschwinden und alles würde zum Normalzustand zurückkehren. Sollte diesmal doch Jeremy derjenige sein, der sie enttäuschte. Sollte diesmal doch Jeremy das Schwein sein.

Dann rief Onkel Richard an. «Ist deine Mutter zu Hause?» Tom hatte ihn schon fast vergessen, hatte gedacht, die Botschaft sei angekommen.

«Nein», log Tom, während seine Mutter auf der Schwelle zum Badezimmer stehen blieb, eine Augenbraue neugierig hochgezogen. «Ich weiß nicht, wo sie ist.»

Am anderen Ende der Leitung gab es eine Pause. «Richte ihr aus, dass ich nochmal angerufen habe.»

Er legte auf, und Tom empfand eine vage Anwandlung von Mitleid.

Während seine Mutter duschte, spürte er eine Aura nahen – etwas Schleichendes, Waberndes, das schnell näher rückte, bis er fest daran glaubte, dass irgendjemand in der Wohnung war. Irgendjemand, der sie beide umbringen wollte, der mit einem Schlachtermesser von Zimmer zu Zimmer ging. Es ist nur die Aura, nur die Aura, dachte er. Seine Mutter konnte ihn in der Verfassung nicht ertragen. Sie fühlte sich dann immer so elend, dass sie auf Tour gehen musste.

Er rief bei Mike an, aber Patricia sagte, der sei weggegangen. Er beschloss, eine Runde mit dem Fahrrad zu drehen, um den Kopf freizubekommen. Er radelte zum Stanley Park und über den Deich. Es war ein sonniger Tag, aufgefrischt durch einen scharfen Wind, der vom Meer hereinwehte. Tom machte Halt und sah sich die Schiffe an. Irgendwann wollte er genug Geld haben, um sich ein Boot zu besorgen und von allem wegzusegeln. Sie lebten jetzt schon seit acht Jahren in British Columbia, aber das einzige schwimmende Gefährt, auf das er bisher einen Fuß gesetzt hatte, war der Seabus, die Fähre nach Nord-Vancouver.

Die richtigen Anfälle waren ihm fast lieber als die Auren. An die Anfälle konnte er sich nie erinnern. Jeder war wie ein kleiner blinder Fleck, und dann standen Leute über ihm. Einmal war er aufgewacht, als jemand ihn reanimierte, was höllisch wehtat, weil sein Herz ja nicht stehen geblieben war. Die Anfälle empfand er zwar als peinlich – und beim Aufwachen fühlte er sich immer zerschlagen und erschöpft –, aber sie machten ihn nicht so paranoid, als wäre er das bereits auserwählte Mordopfer in der Eingangsszene einer Folge von *Akte X*.

Der Fahrradweg war voll, als er wieder in den Sattel stieg. Sonntag war nicht der beste Tag, um am Deich zu radeln, wenn man allein sein wollte. Aber eigentlich mochte er die Menschenmassen, genoss das Gefühl von Normalität. Dann allerdings wurde es kalt, die Aura verflüchtigte sich, und er war müde. Er machte kehrt und fuhr heimwärts.

Jeremy war noch nicht zurück. Am Kühlschrank hing eine Nachricht von seiner Mutter: Man habe sie gebeten, wieder die Nachtschicht zu übernehmen. Dies war ihre vierte Nacht hintereinander. Es überraschte ihn, dass sie sich offenbar klaglos in die Überstunden fügte, bis ihm einfiel, dass sie ja über Weihnachten zu ihrer Familie in den Osten reisen wollte. Deshalb war sie wohl scharf auf das zusätzliche Geld.

Tom machte sich ein Sandwich und breitete seine Hausaufgaben auf dem Küchentisch aus. Er hatte Französisch als Fremdsprache gewählt, bereute die Entscheidung aber schon. Mike behauptete, Spanisch sei leichter, und er hatte ein paar Freunde, die Spanisch sprachen, Leute also, an denen er seine Sprachkenntnisse austesten konnte. Tom machte seine Übungen, konjugierte pflichtbewusst unregelmäßige Verben und dachte dabei, er hätte lieber auf Mike hören sollen. Im nächsten Jahr standen die Vorentscheidungen an, und wenn er sich überhaupt Hoffnungen auf ein Stipendium machen wollte, dann wurde es höchste Zeit –

Sein Stuhl rutschte unter ihm weg, er fand sich auf dem Fußboden wieder und sah die Küche einen Moment lang grau werden, dann blau und golden. Alles roch nach Staub. Plötzlich konnte er wieder klar sehen. Er dachte: Das war's, es ist vorbei, aber der Anfall blieb aus. Er war wach, fühlte die Seite seines Kopfes pochen, mit der er auf dem Linoleum aufgeschlagen war.

«Hallöchen!», sagte Jeremy fröhlich. «Hast du mich schon vermisst?»

Jeremy hievte ihn auf die Beine, und Tom schwankte. Trotz seiner Benommenheit versuchte er, Jeremy in den Arm zu boxen, traf aber nicht und wäre wieder hingefallen, wenn Jeremy ihn nicht gehalten hätte. Jeremy lachte.

«Bist du denn total wahnsinnig geworden!», hörte er sich schreien – halb vor Wut, halb vor Scham.

«Hier geht's lang», sagte Jeremy und führte ihn am Ellbogen ins Wohnzimmer.

Er versuchte, den Arm freizubekommen, schon allein aus Prinzip. Jeremy drückte fester zu, der Schmerz schoss Toms Arm hoch, und er ließ sich weiterziehen.

Im Wohnzimmer lagen etliche Tüten mit Designernamen darauf. O Gott, dachte Tom, wo hat er das Geld her? Jeremys Familie war reich, aber so reich nun auch wieder nicht.

«Ta-taaa!», schmetterte Jeremy und ließ ihn los. Er langte nach einer Tüte und zog ein Hemd heraus, riss beide Ärmel hoch und hielt es Tom zur Ansicht hin.

«Hast du denn noch nicht genug Klamotten?», sagte Tom.

Jeremy verdrehte melodramatisch die Augen. «Er hat Augen, kann aber nicht sehen. O Herr ...» Jeremy schlug Tom mit der flachen Hand auf die Stirn. «... *Heile* diese bliiinde Seele, auf dass sie endlich das Licht seeehe.»

«Leck mich», murmelte Tom.

Aber Jeremy schien keineswegs gekränkt zu sein – nein, seine Miene wurde immer freundlicher. Langsam sagte er: «Na, komm schon, Tommy, sieh mal genau her. Welche Größe hat dieses Hemd? Hmmm? Kann Tommy mir das sagen?»

Tom warf einen Blick auf das Hemd und sah, dass es Jeremy niemals passen würde. Seine Augen wanderten zu den herumliegenden Tüten, und langsam dämmerte ihm, dass Jeremy ihn immer tiefer in die Miesen brachte.

«Die kannst du zurückbringen», sagte er scharf. «Ich werd sie sowieso nicht anziehen. Ich hab meine eigenen Klamotten.»

«Und was für entzückende Klamotten», erwiderte Jeremy. «Du bist wirklich der Inbegriff der Haute Couture. Wo gehst du denn so shoppen? Ich tippe mal auf Altkleidersammlung oder Mülltonne.»

Tom sah ihn sprachlos an. Er drehte sich um und ging aus dem Zimmer, verzog sich ins Bad, dem einzigen Ort in der ganzen Wohnung mit einem anständigen Schloss.

Gleich darauf hörte er das Rascheln von Tüten. Jeremy brachte sie offenbar in sein Zimmer. Aber das war ihm egal. Er würde nie etwas anziehen, was sein Cousin für ihn kaufte. Niemals. Dann quietschte die Wandschranktür. Jeremy ging in die Küche. Als er zurückkehrte, hörte Tom die Kleiderbügel klirren. Er erstarrte. Nein, dachte er, das würde Jeremy nicht tun.

Doch als er aus dem Bad kam und den Kopf in sein Zimmer steckte, war Jeremy bereits fröhlich dabei, Toms Anziehsachen in Müllsäcke zu stopfen.

Tom ging auf ihn los, überrumpelte ihn. Jeremy brüllte, und dann wälzten sie sich auf dem Fußboden. Tom konnte drei Boxhiebe anbringen, bevor Jeremy ihn in der Zange hatte. Urplötzlich musste Tom an Tieger aus *Pu der Bär* denken. Jeremy wackelte mit einem Finger.

«Nein!», schrie Tom.

Er biss die Zähne zusammen, wehrte sich, solange er konnte. Jeremy kitzelte ihn einfach, bis er aufgab, und machte weiter, bis Tom zu weinen anfing. Dann endlich ließ Jeremy ihn los. Er wies ihn an, sich aufs Bett zu setzen. Tom bewegte sich wie ein Automat. Als Jeremy seine letzten Anziehsachen verstaut hatte, schleifte er die Müllsäcke zum Fenster und warf sie hinaus.

«Ich hab dir ein paar Lumpen übrig gelassen», sagte er. «Zum Putzen und so.»

Dann wies Jeremy ihn an, in die Küche zu gehen, und Tom ging. «Willste was essen?»

«Ja», sagte er, so ruhig er konnte. Wenn er nicht darauf ansprang, würde Jeremy bestimmt bald die Lust an diesen Psychospielchen verlieren. «Danke.»

«Ich könnte ein Omelett machen», schlug Jeremy vor.

«Es ist in Ordnung, danke.»

Jeremy sah verwirrt aus. «Alles in Ordnung, Kleiner?»

«Klar, danke.» Er hob sein Französischbuch vom Fußboden auf. «Tut mir Leid, aber ich muss Hausaufgaben machen.»

Er versuchte, sich in die Übungen zu vertiefen, aber sie waren langweilig, und er merkte, wie Jeremy in der Küche herumstrich und ihn beobachtete. Tom zwang sich, an das Stipendium zu denken, und das brachte ihn wieder darauf, was jetzt zählte. Eine Ausbildung machen. Seine Mum hier rausholen. Irgendwo hinkommen.

«Du bist sauer auf mich.» Jeremy setzte sich ihm gegenüber. Er kaute. «Das seh ich doch.»

Ach ja, und du bist übersinnlich veranlagt, dachte Tom. «Würde es dir was ausmachen, woanders hinzugehen?», sagte er. «Ich muss mich konzentrieren.»

Er machte seine Französisch-Hausaufgaben fertig. Als Jeremy seinen Stuhl nach hinten schob und aus der Küche verschwand, nahm Tom sich die Physik-Aufgaben vor. Die Wohnungstür knallte zu. Er blieb noch einen Moment still sitzen, so überrascht war er davon, dass es funktioniert hatte. Dann ging er in sein Zimmer und trat ans Fenster, um zu sehen, ob seine Kleidung immer noch auf dem scheckigen Rasen lag. Drei Müllsäcke hatten gehalten, doch der vierte war geplatzt, und seine Jeans waren halb im Gebüsch gelandet. Auf einmal erschien Jeremy da unten. Er begann, die Säcke einzusammeln, blickte hoch und sah Tom am Fenster.

«Fang!», rief Jeremy, während er drei Säcke fallen ließ und einen hochschleuderte. Der Schwung reichte nur bis zum ersten Stock. Jeremy fing den Sack wieder auf und warf ihn noch einmal hoch. Wieder schaffte er es nicht weit genug.

«Bin schon unterwegs», rief Tom.

«Hier kommt was!»

Tom fing den Sack auf. Die Plastikhaut platzte in seinen

Händen, und er musste fest zupacken, um den Sack nach innen zu ziehen, bevor er ganz aufriss.

Beim dritten Sack steckte Mrs. Tupper den Kopf aus dem Fenster. Jeremy hätte sie fast getroffen. Sie wich kreischend zurück.

«Ihr blöden Bengel!», rief sie und drohte Jeremy mit der Faust. «Ihr verdammten Blagen! Ich sollte euch die Polizei auf den Hals hetzen!»

Jeremy grinste zu ihr hoch. «Hilfe! Hilfe! Ich bin mit fliegendem Müll beschossen worden!»

«Respektlose Bande! So was Ungezogenes!»

Jeremy führte einen Indiandertanz auf. Die Alte verschwand in ihrer Wohnung, und Tom schüttelte den Kopf. Jeremy klaubte gerade die Jeans von den Büschen, als Mrs. Tupper ihn mit einer Portion Kaffeesatz attackierte.

Er sah hoch, riss die Augen auf. Ein Regen aus Orangenschalen, Eierkartons und Aluschälchen kam auf ihn herabgerieselt, und während er der Bescherung auswich, schrie er: «Daneben! Daneben! Jetzt musst du mir ein Küsschen geben!»

Mrs. Tupper gellte wutentbrannt: «Du Strolch!», während der Regen aus Hausmüll immer heftiger hinabprasselte, obwohl die Trefferquote abnahm, da Jeremy winkend herumtänzelte, während er sich die letzten Jeans schnappte, um dann eilig in Deckung zu gehen.

Tom hörte, wie Mrs. Tupper seinen Cousin im Treppenhaus anbrüllte und Jeremy sein abartiges, idiotisches Geheul ausstieß. Ein paar Minuten später kam Jeremy die Treppe heraufgetaumelt: Er krümmte sich buchstäblich vor Lachen. Mrs. Tupper, auf ihre beiden Krücken gestützt und mit einer letzten Bananenschale bewaffnet, setzte ihm verbissen nach.

Jeremy schaffte es bis zum Treppenabsatz, wo er sich umdrehte. Mrs. Tupper schlug ihm mit der Bananenschale vor die Brust, und er ging johlend zu Boden. Mrs. Tupper ließ sich davon nicht beeindrucken, sondern rückte weiter vor, ihre linke Krücke über den Kopf erhoben, mit der sie auf Jeremy eindrosch, sobald er in ihrer Reichweite war. Jeremy, schon außer Atem vor Lachen, robbte davon, ließ aber auf seiner langsamen und unbeholfenen Flucht alle Jeans fallen.

«Mrs. Tupper», sagte Tom. «Ich glaube, das reicht.»

«Was ihr braucht», erwiderte Mrs. Tupper mit vor Entrüstung scharfer Stimme, «ist eine ordentliche Tracht Prügel.» Mit diesen Worten schwenkte sie die Krücken herum und stapfte würdevoll von dannen.

Jeremy, mittlerweile hilflos kichernd, kam zurückgestolpert und sammelte unterwegs die fallen gelassenen Jeans ein. Tom trat auf den Flur, um ihm zu helfen.

«Das war», prustete Jeremy los, «die vermutlich langsamste Verfolgungsjagd der Geschichte.»

Tom nahm Jeremy die Jeans ab, weil sein Cousin sich schon wieder vor Lachen nicht mehr halten konnte. Ein paar Nachbarn machten ihre Türen auf und spähten heraus.

«Alles in Ordnung», erklärte Tom.

Jeremy wischte sich die Augen. Als sie in die Wohnung gingen, boxte er Tom in den Arm. «Kleiner, du hast einfach keinen Sinn für Humor.»

Tom lächelte matt.

«Na komm», sagte Jeremy. «Ich glaube, du hast jetzt mal 'n kleinen Aufheller nötig.»

Jeremy ging in ihr gemeinsames Zimmer und Tom folgte ihm, beide Arme voller Jeans. Jeremy zog seinen Koffer unter dem Bett vor und machte ihn auf. Darin lag eine schwarze Mülltüte. Sie knisterte, als Jeremy sie öffnete. Er hob ein Tütchen mit weißem Pulver hoch.

«Himmel.» Tom setzte sich aufs Bett.

«Ist nur simpler Koks», sagte Jeremy. Er sah Tom ins Gesicht. «Hey, das ist schließlich kein Crack oder sonst was.»

«Du verkaufst das Zeug», bemerkte Tom ernüchtert, weil ihm mit einem Mal klar war, woher Jeremy das viele Geld hatte.

«Nein, nein und abermals nein», sagte sein Cousin. «Ich hab da einen Freund, der verkauft es, aber ich kriege Sonderkonditionen, weil ich den Stoff für ihn bunkere. Dieser Stoff» – Jeremy holte noch ein Tütchen aus dem Sack – «ist keine 1A-Ware. Er gibt mir was zum Probieren. Das heißt, solang ich die Nase nicht zu tief reinstecke.»

Tom wusste nicht, was er sagen sollte.

«Hey, ich hab dafür keinen kalt gemacht oder sonst was», beteuerte Jeremy. «Hast du das schon mal ausprobiert?»

Tom schüttelte den Kopf.

«Tja», sagte Jeremy und schlug ihm auf die Knie. «Dann wollen wir mal flugs in die Gänge kommen, Clark Kent.»

Neugierig, wie er war, fiel es ihm nicht besonders schwer nachzugeben. Mike machte einen großen Bogen um Kokain, rührte nichts weiter an als Pot, weil er, wie er sagte, kein durchgeknallter Zombie werden wollte. Tom hatte noch nie einen richtigen Hammer probiert, das aber nicht zugeben mögen; er hatte einfach so getan, als wüsste er, wovon Mike sprach.

Was, wenn der Koks sich nicht mit seinen Medikamenten vertrug? Seit vier Jahren hatte er keinen Anfall mehr gehabt. Vielleicht würde er einen Rückfall erleiden, vielleicht würde er ganz übel draufkommen und im Krankenhaus landen. Vielleicht würde aber auch gar nichts passieren.

Vorsichtig öffnete Jeremy das Tütchen, legte vier Linien und rollte einen Hundert-Dollar-Schein zu einem schmalen Röhrchen. Er zog kräftig hoch. Dann reichte er das Röhrchen an Tom weiter, der es ihm nachtat.

«Bei mir passiert gar nichts», sagte Tom.

Jeremy zuckte die Achseln. «Nimm noch was.»

Tom nahm eine zweite Nase voll. Er wartete. Er fühlte sich leicht angedröhnt, aber nichts weiter. Aha. Das war also das gefährliche Leben. Das Leben auf der Überholspur. Ach Gottchen.

Jeremy reichte ihm den zusammengerollten Geldschein, und er sniefte noch eine halbe Linie. «Ich glaube, das bringt's bei mir nicht.»

Jeremy grunzte, grinste vor sich hin. Dann stand er auf und öffnete ein Fenster.

Tom fühlte sich leicht. Ohne jeden Anlass hob er einen Arm und merkte dann, dass er seine Hand anstarrte. Er hatte keine Ahnung, wie lange er den Arm schon hochhielt. Jeremy fing an zu lachen, hüpfte auf dem Bett herum. Sein Schatten ragte in der Zimmerecke hoch und schrumpfte dann wieder. Tom machte langsam die Augen auf und zu; seine Knochen schmolzen in die Kissen. Seine Lider fühlten sich schwer an, seine Beine versanken, das Zimmer war ein Strudel, und er wurde hinabgezogen, Stück um Stück, während Jeremy durch die Luft tänzelte wie ein Pudel, der aufgeregt Kunststückchen vorführt.

«Du», sagte Jeremy, als Tom aufwachte, «bist wahrscheinlich der schlimmste Partymuffel der Welt.»

Tom wälzte sich herum, schob sich sein Kissen über den Kopf.

«Raus aus den Federn», rief Jeremy und riss ihm die Decken weg. «Du musst zur Schule, Kleiner.»

«O Gott», murmelte Tom, «es kann doch nicht schon Morgen sein.»

Jeremy trieb ihn mit Knuffen aus dem Bett, trieb ihn mit Knuffen in die Küche, fütterte ihn mit Cornflakes und legte ihm etwas zum Anziehen heraus. Tom fühlte sich so müde und zerschlagen, als hätte er seit Wochen nicht geschlafen. Er wollte keinen Streit, er wollte nur in Ruhe gelassen werden.

«Hier», sagte sein Cousin und reichte ihm ein Fläschchen Visine. «Mach dich vorzeigbar.»

Der scharfe, süße Geruch von Pot hing in der Luft wie ein billiges Raumspray. Bläulicher Dunst sammelte sich an der Zimmerdecke.

Jeremy scheuchte ihn in seinen Wagen und setzte ihn vor der Schule ab. Tom beschloss, den Sportunterricht zu schwänzen. Physik und die Bandprobe konnte er nicht ausfallen lassen. Dann dachte er an sein Medikament und wühlte in seiner Tasche herum, bis er es gefunden hatte. Er hatte schon zu oft gefehlt. Diesen Monat waren die neuen «Null-Toleranz»-Regeln in Kraft getreten, und wenn er sich noch irgendetwas zuschulden kommen ließ, würde er vom Unterricht ausgeschlossen werden. Schon bei den ersten Schritten durch den Schulflur fühlte er sich komisch – als würde er beobachtet. Zuerst dachte er, es sei eine Aura, aber dafür war das Gefühl nicht intensiv genug.

Mike hatte gesagt, so etwas könne passieren: dass man paranoid würde, wenn man das erste Mal Pot rauchte. Tom fragte sich, ob das auch für Koks galt.

Er schob seine Bücher ins Schließfach. Die Schwarzhaarige mit den vielen Ohrringen, die das Schließfach neben seinem hatte, blieb bei seinem Anblick abrupt stehen und sperrte den Mund auf. Er versuchte sich weiszumachen, dass er sich das nur einbildete, aber als sie den Kopf drehte, um ihm nachzusehen, hatte sie den Mund immer noch nicht zugemacht.

Keine Panik, sagte er sich. Immer mit der Ruhe. Keiner kann dir das Koks ansehen.

Auf dem Weg zum Physikunterricht sagte er sich, dass er sich täuschen musste, wenn er meinte, alle Gespräche würden verstummen, sobald er vorbeikam. Er hielt die Augen starr geradeaus, fest entschlossen, normal zu wirken.

Es klingelte, und das laute Geräusch erschreckte ihn so sehr, dass er zusammenfuhr. Er war spät dran. Vielleicht sollte er den ganzen Tag schwänzen. Nein, entschied er, das ziehst du durch. Er drückte die Tür zum Physikraum auf. Mr. Calloways Stimme summte durch die Luft, leise und eintönig: Die Schüler sollten doch bitte ihr Buch auf Seite 143 aufschlagen. Tom setzte sich auf seinen Platz in der letzten Reihe, spürte, wie sich viele Augen auf ihn richteten. Sein Nachbar fing an zu kichern.

«Hey», sagte der Typ dann laut. «Mr. Armani höchstpersönlich.»

Tom begriff nicht und rührte sich nicht.

«Wow, was für'n Outfit», sagte jemand anders, und die ganze Klasse drehte sich um und starrte ihn an.

Tom sah an sich herunter. Jeremy hatte ihn in eine Art

Anzug gesteckt, und er hatte es nicht mal gemerkt, so zugedröhnt war er gewesen. Hatte sich nicht darum geschert, was er anzog, hatte sich nicht mal angesehen, was er anzog – bis zu diesem Augenblick, wo er beglotzt wurde, als wäre er ein Freak.

Mr. Calloway klopfte auf den Tisch, um sich die allgemeine Aufmerksamkeit zu sichern, und begann dann, Gleichungen an die Tafel zu schreiben. Toms Interesse verflüchtigte sich, während Mr. Calloway sein Stundenpensum durchackerte.

Nach der Physikstunde ging Tom auf die Toilette, um sich im Spiegel zu begutachten. An die neue Frisur hatte er auch nicht mehr gedacht. Er sah bescheuert aus. Es störte ihn nicht, wegen seiner Klamotten ausgelacht zu werden, solange es seine waren; damit kam er klar, darüber konnte er achselzuckend hinweggehen. Aber das jetzt war etwas anderes. Ganz bestimmt glaubten alle, er wolle cool sein.

Ich bring ihn um, diesen Jeremy, dachte er. Sobald er eingeschlafen ist, erwürg ich ihn.

Es klingelte zur nächsten Stunde. Am liebsten wäre er auf der Toilette geblieben. Er schämte sich dafür, dass er sich schämte, und schärfte sich ein, dass es ihm egal sein konnte, was andere über ihn dachten.

Scheiß drauf. Er ging durch den Flur, machte das Schließfach auf, holte sein Fagott heraus und marschierte zum Übungsraum. Der ganze Stress hatte ihn zumindest nüchtern gemacht.

Bei der Band fielen die Reaktionen sogar noch dramatischer aus als im Physikunterricht. Obwohl er jeden Blickkontakt vermied, merkte Tom schon beim Hinsetzen, wie seinen Nachbarn die Kinnladen herunterklappten. Der Waldhornbläser neben ihm brach in Gelächter aus. Mit einem stoischen Ausdruck, der ihn alle Konzentration kostete, machte Tom seinen Fagottkasten auf.

Er wusste, dass Paulina Mazenkowski sich herumgedreht hatte. Er wollte sie nicht kichern sehen.

«Hey, Tom», sagte sie.

Er erwiderte ihren Blick, so gut er konnte.

«Du hast dich ja nett rausgeputzt», sagte sie und lächelte ihm direkt ins Gesicht, bevor sie sich wieder umdrehte und die Band mit dem Einspielen begann.

Sie lächelte ihm noch einmal zu, bevor sie mit ihren Freundinnen abzog, aber er schaffte es einfach nicht zurückzulächeln, also nickte er, fühlte sich wie ein Idiot, wie der blödeste Angeber der Welt.

«Ich brech zusammen!», sagte Mike, als sie sich auf dem Flur begegneten. «Verdammte Scheiße, was ist denn mit dir los?»

Tom war müde und setzte sich hin. «Ich hab mir die Haare schneiden lassen.»

«Verdammte Scheiße», sagte Mike. «Mann, du siehst aus wie ein Trottel.»

«Vielen Dank.»

«Nein, ehrlich. Du siehst aus wie ein verdammter Anzug. Was ist mit dir los, Mann? Wo hast du deine kleinen grauen Zellen gelassen?»

«Ich war beim *Friseur*», sagte Tom. «Und nicht beim Schönheitschirurgen.»

«Du hast dich verkauft. Du bist übergelaufen. Du bist ein gottverdammter Klon.»

Tom zog sein Sandwich aus der Tasche und fing an zu essen. Er fühlte sich nicht fit genug, um Mike Kontra zu geben. Und überhaupt, was war denn schon groß los? Er war immer ein vergammelter Typ gewesen, aber das hatte Mike nie gestört. Tom sah hoch, und Mike war verschwunden. Einfach so.

Das gab ihm den Rest. Er schwänzte den Nachmittagsunterricht. Der ganze Tag, befand er, war einfach zu abartig.

Tom wachte auf der Couch auf. Das Telefon klingelte, und da es nicht aufhörte zu klingeln, griff er nach dem Hörer, während er sich den Schlaf aus den Augen zwinkerte. «'lo?»

«Tom, ich will deine Mutter sprechen. Sofort.»

«Wer issda?» Er tastete nach der Uhr, bis ihm einfiel, dass sie in der Küche war.

«Du weißt verdammt genau, wer dran ist», entgegnete der Mann, und erst jetzt merkte Tom, dass es Onkel Richard war, der noch angepisster klang als üblich. «Wo ist sie?»

«Keine Ahnung», sagte Tom. «Moment. Ich seh mal am Kühlschrank nach.»

Er legte den Hörer hin und torkelte in die Küche. Da, wo seine Mutter normalerweise Nachrichten hinterließ, hing nichts. Er ging zurück ins Wohnzimmer und griff zum Hörer, aber Onkel Richard hatte schon aufgelegt. Armes Schwein, dachte Tom.

Er blieb noch einen Moment sitzen und ging dann in sein Zimmer, um sich umzuziehen. Aber alle seine eigenen Sachen, seine Jeans und T-Shirts, waren verschwunden. Er sah gerade unter dem Bett nach, als Jeremy hereinkam.

«Hey, Dornröschen», sagte er und trat Tom dabei in den Hintern. «Wurde ja auch langsam Zeit, dass du mal aufwachst. Wo ist Tante Chrissy?»

«Wo sind meine Klamotten?» Tom rappelte sich auf die Knie hoch.

«Ich hab zuerst gefragt.» Jeremy kreuzte die Arme über der Brust. «Wo ist sie?»

«Ich weiß nicht. Ich will meine Klamotten wiederhaben.» Tom merkte, dass er wütend wurde, und atmete tief durch. Dann kam ihm ein Verdacht, der sein Herz rasen ließ. «Du hast sie weggeschmissen. Du –»

«Ganz ruhig, ganz ruhig. Ich hab sie bei einem Freund deponiert. Du kriegst sie zurück – aber erst musst du sie dir verdienen.»

«Verdienen?» Tom erhob sich. «Das sind meine Sachen! Die hab ich mir gekauft! Du –»

«Meep», sagte Jeremy und wackelte mit den Fingern.

Es gab nichts, was er darauf erwidern konnte.

«Kluges Kerlchen», sagte Jeremy. «Hast du Hunger?»

Jeremy verschwand in die Küche und machte ein Kraft-Fertiggericht heiß. Tom stieg der Geruch in die Nase, er setzte sich an den Tisch, als Jeremy den Topf hinstellte. Tom aß zwei Portionen. Er konnte sich nicht erinnern, wann ihm Makkaroni mit Käse je so gut geschmeckt hatten. Hinterher genehmigte er sich noch ein Sandwich und eine große Portion Eis.

Jeremy stocherte in seinem Essen herum. Sein linker Fuß klopfte auf den Boden. Tom beobachtete ihn. Ein dünnes Rinnsal Blut lief aus Jeremys rechtem Nasenloch und über sein Gesicht. Bevor die Tropfen auf den Teller klecksten, hingen sie wackelnd an seinem Kinn. Jeremy merkte, dass Tom ihn anstarrte, und sah an sich herunter, als wolle er kontrollieren, ob sein Hosenstall zu war.

«Scheiße», sagte Jeremy. Er wischte sich die Nase mit

dem Handrücken ab und verschmierte dabei Blut auf seiner Wange.

Sein Cousin ging aus der Küche. Tom hörte den Wasserhahn im Bad laufen. Er stand auf und warf die Reste
von Jeremys Abendessen in den Mülleimer. Plötzlich
dröhnte der Fernseher los, und der Liegesessel quietschte,
als Jeremy sich im Wohnzimmer hinknallte.

Das Gefühl, dass etwas nicht stimmte, wurde stärker. Es
ist eine Aura, dachte Tom. Weil ich mir letzte Nacht den
Kopf angeschlagen habe. Ich sollte aufstehen und abhauen,
dachte er, mich rausschleichen, zu Mike gehen, ein paar
Tage dort abhängen, mir ein paar Klamotten ausleihen.
Entweder das oder dableiben und mich mit allem Scheiß
abfinden, den Jeremy noch so auf Lager hat. Oder aber
Mom erzählen, dass Jeremy ein Dealer ist. Das würde sie
nie dulden, weil sie viel zu viel Angst hätte, auch Tom
könnte ein Junkie werden und abhauen, abtauchen und
erst als Drogentoter wieder auftauchen. Das hatte sie bei
Kindern von Freunden erlebt.

Die nächstliegende Möglichkeit, nämlich zu Mike zu
gehen, hatte allerdings einen Schönheitsfehler: Vielleicht
war Mike gar nicht zu Hause. Vielleicht war er seit heute
nicht mehr sein Freund. Es machte ihn wütend, dass Mike
so oberflächlich sein konnte.

Und außerdem waren da die Rechnungen. Immerhin
hatte Jeremy die Stromrechnung bezahlt, ihm sogar die
Quittung dafür gezeigt. Tom hatte das selber nachgeprüft,
heimlich, und entdeckt, dass Jeremy die Wahrheit sagte.
Alles voll bezahlt. Jeremy hatte die Telefonrechnung an die
Wand ihres Zimmers getackert und den fälligen Betrag
eingekreist. Wenn er es mit Jeremy vermasselte, waren die

Chancen, dass sein Cousin auch die nächsten Rechnungen bezahlte, verschwindend gering.

Also. Er würde durchhalten. Er würde sich auslachen und herumkommandieren lassen. Es gab echt Schlimmeres. Und wie lange konnte es so weitergehen? Einen Monat? Zwei Monate? Nur dass er es unerträglich fand. Er wusste nicht, ob er es noch einen Tag lang aushalten konnte, angestarrt zu werden. Nein, er musste unbedingt mit seinem Cousin reden.

Tom holte tief Luft und dann noch einmal. Er ging ins Wohnzimmer, wo sein Cousin sich gerade MuchMusic reinzog.

«Kannst du das mal leiser machen?», sagte Tom.

Jeremy schüttelte den Kopf.

«Ich muss mit dir reden!»

«Später!», schrie Jeremy zurück. Er hatte die Augen zu Schlitzen zusammengekniffen und sah ihn nicht an.

Tom blieb noch ein paar Minuten und stampfte dann wütend hinaus.

Er durchsuchte sein Zimmer, das Schlafzimmer seiner Mutter, den Flurschrank und das Bad, konnte aber nichts von seinen Sachen finden. Ihm wurde schlecht, als er das Zeug sah, das in seinem Kleiderschrank hing. Dödelklamotten.

Seine Zimmertür flog auf. Das musste Jeremy sein. Er war überrascht, als er Onkel Richard sah, und dann noch mehr überrascht, als Onkel Richards Faust auf seinem Kiefer landete. Er knallte gegen die Wand, und Onkel Richard packte ihn am Hemd, zerrte ihn daran hoch.

«Wo ist sie?», fragte Onkel Richard mit ganz ruhiger Stimme.

«Öch wöß nöch», sagte Tom. Sein Mund funktionierte irgendwie nicht richtig.

Onkel Richard schob sein Gesicht dicht vor Toms; seine glanzlosen schwarzen Augen waren groß und leer. «Du lügst», sagte Richard.

«Nö, öhrlöch nöch.»

Diesmal sah Tom die Faust kommen und hob die Arme. Die Faust traf die Wand neben ihm, und er hörte den Mörtel platzen.

«Ich kann dir richtig wehtun», sagte Onkel Richard. Er zog seine Faust zurück. «Lüg mich nicht mehr an. Das mag ich nämlich nicht.»

Schwankend griff Onkel Richard nach ihm und bekam eine Faust voll von Toms Hemd zu packen. Tom trat um sich, erwischte ihn an beiden Schienbeinen, und Onkel Richard verzerrte das Gesicht. Doch weder Schock noch Schmerz konnten Onkel Richards Griff lockern. Tom versuchte, ihm in die Hände zu beißen, ihm die Finger zu verdrehen, aber Onkel Richard hatte ihn in der Zange. Tom versuchte, an seinen Unterleib heranzukommen, versuchte, ihm mit den Fingern in die Augen zu stechen, während Richard ihn gegen die Wand knallte, zu sich heranzog und dann wieder gegen die Wand knallte.

Dann brach Onkel Richard zusammen, zog dabei auch ihn zu Boden, und Jeremy stand über ihnen, einen Baseballschläger in der Hand. Onkel Richard ließ Tom los und stürzte sich auf Jeremy, der ausholte und Onkel Richard an der Schulter traf. Als Nächstes versetzte Jeremy ihm einen Schlag auf die Schläfe, und er plumpste hin. Jeremy gab ihm einen Rippenstoß. Als Onkel Richard sich darauf nicht rührte, hob er den Schläger und ließ ihn auf das rechte Knie des Mannes niedersausen, dann auf das linke. Er schlug ihm in die Rippen, wartete einen Moment und schlug ihm auf die Schultern. Tom hörte das dumpfe Knacken eines Knochens.

«'s roicht», sagte Tom, als Jeremy den Schläger wieder hob.

Jeremy wartete wieder einen Moment und verpasste Onkel Richard dann einen Schlag in den Unterleib. Onkel Richard zuckte nicht einmal mehr, und Tom bekam Angst, er könnte tot sein.

Jeremy kam her und half ihm auf die Beine.

«'s roicht», wiederholte Tom.

«Ich hab dich gehört, du Trottel», sagte Jeremy. Er setzte Tom aufs Bett. «Wenn er das nächste Mal kommt und dich zu Brei schlägt, dann denk dran, dass du derjenige warst, der mich gestoppt hat.»

«Rof 'n Kronknwogn. Ör öst vörlötzt.»

«Ja, genau», sagte Jeremy. «Wie ist er überhaupt reingekommen?»

«Hot 'n Schlössel.»

«Sie hat ihm einen Schlüssel gegeben? Wie viele Typen haben sonst noch einen Schlüssel?»

Tom gefiel nicht, was er damit andeutete. «Bloß ör.»

«Bist du sicher?»

Tom starrte ihn wütend an. Jeremy stand auf und durchsuchte Onkel Richards Kleidung, bis er den Schlüssel fand, den er einsackte, bevor er Onkel Richard an den Fußgelenken packte und aus dem Zimmer schleifte.

Tom kam zu sich, ohne die geringste Ahnung, wann und wo er ohnmächtig geworden war, und zappelte gegen den Sicherheitsgurt an, bis Jeremy sagte: «Blut mir ja nicht auf den Sitz! Hier, nimm, verdammt nochmal!» Er reichte ihm einen Lappen. «Drück dir den auf die Lippe!»

Hinterher erinnerte er sich vage an die Fahrt, dann an einen Warteraum und eine Krankenschwester, die ihm eine nach Zitrone duftende Serviette gab, ein Erfrischungstüchlein, wie man es bei Kentucky Fried Chicken bekam. Während er an Jeremy gelehnt dasaß, spürte er den wohl bekannten Schmerz in den Muskeln. Bevor er das Medikament bekommen hatte, das er momentan nahm, war er häufig mit solchen Schmerzen aufgewacht. Die Anfälle machten ihm nicht einmal so viel aus. Sie waren nach fünf, höchstens zehn Minuten vorbei und hinterließen nur eine Gedächtnislücke. Viel schlimmer war das Gefühl, wenn er aufwachte und sich alle plötzlich ganz anders benahmen – sie gingen auf Zehenspitzen um ihn herum, sprachen ihn an, als könnte er sie nicht verstehen, oder vermieden gleich jeden Kontakt.

Sich an Jeremy anzulehnen, war nicht bequem, und außerdem war er müde. Er rollte sich auf der Couch im Warteraum zusammen und schloss die Augen.

«... trotz der Schläge auf den Kopf ist auf dem Röntgenbild nichts zu erkennen», hörte er eine Frauenstimme sagen, als er wieder auftauchte. «Wir würden ihn gern ein paar Tage hier behalten, nur zur Sicherheit. Haben Sie seine Versicherungskarte dabei?»

«Nein», antwortete Jeremy. «Aber ich kann bar bezahlen.»

«Onkel», sagte Tom. «Richard.»

Jeremy und die Frau im weißen Kittel starrten ihn an.

«Hallo», sagte die Frau. Er erkannte sie wieder, sie gehörte zu dem Ärzteteam, das schon früher Tests mit ihm gemacht hatte. Dr. Ahava beugte sich über ihn und leuchtete ihm mit einer Taschenlampe in die Augen. «Wie fühlst du dich, Tom?»

«Hi, du Bruchpilot», sagte Jeremy zur selben Zeit. «Willkommen daheim auf der Erde.»

«Wie geht's ihm?»

«Wem?», fragte Jeremy.

Tom blinzelte gegen das Flimmern an. «Richard.»

«Na, atmen tut er jedenfalls», sagte Jeremy. Er wandte sich an die Frau. «Der Typ, der ihn k.o. geschlagen hat. Der Freund seiner Mutter.»

Dr. Ahava schnalzte mit der Zunge, während sie behutsam seine Rippen abtastete. «Wie schlimm waren die Schläge, Tom?»

«Ach, es ging.»

«Hm. Und genau wie lange danach kam es zu dem Anfall?»

«Anfall?», fragte Tom verwirrt. «Ich hatte keinen Anfall.»

«Etwa zehn, vielleicht auch fünfzehn Minuten später», erklärte Jeremy.

«Er lügt», widersprach Tom. «Ich hab Kopfweh, sonst ist nichts.»

«Tom», sagte sie in geduldigem Ton. «Die Sache ist so wichtig, dass du mir unbedingt die Wahrheit sagen musst. Hast du in letzter Zeit noch einen Anfall gehabt?»

«Nein. Nur ein paar heftige Auren.»

«Bist du sicher?»

«Ja, ganz sicher.»

«Du würdest mich doch nicht anlügen?»

«Nein. Ich hatte keinen Anfall. Das weiß ich genau.»

Dr. Ahava wechselte einen viel sagenden Blick mit Jeremy. Tom fielen die Augen zu. Er war so müde, schon halb am Einschlafen, und zerschlagen fühlte er sich auch, genau wie ... wie nach einem Anfall. O Gott. Sie stellte ihm noch ein paar Fragen, und er glaubte, dass er alle beantwortete, war sich aber nicht ganz sicher.

«Hör auf deinen Cousin», sagte sie, bevor sie ging. «Zeig diesen Menschen an. Du solltest ihn mit so etwas nicht davonkommen lassen.»

Dann ließ Jeremy den Kopfteil des Bettes herunter, sodass er flach dalag. Auf der anderen Seite des Vorhangs schnarchte jemand. Die Wände waren in einem Grünton gestrichen, den er Ekel erregend fand. Er war also hier gelandet. Wieder im Krankenhaus. Dem bezauberndsten Ort auf der ganzen beschissenen weiten Welt.

«Wenn du rauskommst, gehen wir zur Polizei», sagte Jeremy.

Tom schüttelte den Kopf. «Ohne mich.»

Jeremy machte nicht den Eindruck, als wolle er es dabei belassen. «Darüber reden wir morgen.»

Tom schloss die Augen. Er würde sich da nicht hineinreißen lassen. Dann hörte er Jeremy aufstehen. Die Pendellampe ging mit einem Klick aus. Während er wieder abtauchte, hörte er Jeremy noch sagen: «Du Trottel.»

«Du hast deine letzten drei Termine versäumt», legte Dr. Ahava los, als sie sich, wenige Momente nachdem er fertig gefrühstückt hatte, an sein Bett setzte.

«Ich hab noch genug Medizin.» Tom kreuzte die Arme

über der Brust. «Und ich hab seit vier Jahren keinen Anfall mehr gehabt.»

«Gestern Abend hattest du einen», sagte Dr. Ahava. Ihre Augen durchbohrten ihn. Sie hatte scharfe graue Augen, die sich ausgezeichnet dafür eigneten.

«Gar nichts ist passiert. Mir geht's prima.»

«Tom», sagte sie. «Du hattest einen Anfall. Dein Cousin hat alles mit angesehen. Warum sollte er lügen?»

«Weil er ein Arschloch ist», gab Tom zurück.

Dr. Ahava machte sich eine Notiz – etwas Langes und bestimmt Negatives. Er fühlte, wie sich sein Puls beschleunigte, während ihm all die Maßnahmen durch den Kopf schossen, zu denen die Ärztin seine Mutter veranlassen konnte: von Krankenhaus bis Pflegefamilie.

«Tom, ich frage dich jetzt noch einmal.» Sie legte Kugelschreiber und Klemmbrett beiseite. «Hast du einen Anfall gehabt?»

«Vielleicht.»

Sie beugte sich über ihn. «Wie bitte?»

Er seufzte und wiederholte seine Antwort dann lauter.

Dr. Ahava nickte. «Weißt du, ich habe keine Ahnung, was diesen Anfall nach einer so langen beschwerdefreien Zeit ausgelöst hat. Vielleicht ist deine Medizin nicht hoch genug dosiert, oder es liegt daran, dass dein Stoffwechsel sich verändert hat. Vielleicht war es nur der Schlag gegen deinen Kopf. Aber vielleicht ist es auch etwas Ernsteres. Und das wissen wir schlicht und einfach so lange nicht, bis wir weitere Tests gemacht haben.»

«Ja, ja, die Prozedur kenne ich.»

«Wenn du deine Anfälle wieder unter Kontrolle bringen willst», sagte Dr. Ahava, «musst du schon mitarbeiten.»

«Ich weiß. Ich will. Ich bin dabei.»

«Schön», sagte sie mit sehr munterer Stimme. «Dann wollen wir mal.»

Seine Mutter kam am Nachmittag, ausgerechnet als er ein Nickerchen machte. Er konnte es nicht ausstehen, wenn ihm jemand beim Schlafen zusah.

«Geht's dir besser, Tommy?»

Er setzte sich auf. «Ja, ja. Alle machen einen Riesenzirkus um nichts. Mir geht's gut, wirklich. Ich bin bloß müde.»

Tränen liefen ihr übers Gesicht, als sie seine dicke Lippe berührte. «Das sieht wirklich schlimm aus, Tommy.»

Er zuckte zurück. «Garantiert schlimmer, als es ist.»

«Es tut mir so Leid. Wirklich. Furchtbar Leid.»

«Aber das ist doch nicht deine Schuld. Es ist noch nicht mal Richards Schuld. Hör mal, mir fehlt überhaupt nichts.»

«Jeremy sagt ...» Sie brach ab.

«Was?»

«Er sagt ... es ist passiert.»

Ach du Scheiße, dachte Tom. «Nur ein kleiner.»

«Ach», sagte sie, ohne ihn anzusehen. «Ja. Also. Ich hab dir ein paar Schlafanzüge mitgebracht. Mrs. Tupper hat Kekse für dich gebacken. Mike hat angerufen.» Sie putzte sich die Nase und lächelte. «Jeremy will mich ausführen, zum *Kuss der Spinnenfrau*! Kannst du dir das vorstellen?» Sie kicherte. «Dass ich mich fein mache und ins Musical gehe?»

«Wann?»

«Nächste Woche.» Ihre Augen strahlten. Er erinnerte sich nicht, eingeschlafen zu sein, doch als er aufwachte, war sie fort.

Am Tag seiner Entlassung sagte Dr. Ahava: «Ich habe mit deinem Cousin gesprochen. Er sagt, er passt auf dich auf, wenn deine Mutter arbeitet. Stimmt das?»

Tom drehte sich zu Jeremy um, der eine ganz ernste Miene machte, ihm aber kurz zuzwinkerte.

«Ja», sagte Tom mit schwacher Stimme.

Dr. Ahava schien zufrieden. «Gut. Er kann dich zu deinem nächsten Termin am Freitag herfahren. Wir sehen uns dann hier, ja? Um Punkt vier Uhr?»

«Ja.»

Dr. Ahava schüttelte Jeremy die Hand. «Hat mich gefreut. Bitte sorgen Sie dafür, dass er seinen Termin nicht vergisst.»

Sein Cousin wippte auf den Absätzen. «Ich werd mein Bestes tun.»

Jeremy fuhr ihn nach Hause. Tom ließ sich auf die Couch plumpsen. Sein Cousin verließ die Wohnung, kam aber bald wieder.

«Sie ist immer noch nicht daheim», sagte er.

Tom machte ein Auge auf. «Dann wird sie wohl bei der Arbeit sein.»

Jeremy grunzte. «Wenn sie so viel arbeiten würde, wie du behauptest, dann wärt ihr ja wohl nicht so tief in den Miesen, oder?»

Tom würdigte ihn keiner Antwort, sondern hielt sich nur einen Arm über die Augen.

Als er aufwachte, war es still in der Wohnung. Er hatte Hunger, wollte sich aber nicht rühren. Doch dann sah er, dass Jeremy ein Schälchen mit Schokoladenpudding auf dem Couchtisch stehen gelassen hatte.

Seine Lippe war immer noch doppelt so dick wie normal, und der Bluterguss drumherum hatte sich dunkellila verfärbt, mit grünen Rändern. Ziemlich in der Mitte war ein Schnitt, der wehtat, sobald er den Mund schloss. Er hatte nicht zur Schule gehen wollen, doch Jeremy hatte ihn für fit erklärt, und damit war das Thema durch.

Er war froh, als es zur Mathestunde klingelte, und froh, dass heute keine Bandprobe war, denn er hätte sowieso nicht mitspielen können. Aber der letzte Mensch, den er jetzt sehen wollte, war Paulina. Er war nicht an die neuen Klamotten gewöhnt; er hasste es, ein Freak zu sein.

Seine Mutter war seit drei Tagen fort. Die Wäscherei hatte sich telefonisch gemeldet und auf dem Anrufbeantworter die Nachricht hinterlassen, sie werde heute Abend gebraucht – sie könne es doch hoffentlich einrichten zu kommen? Jetzt fragte er sich, ob Onkel Richard – trotz der Sonderbehandlung durch Jeremy – sie vielleicht irgendwo abgefangen hatte. Er sah sie schon tot daliegen, immer wieder. Aber er war müde und hatte immer noch dieses Flimmern vor den Augen; seine Nerven waren einfach überempfindlich.

Letzte Nacht hatte Jeremy ihn um seinen Schlaf gebracht. Tom war aufgewacht, und es war dunkel gewesen, abgesehen von plötzlichen, blendenden Blitzen. Jeremy hatte Fotos gemacht.

Tom hatte sich die Hände vor die Augen gehalten. «Was zum Teufel –»

«Beweismaterial», hatte Jeremy gesagt. «Bis wir den alten Ricky erwischen, sind deine Blutergüsse wahrscheinlich schon verschwunden.»

«Ich zeig ihn aber nicht an! Verflucht! Wie oft muss ich

dir das denn noch erklären? Ich will nichts mehr von ihm. Wir sind quitt!»

«Du verzeihst ihm also? Er haut dir die Hucke voll, und du verzeihst ihm? Du bist wirklich der letzte Trottel. Mit der Einstellung wirst du bald ins Gras beißen.»

Sie hatten lange darüber gestritten. Er ließ sich nicht rumkriegen. Seine Mutter würde sich schrecklich aufregen, würde glauben, es sei ihre Schuld, und auf Tour gehen. Er wusste, dass genau das passieren würde, und dann müsste er abhauen. Er hasste Pflegefamilien, hasste es, für alle anderen der Sozialfall zu sein, hasste es, unentwegt dankbar sein zu müssen. Schon möglich, dass Jeremy eine Weile dablieb, aber Tom wusste nicht, wie lange er es noch mit ihm aushalten konnte.

Als es klingelte, fuhr Tom auf seinem Platz zusammen. Ihm war, als hätte die Stunde gerade erst angefangen. Die Medikamente machten ihn benommen. Er ging hinter den anderen aus dem Klassenzimmer und stieß beinahe mit Paulina zusammen.

«Hi», sagte sie. Ihr Blick blieb an seiner Lippe hängen.

«Hi», sagte er, während seine Hände versuchten, die Hosentaschen zu finden. Doch er trug keine Jeans, und die Hose, die er anhatte, hatte keine Taschen.

«Da muss dich jemand aber sehr lieben», sagte sie, fasziniert von seinem Bluterguss. «Tut's weh?»

«Nur wenn ich lache», erwiderte er.

Sie lächelte. Sie hatte ein herrliches Lächeln – weiße Zähne und rosa Zuckerwatte-Lippen. «Wo ist dein Bruder?»

Tom blinzelte. «Wer?»

«Jeremy, du Idiot.» Sie gab ihm einen Stups.

«Der ist mein Cousin», sagte Tom. «Nicht mein Bruder.»

Sie schien verwirrt. «Da sagt er aber was anderes.»

Lügner. «Na ja, Jeremy übertreibt manchmal.»

Paulina schlang die Arme um ihre Schultern. «Ich finde das süß. Dass er sich aufführt, als wäre er wirklich dein großer Bruder. Du hast es echt gut. Sag ihm, heute Abend schaff ich es nicht, aber wir treffen uns morgen an derselben Stelle.»

«Du … triffst dich mit Jeremy?»

Sie zwinkerte. «Wenn er sich anständig benimmt. Ciao!» Und dann drückte sie ihm einen flüchtigen Kuss auf die Wange.

Er musste sich an das Schließfach lehnen, um nicht umzukippen. Jeremy wusste doch Bescheid. Und Jeremy scherte sich den Teufel darum. Tom schloss die Augen. Jeremy war älter, gut aussehend und reich. Wenn ich Paulina wäre, dachte er, mit wem würde ich mich dann verabreden? Mit Jeremy oder einem dummen Jungen aus der Zehnten?

«Ja?», fragte Patricia, zog die Tür aber nur einen Spaltbreit auf.

«Ist Mike zu Hause?», fragte Tom.

«Mike? Wer –» Sie unterbrach sich, kniff die Augen zusammen, schloss die Tür. Er hörte, wie sie die Kette losmachte. Dann ging die Tür wieder auf, und Patricia trat einen Schritt vor. «Tom?»

Er nickte.

«Tom? Meine Güte, ich kann's kaum glauben!», sagte sie lachend.

Tom bereute schon, dass er überhaupt vorbeigekommen war, statt schnurstracks nach Hause zu gehen.

Patricia zog ihn nach drinnen, streckte die Hand aus und strich ihm staunend übers Haar. «Du siehst aus –»

«Wie der letzte Idiot, ich weiß.»

«Nein, nein, nein», sagte sie, als sie ihn an den Schultern packte und ein Stück wegschob, um ihn in Gänze begutachten zu können. «Du siehst aus wie ein Gentleman. Okay – abgesehen von der dicken Lippe. Meine Güte. Zuerst dachte ich, du wärst ein Vertreter oder einer von den Zeugen Jehovas. Tom. Ich kann immer noch nicht glauben, dass du das bist. Mike! Tom ist da! Evan, komm her und sieh dir das an!»

Toll. Tom, die wandelnde Freak-Show, dachte er, während sie darauf wartete, dass er sich die Schuhe auszog, bevor sie ihn in die Küche führte. Mike saß am Tisch und tat, als müsste er würgen, derweil sie sich darüber ausließ, wie gut seine Socken zum Anzug passten.

Mikes Onkel Evan kam mit zerstreuter Miene in die Küche. Als er Tom sah, blieb er stehen. «Ho-ho!», sagte er, und Tom bereute jetzt doppelt, dass er nicht gleich nach Hause gegangen war.

Mike kickte gegen den Küchentisch.

Da es in Anwesenheit von Patricia und Evan kaum möglich schien, Mike zu fragen, was eigentlich mit ihm los war, sagte Tom stattdessen: «Hab dich heute in der Mittagspause gar nicht gesehen.»

Mikes Augen wanderten durch den Raum, huschten aber über Tom hinweg.

Dann sahen Patricia und Evan sich kurz an und verließen gemeinsam die Küche. Mike marschierte zum Kühlschrank. «Willst du'n Stück Pizza?»

Tom zuckte die Achseln. «Immer.»

«Es ist eine vegetarische.»

«Macht nichts.»

«Sie schmeckt zum Kotzen.»

Tom holte tief Luft. «Kann ich heute Nacht hier pennen?»

Mike zog die Pizza aus dem Kühlschrank und schob sie in die Mikrowelle. «Weiß nicht.»

Lange Zeit war nichts weiter zu hören als das Summen der Mikrowelle. Tom stand auf und marschierte aus der Küche. Als er auf den Flur kam, piepste die Mikrowelle. Im Wohnzimmer saß niemand. Er war erleichtert und zog seine Schuhe an. Als er die Einfahrt schon halb hinuntergelaufen war, schrie Patricia ihm nach: «Bleibst du nicht zum Abendessen?»

Er schüttelte den Kopf und winkte zum Abschied. Sie hob eine Hand, winkte zurück und machte dann die Tür zu.

Tom landete im Park, wo er sich auf die Schaukel setzte und die Füße durch den Sand schlurfen ließ. Der Himmel war klar, als die Sonne unterging. Die Straßenlaternen flammten auf.

Mike hatte ihn einmal in einem Wohnheim untergebracht. Die Übernachtung kostete neun Dollar. Die Matratze war dünn, und die Laken sahen versifft aus. Die Wände waren mit Graffiti beschmiert. Er zupfte an seinem Anzug. In der Aufmachung würden sie ihn da wahrscheinlich nicht mal reinlassen.

Ja denn. Mike, den weder seine Anfälle noch sein Grunge-Look oder sein Geschnorre je gestört hatten, ließ ihn hängen, nur weil er wie ein Anzug aussah.

Und Paulina stand auf Jeremy.

Dabei konnte er es ihr nicht mal verdenken. Verdammt nochmal, wem wollte er eigentlich etwas vormachen? Er hatte sowieso nie Chancen bei Paulina gehabt. Zumindest hatte Jeremy ihm die Sache nicht unter die Nase gerieben, hatte nicht gesagt: Hey, rate mal, mit wem ich mich heut Abend treffe!

Aber er konnte es nicht ertragen, Jeremy zu begegnen, der neuerdings so ein Theater darum machte, dass Tom auch ja seine Medikamente einnahm, und sogar zusehen wollte, wie er die Tabletten runterschluckte.

Es wurde kalt, und er machte sich auf den Heimweg. In der Wohnung brannte Licht. Er blieb stehen, wollte nicht nach oben gehen. Als er dann doch seine Schlüssel hervorholte, hörte er Mike sagen: «Scheiße, wo warst du?»

Und Tom hatte geglaubt, ihn könne nichts mehr überraschen. «Hey.»

«Gleichfalls», sagte Mike.

«Weiß Patricia, wo du steckst?»

Mike grinste, zog den Kopf ein. «Wir hatten eine kleine Auseinandersetzung.»

«Ach ja? Hast du wieder mal Fensterscheiben zerschmissen?»

«Nö. Nur ein paar Teller. Ist die Luft rein?»

In der Wohnung, meinte er. Tom wusste nicht, was er antworten sollte.

«Willst du darüber reden?», fragte Mike.

Tom schüttelte den Kopf. «Nein.»

Urplötzlich wirkte Mike ganz erleichtert. «Gut.»

Sie gingen zu einer Party, die sich aber als Reinfall erwies. Der Gastgeber war betrunken genug, um sich für einen guten Gitarristen zu halten. Er kannte ungefähr drei

Akkorde, und selbst die brachte er noch durcheinander. Alle hatten sich in die Küche geflüchtet, außer drei, vier Leuten, die komplett abgetreten waren und auf dem Wohnzimmerboden herumlagen.

«Oooooh», sang der Mann. «It's ...» Er schlug einen unidentifizierbaren Akkord an. «A Haa ...» Und noch einen Akkord. «Haard ...»

Mike steckte sich die Finger in die Ohren, stand auf und verließ das Zimmer.

Tom hing eine Weile auf der Couch herum, bevor Mike zurückkam und ihn hochzog.

Danach blödelten sie eine Weile draußen herum. Irgendwer hatte auf dem Gehweg eine Schlumpf-Hockeyausrüstung liegen lassen, wahrscheinlich kleine Kinder, weil die Schulterpolster winzig waren. Die Helme passten den beiden auch nicht, aber sie setzten sie trotzdem auf und spielten. Sie hielten sich die Rippen und taten, als wären sie tödlich verletzt, wenn der Schlumpfball sie traf.

Tom ging mit zurück zu Mike. Er schlief auf dem steinharten Futon ein, während Mike vor seiner PlayStation hockte und lautlos den Bildschirm anfluchte.

Der Donnerstagmorgen begann damit, dass Evan heruntergestampft kam, Mike an einem Ohr vom Fußboden hochzerrte und ihn anbrüllte, weil er weggegangen war, obwohl er Hausarrest hatte. Sie frühstückten in mürrischem Schweigen. Patricia fuhr sie zur Schule, die Augen starr nach vorn gerichtet. Die einzigen Geräusche waren der Motor und die zuckersüße Fröhlichkeit von Patricias Lieblingssender, der ausschließlich Soft-Rock spielte.

«Tom», sagte Patricia, als sie anhielt. «Es wäre mir lieb,

wenn du eine Weile nicht bei uns erscheinen würdest. Mike wird ein paar Wochen lang keinen Besuch bekommen können.»

Tom stieg aus, ohne zu antworten. Patricia packte Mike am Ärmel. «Du wirst dich jetzt erst mal nicht verabreden, weil du nämlich einen Hausarrest hast, der –»

Mike riss sich los, knallte die Wagentür zu und schnitt ihr damit das Wort ab. Einen Moment lang funkelte sie ihn böse an, fuhr dann aber doch los.

Mike verdrehte die Augen.

«Später», sagte Tom zu Mike.

Er ging brav zu jeder Unterrichtsstunde, außer zur Bandprobe. Bei dem Gedanken, Paulina zu sehen, drehte sich ihm der Magen um.

Als Tom nach Hause kam, konnte er seine Medizin nicht finden. Er machte den Badezimmerschrank auf, aber das Fläschchen war weg. Er versuchte sich zu erinnern, ob er einen neuen Platz dafür hatte. Er durchsuchte sein Zimmer, dachte, vielleicht hätte er es einfach irgendwo abgestellt und vergessen. Er stöberte sogar in der Küche, öffnete den Kühlschrank, zog jede Schublade auf.

Jeremy würde so was nicht bringen, dachte er. Der schiebt mir die Pillen ja höchstpersönlich in den Hals. Er würde sie niemals verstecken.

Doch nachdem er sich noch einmal das Wohnzimmer und sein Zimmer vorgenommen hatte, wusste er Bescheid. Dieses gottverdammte Schwein.

Eins, zwei Tage konnte er auch ohne Medizin durchstehen. Dann würde nichts weiter passieren als ein paar Anfälle. Nichts Dramatisches. Er konnte sich auch ein neues

Rezept besorgen. Behaupten, er hätte die Tabletten aus Versehen in den Abfluss gekippt.

Tom hörte auf herumzuwandern. Er ging wieder in sein Zimmer, zog Jeremys Koffer unter dem Bett vor und machte ihn auf. Das Kokain war immer noch da. Er wog es in der Hand und lächelte.

Dieses Spiel konnten auch zwei spielen.

Als er am nächsten Tag von der Schule heimkam, wartete Jeremy im Wohnzimmer auf ihn. Sie sahen einander lange Zeit an, ohne dass ein Wort fiel.

«Hallo, Fremder», sagte Jeremy schließlich.

«Jeremy», erwiderte Tom.

«Komm doch rein. Setz dich.»

«Du hast etwas, was mir gehört», sagte Tom.

Jeremy hob die Flasche hoch. «Ich hab vorgestern Nacht nach dir gesucht. Denk an unsere Abmachung. Du hast mir Bescheid zu geben, wenn du woanders übernachten willst.»

«Ach ja?», sagte Tom.

«Ja», antwortete Jeremy. «Ich hab mir Sorgen gemacht. Ich dachte schon, dass Richard dich vielleicht erwischt hat.»

«Und deshalb hast du meine Medizin versteckt.»

Jeremy neigte den Kopf. «Das schien mir in der Situation eine gute Idee zu sein. Ich glaube, du hast auch etwas von mir.»

Tom merkte, wie er sich verspannte. «Stimmt.»

Jeremy nickte, immer noch grinsend. «Hätte nicht gedacht, dass du das Zeug dazu hast.»

«Ich will meine Medizin wiederhaben.»

Jeremy warf ihm das Fläschchen zu. Tom fing es auf. Er rechnete damit, dass Jeremy über den Couchtisch hechten oder sonst etwas Spektakuläres veranstalten würde. «Und ich will, dass du aufhörst, mich wie einen Sechsjährigen zu behandeln.»

«Jeder wird so behandelt, wie er sich aufführt», sagte Jeremy süffisant.

«Dann müsstest du in die Klapse eingesperrt werden.»

«Wo ist mein Koks?»

Tom zögerte. «Ich hab es an den Boden von deinem Wagen geklebt.»

Jeremy johlte. Tom hatte keine derart freudige Reaktion erwartet. Er hatte sich vor diesem Moment gefürchtet, doch Jeremy lachte bloß.

Gerade als Tom dachte, alles würde sich einrenken, machte Jeremy einen Satz auf ihn zu, und Tom kroch rückwärts, überzeugt davon, dass sein Cousin ihn schlagen wollte. Aber Jeremy hielt ihm nur mit einer Hand die Nase und mit der anderen den Mund zu, wobei er sich voll gegen ihn lehnte, sodass Tom in die Couchkissen zurückfiel. Und ebenso plötzlich, wie er ihn angegriffen hatte, ließ Jeremy ihn auch wieder los und lachte, als wäre das alles ein Riesenspaß.

«Tu so was nie wieder.» Jeremy gab ihm einen Klaps.

Er stand auf, bürstete Staub und Fusseln von seiner Hose. «Aber jetzt», sagte er fröhlich, «solltest du dich an deine Hausaufgaben machen, bevor wir deiner Ärztin einen Besuch abstatten.»

Jeremy fuhr ihn zum Krankenhaus, setzte sich draußen in den Warteraum, plauderte mit Dr. Ahava und fuhr Tom dann nach Hause.

«Du kannst weggehen», erklärte er Tom, bevor er los-
fuhr. «Aber wenn du zum Abendessen nicht wieder zurück
bist, passiert was.»

Tom stand an der Straßenecke und sah Jeremys Wagen
mit quietschenden Reifen davonjagen. Wieder mal ty-
pisch. Der einzige Mensch, dem es nicht scheißegal ist, ob
ich lebe oder sterbe, ist ein durchgeknallter Junkie, der
gern Gott spielt.

Dritte Begegnung

«Tommy!», rief seine Mutter, als er nach Hause kam. Sie
schlang ihre Arme um ihn, bevor sie ihn ins Wohnzimmer
führte. Er holte tief Luft und atmete schnaufend aus.

«Ist das nicht toll!», sagte sie. «Ich konnte es nicht *fassen*,
als das Ding geliefert wurde! Ich dachte, die Männer hätten sich in der Tür geirrt. Ach, Tom, bist du nicht auch
hin und weg?»

Während seine Augen über den Fernseher mit Großbild-
schirm und die Surround-Lautsprecherboxen der brand-
neuen Kombianlage flogen, spürte er, wie sich sein Herz-
schlag beschleunigte. Er konnte nicht einmal schätzen, wie
viel das alles gekostet hatte. Dabei wollte er Jeremy ja ver-
trauen können. Er wollte ja an ihn glauben können. Aber
irgendwann, irgendwie, würde Jeremy sie und ihn dafür bezahlen lassen.

«Mom», sagte er.

Sie drehte sich zu ihm um, und er wusste, was er zu tun
hatte. Ihr Lächeln verflog. Sie war glücklich gewesen, und
er würde sie unglücklich machen.

Er zog den Koffer unter Jeremys Bett hervor. Klappte den Deckel auf und hob die schwarze, mit Kokain gefüllte Plastiktüte hoch. Ihre Augen wurden stumpf und leer.

Sie sagte, auch sie habe ihr Glück nicht recht glauben können.

Sobald ihr Entschluss feststand, machte sie sich zügig ans Werk. Sie räumte Jeremys Habseligkeiten zusammen und stellte sie auf den Flur. Sie packte sogar die Kombianlage ein.

«Du musst ihm die Anziehsachen zurückgeben», sagte sie.

«Kann ich wenigstens ein paar behalten?»

«Nein», entgegnete sie ihm mit eisiger Miene.

Er wand sich.

«Das ist Blutgeld, mein Schatz», sagte sie. «Davon kann nur Schlechtes kommen.»

«Aber er hat mir meine Klamotten weggenommen. Ich geb ihm die hier zurück, wenn ich —»

Sie unterbrach das Packen. «Er hat was?»

«Er hat meine Klamotten. Ja, denkst du denn, ich würde so was freiwillig tragen?» Tom deutete auf seine Anzugjacke. Er grinste. «Auf dem Teil steht doch praktisch in Leuchtschrift: ‹Raub mich aus.›»

Als sie darüber nicht lachte, sagte er: «Ich geb die Sachen zurück.»

«Warum hast du mir das nicht erzählt?», fragte sie mit ausdrucksloser Stimme.

Er wusste nicht, was er darauf antworten sollte. Ihre Lippe fing an zu zucken, als wollte sie gleich losweinen.

«Ich möchte, dass du zu Mike gehst», sagte sie.

Tom war geschockt. Sie konnte Mike nicht ausstehen. «Wieso?»

«Das ist eine Sache zwischen mir und ihm. Ich will dich nicht dabeihaben.»

«Aber —»

«Tommy.» Sie drückte sich die Hände an die Schläfen. «Keine Widerrede. Bitte.» Ohne ihn anzusehen, fragte sie: «War es wirklich Richard?»

«Was?», sagte er.

«Oder war es Jeremy?»

«Ich versteh nicht, was du meinst.»

«Falls du glaubst, du müsstest ihn decken — lass es. Ich weiß, dass er zum Jähzorn neigt. Er gehört zwar zur Familie, aber wenn er dich schlägt, kannst du es mir ruhig sagen.»

Er erwog, sie anzulügen. Nein, nicht nötig. «Er war's nicht.»

Sie seufzte lang und tief. «Und mir hat er erzählt, er hätte es geerbt», sagte sie. «Kannst du das glauben? Ich hab's geglaubt.»

Bei Mike zu Hause herrschte dicke Luft. Mike hatte sich in seinem Zimmer eingeschlossen und weigerte sich herauszukommen. Er hatte seine Stereoanlage hochgedreht. Nirvana dröhnte durchs Haus. Seine Tante und sein Onkel machten höchst genervte Gesichter. Tom blieb eine Weile und verabschiedete sich dann, froh, wieder wegzukommen.

Er wartete ein paar Stunden im Park, bevor er sich auf den Heimweg machte. Als er die Wohnungstür öffnete, fiel ihm gleich auf, dass Jeremys Sachen komplett aus dem Flur verschwunden waren. Er stellte sein Rad in den Besenschrank. Das Klappbett stand wieder in der alten Ecke. Er ging über den Flur. Ohne Jeremys Zeug, das so viel Platz eingenommen hatte, wirkte sein Zimmer fast leer.

Seine Mutter stand am Fenster. Sie trat auf ihn zu und legte einen Arm um seine Taille.

«Tja», sagte sie. «Das war's dann.»

«Ich war ja schon baff, dass du ihn überhaupt hier hast wohnen lassen.»

«Aber er gehört doch zur Familie, Tommy.»

«Tante Rhoda hat mir erzählt, warum er aus der Militärakademie rausgeflogen ist.» Er hasste es, sie anzulügen, aber ihm blieb nichts anderes übrig, wenn er jemals herausfinden wollte, was passiert war.

Sie nahm ihren Arm weg. «Es war keine Absicht – es war Notwehr.»

Tom zwang sich, ganz unbeteiligt dreinzuschauen. «Da sagt Tante Rhoda aber was anderes.»

«Pfff», machte sie. «Die alte Hexe hat Jeremy doch nie leiden können. Kein Wort darfst du der glauben. Die hätten ihn doch nie freigesprochen, wenn er schuldig gewesen wäre. Er war ein so süßer Junge. Immer so hilfsbereit. Ein richtiger kleiner Gentleman.» Sie zog seine Hände an ihre Wange und begann zu weinen. Tom merkte, dass die Sache sie wirklich mitnahm. Sie sah nicht so aus, als könnte sie noch viel mehr ertragen.

Im Laufe der Woche wurden ihre Symptome unübersehbar. Am Freitag wusste er, dass sie so lange trocken geblieben war, wie sie nur konnte. Sie war total fickrig. Sie begann, den Küchenfußboden zu schrubben, unterbrach dann die Arbeit und machte sich daran, die Küche umzuräumen. Als sie sich hinsetzte, klopfte ihr Fuß unentwegt auf den Boden. Sie wollte raus, brauchte dafür aber eine Rechtfertigung. Wenn sie diese Phase erreicht hatte, konnte er ihr nichts mehr recht machen. Er verzog sich in sein Zimmer und breitete seine Hausaufgaben auf dem Bett aus.

Trotzdem verabschiedete sie sich. «Er hat seine Schlüssel zurückgegeben. Du brauchst dir keine Sorgen zu machen», sagte sie auf der Schwelle zu seinem Zimmer, an den Türrahmen gelehnt.

«Ja, ja.»

«Also bis später.»

«Nacht.»

Sie blieb noch einen Moment stehen. «Pass auf dich auf.»

Er wartete darauf, dass die Wohnungstür zuschlug. Es war schon pervers, stellte er fest, dass Jeremy ihm nun, da er fort war, irgendwie beinahe fehlte. Ich hab trotzdem das Richtige getan, sagte er sich.

Aber jetzt, in der dunklen, leeren Wohnung, kamen ihm Zweifel.

In dieser Nacht kam sie nicht zurück. Er spielte mit dem Gedanken, loszuziehen und sie zu suchen, aber er hasste es, die Absturzkneipen abzuklappern, und selbst wenn er sie fände, wäre das für alle beide peinlich. Am besten ließ er sie ganz in Ruhe. Plötzlich schoss ihm durch den Kopf, dass sie sich von ihm vielleicht genauso erdrückt fühlte, wie er sich von Jeremy erdrückt gefühlt hatte. Es ist ihr Leben, dachte er. Nerv sie nicht.

Er verzog sich ins Wohnzimmer und machte den Fernseher an. Während er schon döste, fiel ihm ein, dass die Band an diesem Wochenende in Bellingham war. Jeremy hatte ihm nun doch nicht das Geld für die Fahrt geliehen. Er gähnte und fragte sich, ob sein Cousin wenigstens die Telefonrechnung bezahlt hatte. Das war nicht gerade wahrscheinlich. Der Wetterfrosch kündigte für diese Nacht Regen an, der bis zum nächsten Nachmittag anhalten würde. Hoffentlich hatte sie einen Schirm dabei. Er hielt die Augen offen, bis sie brannten und das Fernsehbild verschwamm. Das eingespielte Gelächter einer alten Comedy-Show erfüllte den Raum.

Der Liegesessel quietschte. Tom erwachte langsam, spürte, dass noch jemand im Wohnzimmer war, dachte: Sie ist wieder daheim.

Er drehte den Kopf, öffnete die Augen einen Spalt weit.

«Hallöchen, Kleiner», sagte Jeremy.

Tom war zwar schlagartig wach, brauchte aber seine Zeit, bis er aufrecht saß.

«Immer mit der Ruhe», sagte Jeremy. «Ich wollte bloß deine Klamotten abliefern.»

Tom sah die fünf Müllsäcke ums Sofa herum liegen. Er ließ sich nach hinten fallen. Sein Cousin hatte ihm seine Sachen wiedergebracht. Das hätte er nicht erwartet. Sein erster Reflex bestand aus Schuldgefühlen, dann setzte die Panik ein. Jeremy war da. Aber er durfte nicht da sein.

«Himmel.»

«Hab dich erschreckt, wie?» Jeremy griff nach der Fernbedienung und begann zu zappen. «Euer Sicherheitssystem ist echt das Letzte. Ihr braucht einen Türriegel.»

«Was machst du hier?»

«Ich dachte, wir müssten mal reden.»

«Worüber?»

Jeremys Miene wurde ausgesprochen heiter. «Ach, ich weiß nicht. Über die Zerstörung der Regenwälder im Amazonas. Die Chancen, auf dem Mars eine Kolonie zu

gründen. Vielleicht ein paar Golf-Tipps. Was meinst du –
sollte ich einen Holz- oder einen Eisenschläger nehmen,
um aus einem Sandhindernis rauszukommen?»

Aus dem Fernseher plärrte ein Werbespot für Zahnpasta.
Jeremy suchte nach der Fernbedienung. Er drückte die Aus-
taste, und das Wohnzimmer wurde schwarz. Das Schweigen
zog sich hin.

«Hab dich wohl ein bisschen hart rangenommen, wie?»

Toms Augen stellten sich auf die Dunkelheit ein. Jeremy
hatte den Liegesessel so weit nach hinten gekippt, dass er
direkt auf die Zimmerdecke sah.

«Das könnte man so sagen», erwiderte Tom.

«Warum hast du dich denn nicht bei mir beschwert –
statt deine Mutter anzulügen?»

«Ich hab nicht gelogen», sagte Tom.

«Du denkst also, ich wäre ein Dealer?»

«Bist du das denn nicht?»

Jeremy lachte. «Kleiner ...», begann er. Seine Hand
griff in die Hemdtasche. Sein Feuerzeug flammte auf. Er
zündete sich eine Zigarette an. «Scheiße. Was für ein Leben.»

«Woher hast du denn dann das viele Geld? Das wüsste
ich gern. Du hast ja noch nicht mal einen Job.»

«Ich hab Kunden, die mich ständig anrufen, vierundzwanzig Stunden am Tag. Du hast sie gesehen,
oder? Ich hab die Bullen am Hals, und ich verbrate mein
Geld, als wär es demnächst nix mehr wert. Ja, genau,
ich bin ein Drogendealer. Und zwar ein ganz besonders
schlauer.» Nach einem weiteren langen Schweigen sagte
Jeremy: «Verflucht nochmal, Kleiner, das war ironisch
gemeint.»

Tom spürte die Vorboten einer Kopfweh-Attacke. «Ich weiß.»

Jeremy schaltete den Fernseher wieder ein. In dem flackernden Licht sah er erschöpft aus. Tom ließ sich auf die Couch zurücksinken. Er legte einen Arm über seine Augen. Der Gedanke, dass Jeremy vielleicht doch nicht so übel war, huschte ihm durch den Kopf, aber er schrieb ihn seiner Müdigkeit zu.

«Der Vater von meinem Vater ist gestorben. Er hat alle gehasst außer mir. Er war ziemlich reich. Er hat mir sein ganzes Geld vererbt. Ende der Geschichte», sagte Jeremy.

«Und wie ist er zu dem Geld gekommen?»

Jeremy klang gereizt. «Aluminium. Er hat im Zweiten Weltkrieg Aluminiumaktien gekauft. Meine Blutgruppe ist A negativ. Sonst noch was?»

«Warum hat er dir alles vererbt?»

«Woher soll ich das wissen?»

Tom kniff die Augen zusammen.

«Ich war in seinem alten Regiment», sagte Jeremy langsam, mit zusammengebissenen Zähnen. «Alle dachten, ich würde es weit bringen.»

«Ja und?»

Jeremy stand auf und salutierte. «Es hat immer einen Rieger in der Armee gegeben, schon seit Abrahams Zeiten. Und bei Gott, es wird auch immer einen Rieger in der Armee geben.»

Jeremy setzte sich. Er sah aus, als würde er einen Moralischen kriegen. Tom hätte ihn zu gern weiter ausgefragt, beschloss aber, damit zu warten, bis Jeremy nicht mehr breit war.

Dann hörte Tom das Großmaul schnarchen und drehte

den Kopf. Tatsächlich, sein Cousin war weggetreten. Was würde seine Mutter wohl sagen, dachte er, wenn sie zur Tür hereinkäme und Jeremy da schlafen sähe?

Aber sie ist nicht da, oder?, sagte eine Stimme in seinem Kopf.

Er mochte nicht mehr nachdenken müssen. Jeremys Geschnarche hatte etwas seltsam Tröstliches, Vertrautes. Es war leicht, bei diesem Geräusch in den Schlaf abzutauchen.

Tom wachte als Erster auf. Irgendwann in der Nacht war Jeremy in sein Zimmer weitergewandert und lag jetzt ausgestreckt auf dem Bett. Vorsichtig hob Tom Jeremys Jeans und Jackett auf und durchsuchte die Taschen.

Seine Ausbeute bestand aus ein paar Schlüsseln, Jeremys Brieftasche, einem Kamm und einem elektronischen Terminplaner. Tom warf einen Blick auf seinen Cousin, der immer noch völlig hinüber war. Tom klappte die Brieftasche auf. Darin befanden sich Jeremys Führerschein und zwischen zwei Fünfzigern ein Bankauszug. Am vergangenen Abend hatte Jeremy 460 Dollar abgehoben. Das Guthaben auf seinem Konto betrug 127 894,73 Dollar.

Tom schob den Bankauszug zurück in die Brieftasche und dann die Brieftasche zurück in die Hosentasche. Also doch kein Millionär. Er verballerte sein Geld, bis irgendwann nichts mehr übrig war. Bei dem Gedanken ging es Tom gleich besser. Trotzdem: 127 000 Dollar; er konnte sich nicht vorstellen, solche Mengen zu besitzen. Wenn das sein Geld wäre, würde er es bestimmt nicht zum Fenster rauswerfen.

Jeremy rührte sich und Tom erstarrte. Aber sein Cousin schlief weiter.

Vielleicht hatte er die Zahl ja nicht richtig gelesen. Vielleicht waren es ja 7200 Dollar. Er wusste, dass das jetzt die reine Schnüffelei war. Er wusste, dass es nur Ärger geben konnte, wenn er erwischt würde, aber es juckte ihm in den Fingern, die Brieftasche wieder herauszuziehen und noch einmal genau nachzusehen. Und so ließ er seine Finger wandern, ohne Jeremy dabei aus den Augen zu lassen.

Die Brieftasche war dünn. Sie enthielt einen Mitgliedsausweis von Movie Madness, eine Benutzerkarte für die Zentralbibliothek von Toronto und das Foto eines Jungen, der, wie Tom erst nach einer Weile aufging, niemand anders als er selbst war.

Er zog es heraus. Der Schnappschuss – wer den damals wohl gemacht hatte? – zeigte ihn vor einem Geburtstagskuchen mit acht Kerzen. Auf der Rückseite stand in der Handschrift seiner Mutter: «Hallo, Jeremy! Uns geht es gut. Vancouver ist schön. Alles Liebe, Tante Christa.»

Er steckte das Foto an den alten Platz zurück und steckte auch die Brieftasche wieder weg, hatte es aber jetzt so eilig wegzukommen, dass er nicht mehr überlegte, wo genau er sie herausgezogen hatte.

Tom ging in die Küche. Als Jeremy wenige Minuten später nachkam und sich ihm gegenüber hinsetzte, wurde ihm klar, dass Jeremy nur so getan hatte, als würde er schlafen. Er hatte gewusst, dass Tom seine Brieftasche durchsuchte, und ihn einfach machen lassen.

«Ich hab auch noch ein paar Briefe», sagte Jeremy. «Möchtest du sie sehen?» Und mit einem hämischen Lächeln fügte er hinzu: «Oder soll ich sie lieber in meine Brieftasche tun?»

Tom fühlte, wie ihm das Blut in die Wangen schoss, wie

er unaufhaltsam rot anlief. Er konnte seinen Cousin nicht mehr anschauen. Stattdessen starrte er auf seine Hände.

«Du hättest mich einfach fragen können», sagte Jeremy. «Warte.»

Er ging aus der Küche, kam mit einem Kugelschreiber zurück und malte etwas auf seine Finger. Tom beugte sich vor, um zu sehen, was das war. Es waren Gesichter. Jeremy hob seine linke Hand hoch. Er hatte dem Zeigefinger einen extradicken blauen Mund verpasst. Nein, verschwollene, verfärbte Lippen.

«‹Jeremy›», sagte Jeremy mit hoher, quieksiger Stimme, «‹verdammt nochmal, was willst du?›» Er hob die rechte Hand hoch. «Tja, mein Junge. Ich bin hier, um dich all deiner irdischen Reichtümer zu berauben, dich umzubringen und dein riesiges Vermögen zu erben. ‹Aber ich habe doch gar kein riesiges Vermögen, Jeremy!› Huch! Falscher Junge.»

Tom musste lachen. «Du bist echt abartig.»

«‹Na, komm schon, Jeremy. Ganz im Ernst. Was machst du hier?› Ich gehöre zur Familie, Kleiner. Reicht das nicht?» Der Finger-Tom hob den Kugelschreiber hoch und haute dem Finger-Jeremy eins über auf den Kopf. «‹Hör auf, Mann! Das glaubst du doch wohl selber nicht!›» Jeremy sah auf. Er hielt sich die Fingerfiguren vors Gesicht. «Ich mein's doch nur gut – ich will dir helfen.»

«Wieso?», fragte Tom.

«Als du noch klein warst, hast du gedacht, ich wäre dein Bruder.» Jeremy wischte mit den Händen über den Tisch und schmierte die Fingerpuppen auf die Platte.

«Ach ja», sagte Tom mit einem verächtlichen Schnauben. «Das ist die Wahrheit.»

Jeremy sah auf seine Finger hinunter. «Deine Mom hat mir andauernd geschrieben. Sie hat immer damit angegeben, was für ein lieber Junge du wärst. Wusstest du das? Ich kann dir die Briefe zeigen.»

Jeremy war mit einem Mal ganz ernst geworden. «Nein. Ist schon in Ordnung.»

Jeremy lächelte nicht. «Wirklich?»

«Ja», antwortete Tom. «Wirklich.»

Jeremy setzte ihn bei Mike ab. Tom hatte keine Lust, den Tag mit seinem Cousin zu verbringen. Er erzählte Jeremy, er wolle Mike besuchen, um mit ihm zu lernen. Mike war im Garten, übte Basketballwürfe. Als er sie kommen sah, unterbrach er sein Training und starrte das Auto an. Er pfiff durch die Zähne.

Jeremy sagte: «Ich hol dich nachher wieder ab.»

«Ich weiß selber, wie ich nach Haus komme», gab Tom zurück. «Hey, Mike. Das ist mein Cousin Jeremy. Jeremy, das ist Mike McConnell.»

Mike rührte sich nicht von der Stelle.

Jeremy salutierte, stieg dann in seinen Wagen und fuhr los.

«1992er Jaguar XJS Coupé», erklärte Mike. «In dem Jahr gab's nur drei silberne. Ich wusste ja gar nicht, dass deine Familie reich ist.»

«*Er* ist reich», sagte Tom. «*Ich* nicht. Kann man reinspazieren oder ist bei euch immer noch dicke Luft?»

Mike verzog das Gesicht in gespielter Verzweiflung. «So dick, dass du locker die Wände hochgehen könntest. Mann, die sind vielleicht beschissen drauf. Weißt du, wie viel der wert ist?»

«Was?»

«Der Wagen.»

Tom schüttelte den Kopf.

«Hat er dir die Klamotten gekauft?»

Tom sah Mike an, dem plötzlich etwas aufzugehen schien. «Er hat auch für den Friseur gelöhnt.»

«Durchgeknallter Arsch», sagte Mike.

«Du kennst ihn ja gar nicht.»

Mike schüttelte den Kopf. «Einen durchgeknallten Arsch erkenn ich auf den ersten Blick, und der da ist ein durchgeknallter Arsch.»

Sie blödelten eine Weile im Garten herum. Patricia hatte sich noch nicht erweichen lassen, den Hausarrest aufzuheben: Mike würde auch die nächsten zwei Wochen das Grundstück nicht verlassen dürfen. Die Strafe machte ihn so gereizt, dass nur schwer mit ihm auszukommen war.

Mike ging ins Haus, um zwei Pepsis zu holen. Tom wartete am Picknicktisch. Er sah, wie die Küchengardine sich bewegte, und fühlte sich unwohl, genau wie damals, als er angefangen hatte, sich nach der Schule mit Mike zu treffen, und Patricia und Evan gemeint hatten, er übe einen schlechten Einfluss auf ihren Neffen aus.

Mike kam zurück und drückte ihm eine Dose in die Hand. Mike ließ seine aufzischen, trank sie in einem Zug leer und rülpste dann laut und lang.

«Du würdest ein geiles Nebelhorn abgeben», sagte Tom, um die Stimmung aufzulockern.

Mike ging nicht darauf ein. «Meine Mom, weißt du, die war echt lieb. Aber jeden Abend hat sie mich in die Badewanne gesetzt und mit Lysol übergossen.» Er zerdrückte die Dose auf seinem Knie und rülpste noch einmal. «Willst du zum Abendessen bleiben?»

«Ich kann nicht.»

«Pass auf dich auf», sagte Mike in seiner üblichen Zick-zack-Logik.

Tom war froh, als Jeremy erschien und hupte. Mike sah ihm mit einem so ernsten Ausdruck nach, dass Tom beinahe loslachte. Als sie abfuhren, nahm Mike zwei Finger zum Victory-Zeichen hoch und hielt sie sich dann vor die Augen. Tom grinste. Ihre Geheimsprache – die hatte er schon total vergessen gehabt. Mission abbrechen, bedeutete dieses Zeichen. Sie wissen Bescheid über dich.

«Mit zwanzig sitzt der im Knast», sagte Jeremy, während er einen Blick in den Rückspiegel warf.

«Was?»

«Der geborene Schläger, wenn du mich fragst», sagte Jeremy.

«Er ist ganz in Ordnung», erklärte Tom.

Jeremy schüttelte den Kopf. «Mir willst du nicht trauen, aber so was traust du?»

Tom wollte keine große Sache daraus machen. «Mike ist ein anständiger Typ.»

Jeremy schaltete das Radio ein.

Tom nahm noch einen Anlauf. «Er hat bloß ein paar Mal Pech gehabt.»

«Das ist ja wohl keine Kunst», sagte Jeremy.

Und du kannst mich auch mal, hätte er am liebsten erwidert. Jeremy setzte ihn vor dem Haus ab. Tom wusste nicht, was er vom einen wie vom anderen halten sollte. Müde und genervt ging er nach oben, um sich Abendessen zu machen.

Irgendwann nach Mitternacht zerrte ihn ein manisch heiterer Jeremy aus dem Bett. Schlaftrunken versuchte Tom, sich aus seinem Griff zu befreien, aber Jeremy schleifte ihn in die Küche.

«Kaffee?», fragte Jeremy.

«Wie spät ist es?», fragte Tom zurück. «Weißt du überhaupt, wie spät es ist? Ich muss um acht –»

«Jammer, jammer», sagte Jeremy. «Vergiss es. Und wage bloß nicht, diesen Raum zu verlassen. Du bleibst hier und leistest mir Gesellschaft.»

Tom legte den Kopf in die Hände und gähnte. O Gott, das Einzige, was noch schlimmer ist als ein Betrunkener, ist ein zugekokster Irrer.

«Du musst mir erzählen, wie sich das anfühlt», sagte Jeremy.

«Was?»

«Du weißt schon.»

Tom starrte ihn ungeduldig an. «Was? Ich kann keine Gedanken lesen.»

Jeremy zwinkerte. «Du weißt schon.» Dann fiel er vom Stuhl und fing an herumzuzucken.

«Arschloch.» Tom erhob sich und machte Anstalten zu gehen. «Blödes Arschloch.»

Jeremy sprang auf die Beine und versperrte ihm den Weg. «Also? Erzähl's mir.»

«Kleiner Tipp: Spring aus dem Fenster, knall auf den Kopf und find's selber raus.»

Jeremy juchzte und rannte in der Küche herum.

«Arschloch», wiederholte Tom, dem das alles langsam unheimlich wurde. «Du Arschloch, du bist ja total kaputt.»

Jeremy hüpfte auf den Arbeitstresen. Plötzlich wurde er

ernst. «Weißt du, ich hab dich mal auf den Kopf fallen lassen.»

Tom sagte: «Ich geh wieder ins Bett.»

«Ich war bei dir zum Babysitten, und ich hab dich gestoßen, und du bist die Treppe runtergefallen.» Jeremy kippte um, landete mit einem Knall auf dem Fußboden und rührte sich nicht mehr.

«Jeremy?», sagte Tom. «Jeremy, hör auf mit dem Scheiß.»

Jeremy blieb liegen, wo er war, alle Viere von sich gestreckt. Tom ging zu ihm hinüber und stupste ihn mit dem Fuß an.

«Das ist nicht komisch, Jeremy.»

Jeremy tat, als winde er sich in Krämpfen. Tom ließ ihn weiter auf dem Küchenfußboden herumzappeln und verzog sich in sein Zimmer.

Er war gerade am Wegdösen, als Jeremy auf ihn draufhüpfte. «Sag, dass du mir verzeihst, okay?»

Tom versuchte verzweifelt, ihn abzuschütteln. «Ach, ver…, Jeremy, es war nicht deine Schuld. Ich hatte schon epileptische Anfälle, bevor du mich gehütet hast. Und geh jetzt runter von mir, verdammt nochmal!»

«Ehrlich?»

«Ehrlich», sagte Tom. «Kann ich jetzt vielleicht weiterschlafen?»

Jeremy sah richtig gerührt aus. «Du bist ein guter Junge, Tommylein. Du bist ein toller Junge.»

«Ja, ja. Ich bin super. Und jetzt runter von mir. Bitte. Bitte, bitte.»

«Ich werd auf dich aufpassen. Ganz bestimmt.»

«Jeremy, auf was für 'nem Trip bist du eigentlich?»

«Ich bin high vom Leben!», rief Jeremy.

«Vom Leben, aha.»

«Und du solltest lieber auf mich hören», sagte Jeremy mit zusammengekniffenen Augen. «Du weißt ja gar nicht, was für Freaks sich da draußen rumtreiben. Weißt du, was die dir antun können? Weißt du das?» Er legte ihm die Hände um den Hals und drückte so fest zu, dass Tom keine Luft mehr bekam. «Wirst du jetzt endlich auf mich hören?»

Tom nickte, während er versuchte, Jeremys Finger auseinander zu biegen.

Jeremy ließ los. «Gut. Gut. Keine Tricks mehr. Keine Lügen mehr. Und du erzählst deiner Mutter keine Lügen mehr über mich. Hast du mich verstanden?»

Tom rieb sich den Hals. «Ja.»

«Also sei brav.» Mit diesen Worten torkelte Jeremy aus dem Zimmer.

Als er aufwachte, war Jeremy weg. Tom borgte sich Werkzeug von einem Nachbarn. Er schacherte mit dem Verkäufer in der Eisenwarenhandlung um einen billigen Türriegel. Wenn seine Mutter zurückkam, dann konnte sie verdammt nochmal an die Tür schlagen und ihn wecken. Er würde sich Jeremy nicht mal eine einzige Minute mehr antun.

In dieser Nacht wurde er vom Geräusch eines Schlüssels im Türschloss aus dem Schlaf gerissen.

«Tom!», rief Jeremy. «Tommy! Wach auf! Die Tür ist abgesperrt. Tommy!»

Er bollerte gegen die Tür, bis einer der Nachbarn über den Flur schrie, er werde die Polizei anrufen. Das Gehämmer hörte auf. Tom schloss die Augen. Erst beim Ausatmen merkte er, wie lange er die Luft angehalten hatte.

Und das war's dann.

Paulina.

Tom blieb stehen, bevor er die offenen Türen der Turnhalle erreichte.

«Was hast du denn?», fragte Mike, der auf der Stelle joggte.

«Da ist sie», sagte Tom und verschwand wieder nach drinnen, wo Paulina ihn nicht sehen konnte.

«Mann», sagte Mike. «Die ist doch viel zu alt für dich.»

«Irgendwelche Probleme, meine Damen?», brüllte Greigerson durch die Turnhalle.

«Kein Problem», entgegnete Mike fröhlich. «Wir verschnaufen bloß mal kurz.»

«Runter mit euch. Ihr macht mir jetzt jeder fünfundzwanzig Liegestütze. Vielleicht kräftigt das ja eure Lungen.»

Mike murmelte: «So ein beschissener –»

«Hast du damit ein Problem, McConnell?»

Mike hob die Hände. «Kein Problem, Sir. Hast du damit ein Problem, Tom?»

«Nö.»

«Ich könnte auch fünfzig daraus machen, Klugscheißer.»

Tom ließ sich fallen und hatte schon zehn Liegestütze geschafft, bis Mike überhaupt auf Position war.

«Scheiße», sagte Mike, während er den Boden blank polierte. «Ausgerechnet heute, wo ich meine neuen Shorts anhabe. Tu mal langsamer, Mann, du lässt mich echt alt aussehen.»

«Er beobachtet uns», sagte Tom, ohne Mike den Kopf zuzudrehen.

«Na und? Lass ihn doch. Was kann der uns schon?»

«Mr. McConnell!», brüllte Greigerson. «Ich hab gesagt, du sollst fünfundzwanzig machen!»

Mike machte Militär-Liegestütze, wenn Greigerson hin-sah, und ansonsten Mädchen-Liegestütze. Tom zählte seine letzten fünf ab, stand auf und schüttelte die Arme aus.

«Warte auf mich», keuchte Mike.

«Damit ich nochmal fünfundzwanzig kassiere?»

«Vierundzwanzig, fünfundzwanzig, fertig!»

«Knallkopf», sagte Tom lachend. «Das wird er dir nicht abkaufen.»

Mike grinste nur. Als sie wieder anfingen, ihre Runden zu drehen, sagte Greigerson keinen Ton.

«Ich kann's einfach nicht fassen, dass du damit durchge-kommen bist», sagte Tom.

«Das geht alles im Kopf ab», sagte Mike und tippte sich an die Schläfe.

«Du meinst wohl im Knallkopf.»

«Wenn ihr euch dabei unterhalten könnt, meine Da-men, dann seid ihr nicht schnell genug», sagte Greigerson, als sie an ihm vorbeiliefen.

«Ich wette, der hat ein Hakenkreuz überm Bett hän-gen», murmelte Mike.

Als Tom an den offenen Türen der Turnhalle vorbeikam, konnte er sehen, dass Paulina zu ihm hinüberschaute. Er wäre fast tot umgefallen, schaffte es aber, nur so weit aus dem Tritt zu geraten, dass er gegen Mike prallte.

«Hast du sie nicht mehr alle?», knurrte Mike.

«Guck doch mal.»

«Wohin denn?»

«Warte bis zur nächsten Runde.»

Tom drosselte das Tempo, als sie wieder an den Türen vorbeikamen. Paulina winkte. Sie sucht Jeremy, dachte er. Na, komm schon. Tief durchatmen.

«Mazenkowski. Abartige Tusse», sagte Mike.

Greigerson schrie ihnen zu, sie sollten einen Zahn zulegen. Tom bekam Seitenstechen. Er schlüpfte nach draußen und machte vorsichtig die Türen zu.

Paulina hockte rauchend auf der Treppe. Er strich sich die Haare nach hinten, blieb stehen und wollte sich schon umdrehen und wieder hineingehen, als sie hochsah.

«Hi», sagte sie.

Er musste sich unbedingt einen Moment setzen. «Hi.»

Sie hielt ihm ihre Zigarette hin, bot ihm einen Zug an. Er schüttelte den Kopf. «Wir müssen wahrscheinlich noch sechs Stunden weiterrennen. Also tank ich lieber Sauerstoff.»

«Wenn du ein Mädchen wärst», entgegnete sie, «bräuchtest du nichts weiter zu tun, als dich zu krümmen und zu sagen: ‹Ich hab heute echt schlimme Krämpfe. Es läuft nur so aus mir heraus.› Im Ernst, mit so was kann Greigerson nicht umgehen.» Sie lachte. «Einen Monat hab ich sechsmal meine Tage gehabt, und er hat nie eine Entschuldigung sehen wollen.»

Tom war geschockt, entsetzt und verzückt. Da saß er nun neben ihr, und sie redete mit ihm. Er war ihr so nahe, dass er den zarten Flaum auf ihrem Gesicht sehen konnte. Die Sonne ließ ihre Haare wie Seide schimmern. Sie tat die letzten Züge und schnipste den Filter auf den Boden.

«Jeremy meint, du stehst auf Pot», sagte Paulina. «Weißt du, wo ich welchen kriegen kann?»

Tom blinzelte. «Pot?»

«Ja. Nur 'ne kleine Ladung. Ich krieg diese Woche kein Geld. Nur zum Entspannen, verstehst du.»

«Klar», sagte Tom.

«Was heißt das – dass du welchen hast oder dass du auch gern entspannst?»

«Beides», sagte Tom.

«Kann ich dir vielleicht 'n bisschen was abnehmen?» Sie lächelte ihn an, und wenn er jetzt etwas bei sich gehabt hätte, egal wie viel – er hätte ihr alles gegeben.

«Klar», sagte er, erstaunt darüber, dass ihm die Stimme nicht versagte. «Ich hab was in meinem Schließfach.»

«In deinem Schließfach?», fragte sie ungläubig. «Ja, spinnst du denn? Willst du unbedingt erwischt werden?»

Tom machte den Mund auf, und kein Ton kam heraus. Er konnte nicht sprechen.

«Werd erst mal erwachsen», sagte sie, wieder lächelnd. «Was hast du in der letzten Stunde?»

«Bio.»

«Okay. Dann treffen wir uns im Bus.»

Tom biss sich auf die Lippe. «Und Jeremy?»

«Was soll mit dem sein?»

«Hast du, ähm –» Er räusperte sich. «Ich meine, seid ihr zusammen?»

Ihr Lächeln wurde gezwungen. «Mit ein bisschen Therapie wird er imstande sein, sich wie ein gottverdammtes menschliches Wesen zu benehmen.»

Tom fragte leise: «Was hat er gemacht?»

Sie öffnete den Mund und zögerte dann. «Das erzähl ich dir, wenn du älter bist.» Sie stand auf und klopfte sich den Staub von der Kleidung. «Ich warte an der Bushaltestelle auf dich. Vergiss den Stoff nicht.» Sie gab ihm ein Küsschen auf den Mund. Ihre Lippen waren weich. Innerlich schwebte er.

«Greigerson will dich sehen», sagte Mike.

Tom berührte seine Lippen. «Sie mag mich!» Er juchzte und wirbelte im Kreis herum.

«Total durchgeknallt», bemerkte Mike kopfschüttelnd.

Bei Mike zu Hause hatte sich die Lage offenbar verbessert. Evan ließ ihn herein, obwohl Patricias Miene nichts Gutes ahnen ließ. Er spielte mit Mike *Streetfighter II* bis zum Abendessen, beschloss dann aber, Patricias Geduld nicht zu strapazieren, und ging nach Hause.

Paulina hatte tatsächlich an der Bushaltestelle gewartet. Tom konnte sich nicht erinnern, worüber sie geredet hatten, aber sie hatte über irgendeinen Spruch von ihm gelacht. Und dann, nachdem er ihr den Pot gegeben hatte, hatte sie ihn wieder geküsst, vor allen Leuten. Sie hatte gesagt, wenn er davon noch mehr habe, könne er es zu einer Party mitbringen, die ein paar Freunde von ihr demnächst machten.

Es war ein herrlicher Tag. Der Himmel war blassblau. Er hatte seinen Cousin seit drei Tagen nicht gesehen. Bevor Jeremy verschwunden war, hatte er die Telefonrechnung bezahlt. Nun mussten sie sich nur noch um die Mastercard- und Visa-Abrechnungen sorgen. Und um die Miete für den nächsten Monat. Trotzdem waren sie jetzt besser dran als vorher. Er hatte ein gutes Vorstellungsgespräch bei Red Robin's gehabt, für eine Stelle als Hilfskoch. Der Typ dort kannte seine alte Chefin Angie. Sie hatten über Chuckie's geredet, über die Schule, einfach geplaudert. Er rollte sein Fahrrad in den Aufzug. Irgendjemand musste dort gewischt haben, denn der Pissegeruch war weg.

«Ich bin wieder da!», rief er laut.

«Tom!», hörte er seine Mutter aufgeregt antworten. «Ich hab eine Überraschung für dich!»

Er ließ das Rad, wo es war. «Was gibt's denn?»

Auf der Couch saßen Tante Faith und seine Mutter. Tom blieb wie angewurzelt in der Wohnzimmertür stehen.

«Thomas», sagte Tante Faith. «Fesch siehst du aus!»

«Komm her und gib deiner Tante einen Kuss», sagte seine Mutter.

«Tante Faith», sagte Tom.

Sie streckte ihre Arme aus, und er ging sie umarmen. Sie war dünner als in seiner Erinnerung. Ihr Haar war grau, und ihr Gesicht hatte tiefe Falten, neue Falten. Ihr Kopf zitterte ein bisschen, wackelte auf dem Hals, als säße er locker.

«Du siehst aus wie dein Großvater», sagte Tante Faith.

«Jeremy hat sie eingeflogen», erklärte seine Mutter. «Heute Abend gehen wir essen. Alle zusammen.»

Der Blick, den sie ihm zuwarf, war voller Hoffnung.

«Ich muss Hausaufgaben machen», protestierte er lahm.

«Och nein!» Seine Mutter wedelte mit der Hand. «Das ist doch ein Familientreffen!»

«Du arbeitest zu viel», sagte Tante Faith.

Jeremy war nicht da, als sie beim Restaurant ankamen. Tante Faith und seine Mutter gingen untergehakt hinein. Das Thema Jeremy wurde nicht angeschnitten. Tom wusste, dass es nur eine Frage der Zeit war.

Bevor der Nachtisch serviert wurde, ging Tante Faith auf die Toilette. Seine Mom nahm seine Hand. «Tante Faith sagt, er hat es wirklich geerbt.»

Tom starrte auf die beiden Hände. «Zieht er jetzt wieder nach Hause?»

«Nein», erwiderte sie. «Nein, Tommy. Faith sagt, das kommt nur von der schlechten Gesellschaft, in die er geraten ist. Ich hab ihn heute gesehen. Er sagte, es täte ihm Leid. Das ist doch ein gutes Zeichen, meinst du nicht?»

Er konnte ihren Blick nicht erwidern. Sie ließ seine Hand los. «Faith sagt, Jeremy spricht seit zwei Jahren nicht mehr mit seinem Vater. Und dabei standen sie sich früher so nahe. Weißt du, im Moment ist dein Cousin einfach etwas verloren und verletzt.»

«Und warum ruft er ihn dann nicht an oder unternimmt sonst was?»

«Tommy –»

«Nein, nein, das versteh ich wirklich nicht. Warum muss er sich hier rumtreiben?»

Seine Mutter wirkte gekränkt. «Aber er gehört doch zur *Familie.*»

«Er hat *vier* Brüder! Warum kann er nicht bei einem von denen bleiben?»

«Die konnten nie gut miteinander. Wenn du einen Bruder hättest, dann wüsstest du, wie das ist.»

«Was gibt's da zu wissen? Wir reden doch nicht davon, dass er bloß vergessen hat, dir zum Geburtstag zu gratulieren. Er ist ein Drogendealer, Mom.»

An der Enttäuschung, die sich in ihrem Gesicht breit machte, erkannte er, dass er zu weit gegangen war. Wahrscheinlich träumte sie immer noch von einem postkartenidyllischen Weihnachten in der alten Heimat, wo sie die Heldin war, die Jeremy in den Schoß der Familie zurückgeführt hatte. «Ich denke ja nicht, dass er ein schlechter Mensch ist», sagte Tom. Ich denke, dass er ein verdammter Irrer ist, dachte Tom.

Sie lächelte ihn mit verzogenem Mund an. «Er ist schon eine Nervensäge, oder?»

«Wohnt Tante Faith bei uns?», fragte Tom.

Seine Mutter zögerte. «Ja.»

«Das freut mich.» Jeremy würde still halten, solange seine eigene Mutter in der Wohnung war. «Sie kann mein Zimmer haben. Ich schlaf auf der Couch. Wie lange bleibt sie denn?»

«Eine Woche», antwortete seine Mutter glücklich.

«Sag ihr, sie kann so lange bleiben, wie sie Lust hat.»

Seine Mutter schien überrascht. «Alles wird gut», sagte sie. Es klang eher wie eine Frage.

«Ja», versicherte Tom ihr. «Alles wird gut.»

Als er am nächsten Tag von der Schule heimkam, war im Wohnzimmer die Kombianlage wieder aufgebaut.

In dieser Nacht konnte Tom nicht schlafen, sich nicht einmal genügend konzentrieren, um seine Hausaufgaben zu machen. In der Wohnung konnte er auch nicht bleiben. Er überlegte, ob er eine Runde mit dem Fahrrad drehen sollte, dachte dann aber, dass das vielleicht zu viel Krach machen und Tante Faith wecken würde.

Er schlüpfte zur Wohnungstür hinaus und nahm die Treppe. Die Flure waren frisch gestrichen worden, und ein paar Tage würden sie sauber bleiben. Dann würde Wayne oder Willy wieder loslegen.

Die Wolken hingen tief. Der Wetterfrosch hatte für die gesamte letzte Woche Regen prophezeit, aber tatsächlich hatte es nur genieselt. Als er zum Park kam, schrie eine Frau: «Hey, Tom!»

Zuerst erkannte er sie nicht wieder, weil sie jetzt blond war und einen engen schwarzen Mini-Minirock und ein Bikinioberteil trug statt ihres üblichen Verdorbenes-Schulmädchen-Outfits. Sie winkte ihn in ihre Ecke auf der anderen Straßenseite. Froh, sie zu sehen, marschierte er gleich zu ihr hinüber. Sie warf einen Blick über seine Schulter.

«Wusstest du, dass du verfolgt wirst?», fragte sie.

Blitzschnell drehte er sich um. Dort am Straßenrand stand Jeremys Auto. Sein Cousin hupte.

«Verdammt», sagte Tom. Er marschierte zum Auto und schlug auf die Kühlerhaube. Jeremy setzte den Wagen zurück. Tom bückte sich nach einem Stein und warf ihn gegen die Windschutzscheibe. «Verpiss dich! Na los, verpiss dich!»

Jeremy bremste, stieß die Tür auf und sprang heraus. Sorgfältig untersuchte er die Windschutzscheibe, bevor er die Augen auf Tom richtete. «Du rührst meinen Wagen nicht an.»

«Hau ab! Verschwinde endlich und lass dich hier nie wieder blicken!»

«*Meep*-badda-*meep-meep*», sagte Jeremy mit aufreizender Selbstgefälligkeit. «Wie willst du das verhindern?»

«Mann, du bist so gestört, du gehörst in Behandlung.»

«Na komm, steig ein. So spät solltest du nicht mehr allein rumwandern. Ich fahr dich nach Hause.»

«Leck mich.»

«Die harte Tour, was? Also, Tommy-Kumpelchen, vergnügen wir uns ein paar Runden. Nimm die Fäuste hoch!»

Tom ballte die Fäuste, drehte sich um und ging weg. Jeremy jagte den Motor hoch. Tom hörte das Auto hinter ihm her näher kommen, dachte aber, Jeremy würde anhalten. Stattdessen wurde er voll gerammt und fiel hin.

«Nach Haus, aber dalli!», schrie Jeremy.

Als Tom versuchte aufzustehen, knickte sein Fußknöchel weg. Er hörte die Wagentür aufgehen. Jeremy stand über ihm.

«So was müsste gar nicht erst passieren, wenn du mich nicht zur Weißglut reizen würdest», sagte Jeremy, schob Tom einen Arm unter die Achsel und half ihm hoch.

Jeremy fuhr ihn nach Hause. Tom konnte nicht sprechen, so sehr zitterte er vor Wut.

«Deine Mom hat mich für Donnerstag zum Abendessen eingeladen», sagte Jeremy, als wäre alles in Ordnung, als hätte er nicht gerade versucht, ihn zu überfahren. «Also bis dann!»

Tom blickte Jeremys Rücklichtern nach. Das werden wir noch sehen.

Sein Knöchel war verstaucht und tat die nächsten drei Tage weh. Am Donnerstagabend wartete Tom vor dem Haus. Jeremy drückte auf die Klingel und verschwand nach drinnen. Leise stieg Tom die Treppe hoch. Er blieb vor der Wohnungstür stehen und lauschte. Die Stimmen waren kaum zu hören. Sie kamen aus der Küche.

Langsam öffnete er die Tür und streckte den Kopf hinein. Der Flur war leer, und Jeremys Jackett hing ordentlich neben dem Eingang. Geräuschlos zog Tom die Autoschlüssel heraus.

Sein Herz hämmerte. Er hatte das Gefühl, durch einen Schlauch zu atmen. Als er wieder zur Tür hinausschlüpfte und die Treppe hinunterstieg, musste er nach Luft schnappen.

Tom blieb vor dem Apartment 206 stehen und klopfte. Drinnen hörte er Rockmusik wummern. Die Tür ging auf. Ein Typ mit Glatze und einem Drachen-Tattoo am Hals blickte ihn finster an.

«Können wir ungestört reden?», fragte Tom.

«Ich verkauf nichts, solang ich auf Bewährung bin.»

Vielleicht würde ja gar nichts laufen. Tom schluckte. Jetzt konnte er nicht mehr zurück. Er nahm die Autoschlüssel aus der Hosentasche. «Auf dem Parkplatz Nummer 16 steht ein 1992er Jaguar XJS. Kannst du dich um den kümmern?»

Wayne oder Willy zog ihn mit einem Ruck nach drinnen und schloss die Tür. «Ist das deiner?»

Tom schüttelte den Kopf.

«Du wohnst oben?»

Tom nickte.

«Was für'n Schnitt schwebt dir denn so vor?»

Tom sagte: «Wie viel ist fair?»

«Fünfundsiebzig für mich, fünfundzwanzig für dich.»

Tom tat, als müsste er überlegen. Er wollte gerade einwilligen, als Wayne oder Willy sagte: «Hör mal, Mann, schließlich muss ich hier das ganze verdammte Risiko tragen.»

«Der Wagen gehört meinem Cousin. Er ist oben. Der Sicherheitscode für den Wagen ist 1017. Er wird noch etwa ein, zwei Stunden dableiben.»

Wayne oder Willy kicherte. «Dein Cousin, wie? Mann, du bist mir ja 'n ganz kalter Hund.»

Tom lächelte verbissen. «Haben wir nicht alle unsere Rechnungen zu bezahlen?»

Tom öffnete die Wohnungstür genau in dem Moment, als Jeremy über den Flur kam. Scheiße, dachte Tom, während er den nachgemachten Schlüsselbund befingerte, den Wayne oder Willy ihm gegeben hatte.

Cool bleiben, hatte Wayne oder Willy gesagt. Für so ein Spiel braucht man Nerven.

«Hey, Kleiner», sagte Jeremy.

«Tom?», fragte seine Mutter, die hinter seinem Cousin erschien.

«Hallo.» Tom versuchte, sich nichts anmerken zu lassen.

«Wir wollen gleich essen», erklärte seine Mutter. «Komm und deck den Tisch. Jeremy, könntest du schnell zum Laden laufen und mir eine Dose Mais holen?»

«Klar, Tante Chrissy.»

«Ich kann auch gehen», sagte Tom schnell.

«Ach, du trödelst mir zu viel», erwiderte sie.

«Das erledige ich schon», erklärte Jeremy.

«Nein», widersprach Tom. «Ich könnte einen Spaziergang vertragen.»

«Du verschwindest nicht schon wieder», sagte seine Mom. «Du bleibst hier. In letzter Zeit bist du ja ein richtiger Zigeuner geworden – ich seh dich überhaupt nicht mehr zu Hause.»

«Wahrscheinlich hat er eine Freundin», bemerkte Jeremy.

Tom wurde knallrot, und sie fingen an zu lachen.

«He, he!», sagte seine Mutter. Dann bekam sie ihren verschleierten Blick. «Mein Baby wird groß.»

O Gott, dachte Tom, als sie ihn umarmte. Jeremy wippte auf den Füßen, schnitt ihm Grimassen, sobald seine Mutter nicht hinsah.

«Ich muss sie unbedingt kennen lernen», meinte sie.

«Sie ist gar nicht meine Freundin», erklärte Tom. «Nur eine Freundin halt.»

«Da hab ich aber was anderes gehört», sagte Jeremy breit lächelnd.

«Ach ja?» Seine Mutter zwickte Tom in die Seite. «*Ihm*

hast du es also erzählt, aber deine eigene Mutter weiß von nichts?»

«Willst du sie nicht zum Essen einladen?», fragte Jeremy. «Wir haben massenhaft eingekauft.»

Tom schüttelte den Kopf. «Nein.»

«Er schämt sich für uns», sagte Jeremy.

Das Lächeln seiner Mutter verflog.

«Nein!», sagte Tom. «Sie ist wirklich nur eine Freundin. Und heute Abend muss sie zum – ääh – zur Cheerleader-Probe.»

Jeremy feixte.

Seine Mutter ließ ihn los. «Das Essen wird kalt.» Sie zwickte ihn noch einmal. «Geh erst mal unter die Dusche. Du stinkst.» Sie verschwand in die Küche.

Tom blieb mit Jeremy auf dem Flur stehen. Sein Cousin sah wohlwollend zu ihm herunter. «Junge, du bist der schlechteste Lügner, den die Welt je gesehen hat.»

Tom hätte ihn gern gefragt, ob er mit dem Auto zum Einkaufen fahren würde, traute sich aber nicht. «Du glaubst, dass ich nicht selbst auf mich aufpassen kann, aber da täuschst du dich.»

«Ich glaube, dass du ein kluger Junge bist, der sich echt dämlich aufführt», sagte Jeremy. Er griff in seine Jacken-tasche. Er sah um sich. Er ging zurück in die Küche.

Tom zog die Schlüssel aus seiner Hosentasche und rieb sie am Hemd ab, um nur ja alle Fingerabdrücke zu besei-tigen. Er legte die Schlüssel unter Jeremys Jacke auf den Fußboden. Dann marschierte er schnurstracks ins Bad und schloss die Tür ab. Er drehte die Dusche auf, zog sich aus und stellte sich darunter. Das heiße Wasser verbrannte ihm die Haut. Er schrubbte sich gründlich ab.

Jetzt war Jeremy also sein Auto los. Schnief, schnief. Er hatte ja Geld. Er konnte sich ja ein neues kaufen.

Tom hatte mit einem Gefühl des Triumphs oder zumindest innerlicher Befriedigung gerechnet. Er hatte vorgehabt, gleich zur Stelle zu sein, wenn Jeremy, rasend vor Wut, zurückkam, um den Gesichtsausdruck seines Cousins zu sehen und ihn so richtig zu genießen. Stattdessen blieb er unter der Dusche, selbst als er Jeremy schreien hörte. Sein Cousin hatte Recht. Er hatte nicht das Zeug zu so etwas.

Eine Stunde später erschienen zwei Polizisten, deren Mitgefühl sich offensichtlich in Grenzen hielt. Einer war klein und stämmig und stellte alle Fragen. Schon auf den ersten Blick konnte er Jeremy nicht leiden. Das Gefühl beruhte, wie Tom sah, auf Gegenseitigkeit.

«Sie haben *so* ein Auto in *so* einer Gegend geparkt?», fragte der Polizist.

«Ich bin doch nur zu Besuch hier, Familienbesuch», sagte Jeremy mit zusammengebissenen Zähnen.

Tom, der ihn im Auge behielt, rechnete jeden Moment damit, dass er wieder explodieren würde. Seit seinem Anruf bei der Polizei hatte er getobt und gewütet. Tante Faith blickte mit ausdrucksloser Miene auf den Fußboden. Seine Mutter weinte. Tom blieb auf seinem Stuhl sitzen und bemühte sich, unsichtbar zu sein.

Die Polizisten blieben nur eine halbe Stunde.

«Ich wette mit Ihnen um sonst was, dass Sie diesen Wagen nie wieder sehen», sagte der untersetzte Polizist. «Gut, dass Sie versichert sind.»

«Das sind Profis», warf der andere ein. Es war der erste Satz, den er zu dieser Unterredung beigesteuert hatte. «Ihres ist schon das vierte gestohlene Fahrzeug, das wir in dieser Woche hatten.»

«Na toll», sagte Jeremy.

Tante Faith wärmte das Essen auf, das keiner von ihnen angerührt hatte. Sie aßen in einem Schweigen, das keiner zu unterbrechen wagte.

Zwei Tage später fand Tom im Briefkasten einen dicken Manilaumschlag, auf dem in Druckbuchstaben TOM stand.

In dem Umschlag befanden sich siebzig Einhundert-Dollar-Scheine. Der Anblick musste ihn umgehauen haben, denn als er aus seiner Trance erwachte, saß er auf dem Boden. Siebentausend Dollar. O Gott. Er hatte nicht geglaubt, dass Wayne oder Willy tatsächlich mit seinem Anteil rüberkommen würde.

Er sah sich um, stellte fest, dass niemand ihn beobachtete, und schob den Umschlag schnell unter seine Jacke.

Als er oben ankam und die restliche Post aufmachte, fand er das Bund nachgemachter Schlüssel, das er für Jeremy hatte liegen lassen.

«Also, ich weiß nicht», sagte er.

«Ach, komm schon», drängte Paulina. «Oder hast du vielleicht Schiss?»

Die Vorderseite des Hauses war dunkel, aber die Einfahrt war mit Autos zugeparkt und mit leeren Bierdosen zugemüllt. Sie gingen auf den Hof. Die Hintertür schwang auf. Eine Frau kam lachend herausgetorkelt und fiel in eine Matschpfütze, was sie nur noch lauter lachen ließ. Ihr Freund versuchte, sie hochzuziehen, und rutschte aus. Und nun saßen sie beide im Matsch, zeigten mit dem Finger auf sich und hielten sich grölend die Seiten. Dann krochen sie aufeinander zu und küssten sich.

«Ätzend», sagte Paulina. «Na, komm schon, komm, gehen wir rein, bevor wir noch an Lungenentzündung sterben.»

Reggaemusik wummerte durch die offene Tür, die dann plötzlich, direkt vor ihren Augen, zufiel. Eine einsame Glühbirne über dem Eingang erleuchtete den Hinterhof. Paulina schlug mit der Faust gegen die Tür.

«Ben! Ben! Mach auf!»

«Tja», sagte Tom. «Pech. Vielleicht können wir ja später nochmal herkommen.»

«Ach, sei kein Partymuffel. Er hört uns nur nicht, das ist alles. Und jetzt mach du mal.»

Tom klopfte lustlos. Obwohl der Regen in seinen Kragen lief und unter seinem Hemd herabtropfte, begann er zu lächeln.

«Scheiße», sagte Paulina. «Na los, mach schon auf!»

Ihr sorgsam gelocktes Haar klebte ihr schon am Kopf, und der Eyeliner lief ihr in blaugrünen Streifen übers Gesicht. Ihr Kleid wurde durchsichtig, und ihre Brustwarzen zeichneten sich als kleine harte Knubbel ab. Tom guckte weg.

Dann öffnete sich die Tür, und sie stießen auf eine dicke Mauer aus Leibern.

«Das wurde auch Zeit, verdammt», fauchte Paulina, die beim Kopfschütteln lauter Wassertropfen versprühte.

Überall tanzten Leute, mittlerweile zum durchdringenden Bassrhythmus eines Heavy-Metal-Stücks. Ein Mann brüllte los, und der ganze Raum begann zu brüllen. Paulina schlang einen Arm um seine Schulter und brüllte mit. Tom machte den Mund auf, kam sich dann aber albern vor und blieb stumm. Paulina küsste ihn, mit einer kühlen

Hand in seinem Nacken. Er legte eine Hand auf ihre Taille und erwiderte den Kuss. Sie wurden von der Menge aneinander gedrängt. Paulina schob ihn von sich.

«Küche», formte sie mit den Lippen über das Gegröle und die Musik hinweg.

Er folgte ihr durchs Wohnzimmer in die Küche. Am Herd war ein zahnloses Mädchen dabei, Buttermesser über den Flammen zu erhitzen. Auf jede Messerspitze legte sie ein schwarzbraunes Haschkügelchen, und wer ihr das Geld dafür gab, bekam eine Portion ausgehändigt. Ein Glatzkopf legte ein Haschischkügelchen zwischen zwei erhitzte Buttermesser, hielt sich dann beide Messer unter die Nase und inhalierte tief. Tom beobachtete ihn so gespannt, dass er den Klecks Chip-Dip auf dem Fußboden nicht sah und darauf ausrutschte. Er prallte gegen eine Frau, die sich eine Schlange um den Hals gewunden hatte. Bevor er zurückweichen konnte, hatte die Frau ihm über die Stirn geleckt. Ein Mann, der im Gehäuse eines Gefrierschranks hockte, verkaufte Sprit. Paulina zog einen durchweichten Fünfzig-Dollar-Schein aus ihrem Geldbeutel und winkte ihm damit zu. Sie machte die Hände hohl und tat, als würde sie etwas schlucken. Er zog ein Plastiktütchen aus seiner Lederweste und zeigte es ihr. Paulina nickte und gab ihm den Fünfziger.

«Können wir jetzt gehen?», rief Tom.

Sie schüttelte den Kopf und stürzte sich in die Menge, die den Eingang blockierte. Tom lief ihr nach. Die Schlangenfrau zwickte ihn kräftig, als er an ihr vorbeikam. Tom machte einen Satz, schlug ihre Hand weg. Sie streckte ihre Zunge heraus und ließ sie auf und ab schnellen. Paulina rief nach ihm vom anderen Ende des Wohnzimmers, neben einer kleinen Treppe. Er warf einen Blick zurück und sah, wie die Schlangenfrau ihn anlächelte. In dem Moment glitt die Schlange von ihren Schultern, und die Schlangenfrau musste sich bücken, um ihr Haustier wieder einzufangen.

«Das ist für dich», sagte Paulina, als er sich neben sie auf die Treppe setzte. Sie nahm seine Hand und legte ein paar schrumplige schwarze Lederstückchen hinein.

«Das?»

«Pilze, zum Abheben», sagte sie und machte die Hand auf, um ihm zu zeigen, dass sie auch welche hatte. Sie warf ihre Stücke ein und begann zu kauen. Tom verzog das Gesicht. Paulina schluckte.

«Die werden dich total relaxen. Na komm. Du willst doch gut draufkommen, oder?»

Er nickte.

«Die sind echt nur zum Relaxen. Aber wenn du nicht willst, dann lass es», sagte sie achselzuckend. Ihre Miene hatte etwas Strenges, Missbilligendes. Er räusperte sich und schob sich die Pilze in den Mund, so wie sie es ihm vorgemacht hatte. Sie waren zäh wie Dörrfleisch, das zu lange gelegen hat.

«So ist es brav, Tom.» Sie küsste ihn auf die Nase. «Sag mir, wenn du den Kick merkst.»

Sobald sie den Kopf wegdrehte, spuckte er den größten Teil davon auf den Boden.

«Merkst du schon was?», fragte sie und küsste ihn aufs Kinn.

Er schüttelte den Kopf. Es war eine Art Beschiss, aber er wollte nicht vor ihr auf dem Fußboden herumzucken, falls sich das Zeug nicht mit seinen Medikamenten vertrug, und er wollte das auch nicht erklären müssen.

«Wart noch ein paar Minuten.»

Paulina führte ihn zurück ins Gewühl. Die Musik wechselte wieder, nun war es Techno, irgendetwas mit Walgesängen im Hintergrund. Vielleicht Buckelwale, dachte er.

Paulina lächelte ihn an, und Tom blieb fast das Herz stehen. Sie zog ihn an sich und knabberte an seinem Ohrläppchen, ihre Zähne zupften sacht daran. Ihre Zunge war warm und glitschig. Dann war es nicht mehr ihre Zunge, sondern eine Schnecke, die versuchte, in sein Ohr zu kriechen, und er riss sich los.

«Was ha-hast du-uu-uu?», fragte Paulina.

Der Fußboden war plötzlich meilenweit entfernt. «Ich glaub, 's geht los.» Er war froh, dass er nicht die ganze Hand voll genommen hatte.

«Na komm-omm-omm. Hier lang-ang.»

Paulinas Haar schlängelte sich. Tom berührte es, und sie griff nach seiner Hand und zog ihn die paar Treppenstufen hoch, zu einem Zimmer am Ende des Flurs.

«Kein Lich-icht.» Ihre Stimme wallte.

Tom nickte und schlug prompt mit dem Kopf gegen eine Wand, die sich nach unten neigte und über ihm wölbte wie ein Regenbogen.

Paulina zog einen bronzefarbenen Schlüssel heraus und schloss die Tür auf. Sie ließ ihn zuerst eintreten. Er schwebte an ihr vorbei, von einer Brise getragen. In dem Raum war es stockdunkel, doch als Tom hochblickte, sah er ein rotes Auge, das ihn von einer Ecke aus beobachtete.

Dann kam Paulina hereingetorkelt und machte die Tür zu. Er hörte sie fluchen. Er blinzelte angestrengt. Das rote Auge in der Ecke blinzelte nicht. An der Decke erstrahlten

Sterne. Auch der Mond erschien kurz, verschwand dann aber hinter den Vorhängen.

«Es ist abgeschloss-oss-ossen», sagte Paulina laut.

Licht flammte auf. Tom konnte nicht aufhören, die hin und her schwankende Glühbirne anzustarren.

«Überraschung!» Plötzlich stand Jeremy unter der Lampe. Er zog an einer Schnur, und das Licht ging aus und an wie ein Strobo-Strahler. Seine andere Hand hielt eine Videokamera. «Ich wette, ich bin der Letzte, den du hier erwartet-tet hast-ast-ast.»

Tom rannte zur Tür, aber der Boden war reiner Schlamm, der seine Füße einsaugte. Jeremy hielt ihn nicht auf. Als Tom vor der Tür ankam, schmolz der Türknauf. Tom wollte ihn drehen, doch er zog sich wie Karamell.

«Paulina!», schrie er.

Sie stand neben der Videokamera.

«Schließ auf-auf», sagte Tom.

Jeremy trat hinter ihn und schlang seine Arme um Toms Brustkorb. «Mein Gott», sagte Jeremy. «Was ist denn mit dem-em-em los?»

«Ich hab ihm ein bisschen was gegeben.»

«Du dumme Kuh, du dumme Kuh, du wusstest doch, dass ich ihn nüchtern wollte.» Jeremys Stimme war laut und schallte direkt neben seinem Ohr, eine Glocke. «Ich denke, du gehst jetzt mal lieber, Paulina-na-na.»

Sie schüttelte den Kopf. Die Videokamera kippte. «Ich will den Stoff, meinen Stoff, du weißt schon. Guck rüber zu dem Vögelchen, Kleiner, da ist das Vögelchen.»

Seine Jacke schälte sich von ihm wie abgestorbene Haut. Jeremy warf sie beiseite, und sie landete auf dem Bett hinter ihm. Aus dem Nichts griffen Hände nach seinem Hemd, und Tom schlug sie weg. Der Fußboden packte seinen Hemdkragen und riss ihn zu sich herunter. Jeremy ließ ihn da liegen, auf dem Boden, und bewegte sich in extremer Zeitlupe auf Paulina zu, die ihn ausdruckslos ansah, selbst als er sie an die Wand knallte und sie langsam zu Boden ging und er gegen ihren Kopf trat, ihren Kopf trat, ihren Kopf trat.

«Hör auf!», schrie Tom und stemmte den Oberkörper hoch.

Jeremy nahm ein Paar Handschellen und drehte sich zu Tom um.

«Wass machssu?», sagte Tom, während er sich auf die Knie hievte.

Jeremy gab ihm einen Schubs, und das Zimmer kippte und schaukelte. Tom fragte sich, wie Jeremy es schaffte, auf der Wand zu stehen. Jeremy drückte einen Fuß gegen Toms Hals. «Hast du gedacht-acht-acht, du könntest mich lin-ken?» Jeremy hob seinen Fuß, und Tom rollte sich weg, doch als er innehielt, waren seine Handgelenke hinterm Rücken festgeklemmt. Jeremy zündete sich eine Zigarette an. «Irgendeinen Wunsch, einen letzten Wunsch?»

«Hör auf!», schrie Tom.

Jeremy nahm einen tiefen Zug und blies den Rauch in Toms Gesicht.

Tom versuchte, bei Bewusstsein zu bleiben, versuchte, seinen Geist daran zu hindern, den Lichtern und Klängen zu folgen. Er wusste, dass er zu tief drinsteckte, hoffnungslos tief. Jeremy rauchte seine Zigarette bis auf den Stummel herunter, bevor er sie dann auf Toms Schulter ausdrückte.

Das Zimmer wurde golden, wurde flach wie ein Weizenfeld im Sonnenlicht.

Tom schrie um Hilfe, als Jeremy sich die nächste Zigarette anzündete und sie rauchte, ohne ihn auch nur ein einziges Mal aus den Augen zu lassen. Er lächelte nicht, machte aber auch nicht den Eindruck, als täte es ihm Leid. Die Brandwunde schmerzte. Das Zimmer – er sah Dinge an der Wand, sah Dinge an der Decke und hörte sich schreien: «Die Decke.» Jeremy drückte den Stummel auf seiner anderen Schulter aus. Es fühlte sich an, als habe jemand seine Haut zwischen zwei glühenden Messern straff gezogen. Jeremy machte sich eine dritte Zigarette an, die er langsam in Toms linkes Nasenloch einführte.

Der Schmerz ließ ihn einen Moment lang ganz klar sehen. Er hörte auf zu schreien. Er fand eine Erinnerung und klammerte sich daran, sagte: *«Super. Cali. Fragi. Listic –»* Er geriet in Panik, weil ihm das Wort wieder wegrutschte. Er konnte es nicht festhalten. Dann versuchte er es aufs Neue, kämpfte um diese Erinnerung, aber immer wieder vergaß er das ganze Wort, das Wort, das ganze Wort. Jeremy starrte Tom an, Tom, der auf die Zimmerdecke zuglitt, bis Jeremy eine Faust hob und sie auf ihn niederkam wie ein Bannstrahl.

Vierte Begegnung

«Ich würde dich ja heimfahren», sagte Jeremy, «aber ich habe kein Auto.»

Tom, der zusammengekrümmt auf dem Bett lag, rührte sich nicht.

«Ich weiß, dass du wach bist», sagte sein Cousin.

Die Party unten im Erdgeschoss näherte sich allmählich dem Ende. Die Musik dröhnte immer noch durch den

Fußboden hoch, aber die Stimmen verstummten. Langsam war er wieder zu sich gekommen und meinte, sich an fast alles erinnern zu können, was geschehen war.

«Paulina ist sauer auf uns», fuhr Jeremy fort. «Ich musste ihr was vom besten Stoff geben, nur damit sie den Mund hält.»

Toms Hände waren immer noch hinter seinem Rücken gefesselt. Beim Aufwachen hatte er gedacht, sie wären aneinander gefroren, doch dann, als seine Wahrnehmungen wieder einsetzten, spürte er das Metall, das ihm ins Fleisch schnitt.

Jeremy seufzte. Tom nahm an, dass er wohl laut genug schreien könnte, um auf sich aufmerksam zu machen. Die Geräusche, die jetzt durchs Haus hallten, klangen nach Leuten im Aufbruch.

Das Bett wackelte, als Jeremy aufstand. Tom verkrampfte sich. Jeremys Schritte dröhnten rings ums Bett. Er blieb vor Tom stehen.

«Mach die Augen auf, Tommylein.» Jeremy schlug dicht neben Toms Kopf auf die Matratze. «Sofort.»

Tom sprang hoch und rammte Jeremy. Beide stürzten. Jeremy grunzte, als sie auf dem Boden landeten. Dann packte er Tom an den Schultern und drehte ihn um, und es war vorbei. Jeremy juchzte, zog ihn hoch und stieß ihn zurück aufs Bett. «So gefällt mir das schon besser!»

Tom trat mit den Füßen nach ihm. Jeremy tänzelte rückwärts, offenbar entzückt von diesem Spiel. «Na los, Tommy! Zeig, was du draufhast!»

Tom spürte, wie er unterging, spürte seine Lebensenergie weichen wie das Meer bei einsetzender Ebbe. Er schob sich von Jeremy weg, bis er nicht mehr weiterkonnte, bis er nach Luft schnappen musste.

Jeremy stand über ihm, starrte auf ihn herab, die Hände in die Hüften gestemmt. Er runzelte die Stirn. «Willst du immer noch nicht mit mir reden?»

Toms rechtes Auge war zu und wollte nicht mehr aufgehen. Es tat sehr weh. Auch das Atmen tat weh. Jede Bewegung tat weh. Wenn er den Mund aufmachte, würde er anfangen zu weinen, und diese Befriedigung gönnte er Jeremy nicht.

«Ich hab eine Idee», sagte Jeremy. «Ich geh mal kurz aus dem Zimmer. Du bleibst, wo du bist.» Er unterbrach sich. «Aber du wirst wieder nicht auf mich hören wollen. Versprich mir … nein, vergiss es. Ich hab eine bessere Idee.»

Jeremy langte unters Bett und brachte eine große Rolle Seil zum Vorschein. «Das haben wir auch mitgebracht», erklärte er. «Wir hatten alles Mögliche für dich vorgesehen, Tommylein.»

Tom spürte ein Aufbäumen seiner Lebensenergie und versuchte noch einmal, vom Bett herunterzukommen, aber Jeremy packte ihn, band erst seine Füße zusammen und dann seine Arme ans Kopfteil des Bettes.

«Bin schneller zurück, als du denkst», sagte Jeremy, schloss die Tür auf und hinter sich wieder zu.

«Feuer!», schrie Tom. «Hilfe! Verdammt nochmal! Feuer!»

Er verdrehte seine Hände – in Erinnerung an all die Filmszenen, wo Leute sich befreien konnten, einfach indem sie ihre Hände in der richtigen Weise bewegten. Aber es war absolut sinnlos. Er wollte wieder einschlafen. Er wollte Jeremy nie begegnet sein, der jetzt die Tür wieder aufmachte, einen Blick hereinwarf und mit einem Kugelschreiber wedelte.

Tom kroch so weit, wie das Seil es zuließ.

«Ganz ruhig», sagte Jeremy. «Ganz ruhig. Sieh mal. Sieh mal her. Sieh mir zu.» Er malte etwas auf seinen Finger und hielt ihn hoch. «Hi, Tom», sagte er. Dann malte er eine Fingerpuppe auf seine andere Hand und sagte mit dieser hohen, quieksigen Stimme: «Hi Jeremy!»

Irgendetwas in ihm knackste, und er fing an zu schluchzen. Er wollte das nicht, wollte nicht zusammenbrechen, Jeremy nicht diese Genugtuung verschaffen, doch der Drang war übermächtig, und dass er ihn nicht zu kontrollieren vermochte, ließ ihn noch heftiger weinen.

Jeremy setzte sich auf den Rand des Betts und tätschelte seinen Arm. Das Schluchzen wurde zu regelrechtem Flennen. Es tat seinen Augen weh und seiner Nase, vor allem da, wo Jeremy ihn verbrannt hatte. Er konnte die wunde Stelle spüren. Jeremy sagte nichts, bückte sich nur und zündete eine Zigarette an.

Tom erstarrte.

Einen Moment später drehte Jeremy sich zu ihm um. Er sah beinahe verwirrt aus, als er den Mund aufmachte und dann auf seine Zigarette hinabblickte. «Herrje!», sagte er. Er hob den Fuß, zerquetschte die Zigarette mit der Schuhsohle. «Sie ist doch aus! Siehst du? Sie ist aus.»

Die Erleichterung war so heftig, dass Tom abstürzte, sich aus dem Zimmer zurückzog, aus seinem Körper, einfach verschwand.

Jeremy brachte ihn zum Frühstück in den Burger King. Jeremy bestellte Hash Browns, einen großen Kaffee und einen Apfelkuchen, Tom nur Orangensaft. Er fühlte sich zu wackelig, um feste Nahrung zu sich zu nehmen. Sie saßen im Obergeschoss an einem Fenstertisch. Tom beobachtete die vorbeikommenden Menschen. Die Stoßzeit begann. Jeremy griff in seine Hosentasche, sah Toms Blick und hielt in der Bewegung inne.

«Ich krieg bestimmt bald einen Nikotinkoller», sagte Jeremy.

Tom zuckte die Achseln.

Doch dann begann Jeremy, seine Hash Browns zu essen. Tom war erleichtert, wollte sich das aber nicht anmerken lassen.

Er war ganz plötzlich zu sich gekommen. Jeremy hatte ihn losgebunden, noch während er ohnmächtig gewesen war, ihn in irgendeinen anderen Raum des Hauses gebracht. Jeremy hatte gefragt: «Willst du was essen?»

Sie nahmen ein Taxi. Der Fahrer sah Tom an, sah Jeremy an und dann wieder Tom und sagte die ganze Fahrt über kein Wort.

Paulina war dabei gewesen, als sie das Haus verließen. Jeremy hatte ihr etwas in die Hand gedrückt. Ihre linke Schläfe war blutverklebt, aber das schien ihr nichts auszumachen. Sie sah ihn nicht mal an, und nach dem einen kurzen Blick sah auch er sie nicht mehr an.

Toms Handgelenke schmerzten da, wo die Handschellen seine Haut aufgeschürft hatten. Sie waren geschwollen, lila verfärbt und klebten an seinen Ärmeln. Er hatte keine Ahnung, was er seiner Mutter erzählen sollte.

«Ich schätze, wir sind quitt», sagte Jeremy.

«Quitt», wiederholte Tom.

«Morgen kannst du mir helfen, ein neues Auto auszusuchen. Na, wie findest du das? Ich glaube, ich probier's jetzt mal mit einem Mustang.»

«Willst du dein ganzes restliches Geld für ein Auto raus-schmeißen?»

«Ja, meinst du etwa, ich würde meine Kröten auf einem Sparkonto mit mickrigen zwei Prozent Zinsen liegen lassen? Nein, das war nur die Spitze des Eisbergs. Aber du wirst 7000 Dollar beisteuern, oder?» Jeremy deutete mit seinem Rührstäbchen auf Tom. «Lass dir einen guten Rat geben, Kleiner. Wenn du schon auf einen Komplizen angewiesen bist, dann such dir einen, der das Maul halten kann.»

«Es war eigentlich gar nicht geplant.» Tom nippte an dem Orangensaft. Er brannte auf seinen Lippen.

«Das war dein erster Fehler», sagte Jeremy. «Dieser William, dieser Willy-Bubi, der hatte ein zu großes Maul.» Jeremy grinste. «Und jetzt hat er ein noch größeres Maul. Mach dir wegen dem keine Sorgen. Ich hab Paulina eine Weile mit ihm spielen lassen. Sie hat ihm was gegeben, wovon er so abgehoben ist, dass er unbedingt fliegen wollte.» Jeremy beugte sich vor und sagte mit ernster, gedämpfter Stimme: «Mal ganz unter uns – ich glaube, das Mädel hat ein paar Probleme. Vielleicht solltest du doch lieber jemand anders zum Schulball ausführen.»

Tom brach in Lachen aus. Er schnappte fast wieder über, konnte nicht aufhören zu lachen, war so nahe am Weinen, dass Jeremy ihm eine Serviette reichte, worauf er nur noch heftiger lachen musste.

Andere Leute sahen zu ihnen herüber. Tom fing sich, lehnte sich zurück. Jeremy bestand darauf, hinunterzugehen und ihm einen Pfannkuchen zu holen. Tom wartete, bis Jeremy außer Sicht war, bevor er ebenfalls die Treppe hinabstieg und dann aus dem Laden lief. Er wollte abhauen, über die Granville Street wegrennen, musste aber gleich stehen bleiben und sich an eine Mauer lehnen. Er war so durcheinander, dass er sich nicht einmal mehr so weit zusammenreißen konnte, um einen Fuß vor den anderen zu setzen.

«Du lernst es einfach nicht, was?», sagte Jeremy.

«Bin nur frische Luft schnappen», erklärte Tom.

Jeremy fiel nicht darauf rein. «Bitte sehr.» Er trat einen Schritt zurück. «Sieh dich an. Du kannst ja nicht mal aufrecht gehen.»

«Leck mich doch! Such dir jemand anders, mit dem du deine Scheißspielchen spielen kannst, verstanden? Du bist ja krank im Kopf.» Tom wandte sich ab und ging weiter, an die Mauer gestützt, um nicht umzufallen. Er begann, doppelt zu sehen, und wusste, er würde sich gleich übergeben müssen, aber das war ihm egal. Er würde entkommen. Jeremy konnte ihn nicht vierundzwanzig Stunden am Tag im Auge behalten.

«Du kannst vielleicht abhauen», sagte Jeremy. «Aber deine Mutter kann nirgendwohin.»

Langsam drehte Tom sich um. Die Sonne kroch am Himmel hoch. An den Kreuzungen stockte der Verkehr, Autos hupten. Seine Hände rutschten an der Mauer ab, und er sackte auf dem Gehsteig zusammen.

«Wir können darüber reden, wenn du 'ne Runde geschlafen hast», sagte Jeremy.

Als ein Taxi vorbeikam, steckte Jeremy zwei Finger in den Mund und stieß einen gellenden Pfiff aus. Das Taxi hielt. Jeremy half ihm hoch, schob ihn auf den Rücksitz und stieg vorne neben dem Fahrer ein. Sie fuhren nach Hause. Tom beugte sich vor, legte den Kopf in die Hände und ruhte sich aus.

Froschgesang

Wenn ich verlassene Gebäude sehe, muss ich immer an unser altes Haus im Dorf denken, eine Bruchbude direkt am Sumpf, wo es früher Frösche gab. Sie existiert nicht mehr. Die Gemeinde hat das ganze Gelände mit Steinen und Kies aufschütten lassen.

In meiner Erinnerung geht die Sonne unter, und die Frösche beginnen zu singen. Während das Licht sich verändert – von Gelb über Orange zu Rot –, gehe ich den kleinen Weg hinab an den Strand. Der Wind bläst vom Kanal herein, lässt das Gras zischeln und um meine Beine zittern. Jetzt, bei Ebbe, zieht ein fauliger Gestank vom Strand hoch. Baumstümpfe, die aus den Holzschlagfeldern den Kanal heruntergeschwemmt worden sind, ragen vor mir auf – schwarze Silhouetten, die sich bizarr gegen den schon fast dunklen Himmel abheben.

Der Wadennetz-Trawler, der durch den Kanal tuckert, ist die *Queen of the North*, hellgelb mit blauem Rand unter dem Scheuerbord: Onkel Joshs Boot. Ich warte am Strand. Das Wasser plätschert um meine Knöchel. Die *Queen* kommt näher, das Geräusch des alten Dieselmotors wird lauter.

Normalerweise kann ich mich dazu zwingen weiterzugehen, aber manchmal bleibe ich wie angewurzelt stehen und warte, dass die Crew an Land kommt.

Das Einzige, was meine Cousine noch nicht hatte, war ein Barbie-Schnellboot. Sie hatte den Swimmingpool, sie hatte den Barbie-Modenschau-Koffer, aber eben nicht das Boot. Es gab ein letztes Exemplar bei Northern Drugs, halb versteckt zwischen den Puzzles und den Stoff-Garfields, aber es kostete sechzig Dollar, und wir waren pleite. Ich wusste, dass Ronny es kriegen würde. Sie hatte schon zwanzig Dollar von ihrem Taschengeld gespart. Außerdem bekam sie immer alles, was sie wollte, weil sie ein Einzelkind war und ihre Eltern beide in der Aluminiumschmelze arbeiteten. Mom wusste, wie sehr ich es mir wünschte, sagte aber, wir müssten uns nun mal entscheiden, ob wir Sachen für die Schule besorgen und Rechnungen bezahlen oder unser Geld für etwas rausschmeißen wollten, an dem ich schon in ein paar Wochen das Interesse verlieren würde.

Wir hatten einen kleinen Weihnachtsbaum. Ich bekam Socken und Unterwäsche, rang mir aber einen kleinen Überraschungsjuchzer ab, als ich das Päckchen aufmachte. Gerade als Mom den Truthahn zerteilte, erschien Onkel Josh. Er schob eine große Schachtel in meine Richtung.

«Na los», sagte Mom lächelnd. «Das ist für dich.»

Onkel Josh sah aus wie ein junger Elvis: dieselben seelenvollen braunen Augen, dasselbe dicke schwarze Haar. Seinen langen, dünnen Körper steckte er ausschließlich in teure Markenkleidung – für ihn kam nichts aus dem Kaufhaus oder Katalog infrage. Er lächelte mich mit seinen perfekten Kuss-Lippen und zahnpastaweißen Zähnen an.

«Mach schon auf, Schätzchen», sagte Onkel Josh.

Ich wollte es nicht. Was es auch sein mochte, ich wollte es nicht. Er stellte es vor mir hin. Mom musste es eingewickelt haben. Bei einer Frau mit zwei Kindern, die schon das eine oder andere Weihnachten hinter sich hat, sollte man eigentlich annehmen, dass sie etwas vom Geschenke-Verpacken versteht, aber sie scheint es einfach nicht zu lernen.

«Wir warten», sagte Mom.

Ich wickelte es langsam aus, bekam dabei eine Gänsehaut. Ja, es war das Barbie-Schnellboot.

Mein Mund lächelte. Wir aßen unseren Truthahn, und ich zog zusammen mit meiner kleinen Schwester Alice am Brustbein, behielt das größere Stück in der Hand und durfte mir etwas wünschen. Onkel Josh küsste mich. Alice schmollte. Onkel Josh schenkte ihr nie irgendwas, und später am Nachmittag heulte sie deswegen. Ich packte das Boot in meinen Wandschrank und fasste es tagelang nicht an.

Bis Ronny zum Spielen vorbeikam. Sie gab mächtig an mit ihren neuen Eisprinzessin-Barbie-Klamotten. Dann holte ich das Schnellboot heraus, und der Ausdruck auf ihrem Gesicht war all das fast wert.

Meine Schwester hasste mich wochenlang. Als ich irgendwann beim Fußballtraining war, nahm Alice das Boot und warf es in den Fluss. Sie weiß bis heute nicht, wie dankbar ich ihr war.

In einem Traum, den ich häufiger habe, kommt Ronny zu Besuch. Wir gehen über den Flur zu meinem Zimmer. Sie betritt es als Erste. Ich deute auf den Wandschrank, und sie öffnet neugierig die Tür. Sie denkt, ich hätte gelogen, in Wirklichkeit hätte ich gar kein Boot. Sie will den Beweis.

Als sie sich zu mir umdreht, sieht sie schockiert aus,

schreckensbleich. Ich lache triumphierend. Ich greife hinein und erstarre beim Anblick von Onkel Joshs Kopf, seinen Armen und Beinen, die darin zusammengequetscht
liegen, abgetrennt vom Rest seines Körpers. Meine Kleidung ist dunkelrot, trieft von seinem Blut.

«Tja, was weißt du schon?», sage ich. «Wünsche gehen
eben doch in Erfüllung.»

Ich bin mit vier Saufschwestern in der Tamitik-Arena, im
Mädchenumkleideraum unter der Tribüne. Das Hockeyspiel ist fast zu Ende, und es steht unentschieden. Die Rufe
und Schreie der Fans übertönen die Flüche des Mädchens.
Wir sind vier gegen eine. Es dauert nicht lange, bis sie
zu Boden gegangen ist und versucht wegzukriechen. Ich
würde ja gern sagen, dass ich nicht mitmache, aber es ist
mein Fuß, der sich um ihren Knöchel hakt und sie blo-
ckiert, während Ronny ihr einen gegen die Schläfe knallt.
Sie stöhnt. Ihr Kopf macht ein hohles Geräusch, als er vom
Waschbecken abprallt. Das Licht lässt uns alle grün aussehen. Ein kollektiver Freudenschrei erhebt sich aus der
Arena. Unser Team hat einen Punkt gemacht. Das Mädchen liegt jetzt zusammengerollt unter dem Waschbecken,
und ich boxe sie und trete sie und knalle ihr Gesicht auf
den Fußboden.

Meine Cousine Ronny hatte die besten Connections. Sie
konnte so ungefähr jeden Stoff besorgen, den man haben
wollte. Das war während ihrer Biker-Braut-Phase, als sie
enge Lederröcke trug, Mini-Tops und viele silberne Arm-
reifen, Ringe und Ohrstecker. In der Zeit fingen ihre Eltern an, richtig auf ihr herumzuhacken. Ich ging oft zum

Kiffen mit zu ihr nach Hause. Das ging gut, solange wir daran dachten, das Wohnzimmer mit Lysol einzusprühen und die Fenster aufzumachen, bevor ihre Eltern heimkamen.

Einmal beschlossen wir hinterher, zu mir zu gehen und etwas zu futtern. Ronny trabte mit in mein Zimmer hinauf, um Augentropfen zu holen. Auf meiner Kommode lag ein Umschlag. Schon bevor ich ihn aufmachte, wusste ich, dass Geld drin sein würde, und wusste auch, von wem es kam.

Ich zog die Scheine heraus. Ronny kreischte.

«Meine Fresse, wie viel ist das?»

Ich breitete die Fünfziger auf der Kommode aus. Zweihundertfünfzig Dollar – mehr als genug für ein paar geile Klamotten oder Ohrringe, wenn ich mich dazu bringen konnte, es anzurühren. Aber ganz egal, was ich mir davon auch kaufen mochte, es würde mich nur an ihn erinnern.

«Willst du 'ne Party schmeißen?», fragte ich Ronny.

«Meinst du das im Ernst?» Ihr quollen fast die Augen aus den Höhlen. Ich gab ihr das Geld und sagte: «Mach was draus.» Sie fragte, wo es herkam, aber eigentlich war es ihr egal. Sie hing schon am Telefon.

Die Party lief am nächsten Wochenende in der Stadt. Das Haus gehörte einem von Ronnys Biker-Kumpels, und es waren eine Menge Leute da, die ich aus der Schule kannte, wenn auch nur vom Sehen. Den ganzen Abend über kamen sie alle an und erzählten mir, was für ein freigebiger Mensch ich doch wäre. Genau, das bin ich, dachte ich, Karaoke, die Schutzheilige aller Partys.

Als Ronny betrunken genug war, nahm ich sie beiseite. «Hör mal, ich muss dir was erzählen.»

«Was?» Sie blinzelte so schnell, als hätte sie etwas im Auge.

«Weißt du, wo ich das Geld herhabe?»

Sie schüttelte den Kopf, verlor das Gleichgewicht, legte mir eine schlaffe Hand auf die Schulter und kotzte aus dem Fenster.

Während ich zuhörte, wie sie sich die Seele aus dem Leib reiherte, beschloss ich, dass ich es ihr doch nicht erzählen würde. Was sollte das denn auch bringen? Sie hatte ein großes Maul, und alles, was ich ihr anvertraute, konnte ich genauso gut an der nächsten Straßenecke in die Welt rausposaunen. Dabei wollte ich ja auch nichts weiter als gut drauf sein und das mit dem Geld vergessen, und nachdem ich beim Tequila-Kippen alle anderen haushoch geschlagen hatte, schaffte ich das auch.

«Muuuh.» Ich mache die beiden Außerirdischen nach, die in der *Sesamstraße* ein Telefon anmuhen. Onkel Josh und ich sehen zusammen fern. Er riecht noch ein bisschen nach dem Heilbutt, den er zum Abendessen gekocht hat. Onkel Josh knöpft sich die Hose auf. «Muuuh.» Ich richte die Augen auf den Fernseher und sage nichts, als er zu mir herrutscht. Ich bin kein Baby wie Alice, die wegen jedem Dreck zu Mommy rennt. Wenn es vorbei ist, wird er mir was spendieren. Es ist wie beim Zahnarzt, der mir einen Extra-Lutscher gibt, weil ich nicht weine, nicht einmal, wenn es richtig wehtut.

Ich hätte mir mein Tattoo bei «The Body Hole» machen lassen können, wo meine Freunde hingegangen sind. Eine super hergerichtete Kosmetikerin würde mich in einen schwarzledernen Zahnarztstuhl setzen, und der Tattoo-Künstler würde mir das winzige Bild auf Pauspapier zeigen. Wir würden die genaue Stelle auf meinem Nacken aussuchen, wo der Skorpion hinsoll, direkt unter dem Haaransatz, wo mein Haar spitz zuläuft. Techno, vielleicht irgendein heißer Remix von Abba, würde durch die Lautsprecher dröhnen, während er den Motor der Tätowiernadel surren ließe.

Aber Ronny hatte sich ihr Tattoo selbst gemacht, ganz einfach vor dem Badezimmerspiegel stehend mit einer kurzen Nadel und Füller-Tinte. Sie stach mit der Nadel rein, gab die Tinte dazu, und das war's auch schon – geritzt.

Also bat ich sie, mir meins zu machen. Wenn sie sich sechs Satanszeichen in die eigene Brust fräsen konnte, dachte ich, dann bekäme sie sicher auch meinen Skorpion hin.

Ronny führte mich in die Küche und räumte einen Stuhl frei. Ich drehte mein Haar zu einem Dutt und hielt es nach oben. Sie zeigte mir die Nadel, die sie dann in einen Topf mit kochendem Wasser warf. Sie trug ein abgeschnittenes Top, und ich konnte ihr Nabelpiercing sehen, hellgolden glänzend im Licht der untergehenden Sonne. Sie fand nichts dabei, ihr Hemd vor völlig fremden Leuten zu lüpfen und ihnen zu erzählen, dass sie sich selbst gepierct hatte.

Ronny kippte das Wasser in den Ausguss und nahm die Nadel in ihre Hände, über die sie sich Küchenhandschuhe gezogen hatte. Ich neigte den Kopf und sah auf den Fußboden, während sie das Bild auf meiner Haut nachzeichnete.

Die Nadel war heiß, der Schmerz schlimmer, als ich erwartet hatte, ein tiefer, pochender Schmerz. Ich atmete durch den Mund. Ich gab mir alle Mühe, nicht in Tränen auszubrechen. Ich konzentrierte meine ganze Energie darauf, nicht vor ihr zu weinen, und als sie fertig war, blieb ich starr im Stuhl hängen.

«Na, siehst du», sagte Ronny, «ist doch nichts dabei, du Schisshase.»

Als ich die Augen öffnete und den Kopf hob, hielt sie einen kleinen Spiegel vor mein Gesicht und einen anderen hinter mich, sodass ich ihre Arbeit begutachten konnte. Ich runzelte die Stirn. Der Skorpion sah aus wie ein Schmierfleck.

«Das kommt erst richtig gut raus, wenn alles abgeschwollen ist», erklärte sie und reichte mir die beiden Spiegel.

Während Ronny den Kessel für unseren Tee aufsetzte, sah sie aus dem Fenster über der Spüle. «Abendstern, hell und klar, steht am Himmel –»

Auch ich warf einen Blick hinaus. «Das ist die Venus.»

«Als wenn du was davon verstehen würdest.»

Ich wollte mich nicht streiten. Die Haut in meinem Nacken tat weh wie von einem Sonnenbrand.

Einen Arm um die Karaoke-Maschine geschlungen, singe ich Janis-Joplin-Songs. Ich habe ein geklautes Schnappmesser dabei, mit dem ich alle abwehre, die sich in meine Nähe wagen. Irgendwann allerdings kommt ein Typ aus meiner Schule auf die schlaue Idee, mir Drinks zu verabreichen, bis ich umkippe.

Ein Mädchen filmt das Ganze, sodass meine Nacht als Rockstar auf Video verewigt ist. Sie schickt das Band an

Americas Funniest Home Videos, aber es wird abgelehnt: als untauglich für eine Familiensendung. Sonst weiß ich nichts mehr von der Nacht, als ich zum ersten Mal auf Acid war. Eigentlich heiße ich Adelaine, aber am nächsten Tag sieht mich eine aus meiner Schule kommen und schreit: «Hey, guckt mal, da ist Karaoke!»

Als ich am Morgen nach meinem sechzehnten Geburtstag die Augen aufmachte, glotzte ich direkt in Jimmy Hills Gesicht. Wir lagen aneinander gedrückt auf einem Autorücksitz, und ich dachte: O Gott, lass das bitte nicht passiert sein.

Ich fummelte herum, bis ich mein Hemd gefunden hatte, und verbrachte dann die nächste halbe Stunde damit, mich neben dem Auto zu übergeben. Ich erinnerte mich undeutlich an den Abend vorher, daran, dass ich die Party zusammen mit Jimmy verlassen hatte. Ich erinnerte mich an meine Angst vor Bären.

Jimmy lag immer noch völlig hinüber auf dem Rücksitz, nackt bis auf seine Socken. Wir waren irgendwo in den Bergen, direkt neben einem Holzabfuhrweg. Der Himmel war grau verhangen. Als ich mich aufrichtete und streckte, gingen die Autoscheinwerfer aus.

Die Batterie, dachte ich. Das wird ja immer schöner.

Ich sah im Kofferraum nach und fand einen Verbandskasten. Ich holte eine von den Decken heraus, die wie platt gewalztes Aluminium aussehen. Ich wühlte im Wagen herum, bis ich meine Jeans fand. Ich legte Jimmy sein Hemd über. Seine Jeans hingen an der Autoantenne. Als ich sie herunterholte, ließ die Antenne sich nicht mehr gerade biegen.

Ich setzte mich auf den Fahrersitz. Ich hatte gerade mit Jimmy Hill geschlafen. O Gott, er war praktisch noch ein Milchbubi. Ständig sah ich sein Foto in unserer Lokalzeitung, mitsamt seinen Schwimmer-Medaillen. Abgesehen davon war er mir nie aufgefallen. Er und ich gingen nicht zu denselben Partys.

Am Vormittag durchbrach die Sonne mit dicken Strahlen den Nebel, genau wie im Kino, wenn Gott einen Finger ausstreckt, um zu jemandem zu sprechen. Das Licht fiel auf mein Gesicht, und ich schloss die Augen.

Ich hörte Geraschel auf der Rückbank und drehte mich um. Jimmy lächelte mich an, und in dem Moment wusste ich, warum ich mit ihm geschlafen hatte. Er beugte sich vor, und wir küssten uns. Seine Lippen waren weich und der Kuss zärtlich. Er legte mir eine Hand in den Nacken. «Du bist schön.»

Ich dachte, das wäre nur so dahingesagt, ein netter Spruch nach einem One-Night-Stand, deshalb antwortete ich gar nicht erst.

«Hast du welche gefunden?», fragte Jimmy.

«Was?»

«Blaubeeren.» Er grinste. «Weißt du nicht mehr?»

Ich starrte ihn an.

Sein Grinsen verflog. «Weißt du denn überhaupt noch etwas?»

Ich zuckte die Achseln.

«Also. Wir sind von der Party weggegangen, das muss so etwa um zwei gewesen sein. Du hast gesagt, du wolltest Blaubeeren. Wir sind hier hochgefahren und –» Er räusperte sich.

«Und dann haben wir gebumst, geratzt, und jetzt hängen wir fest», beendete ich den Satz. Die Sonne wurde langsam unangenehm. Ich nahm die Erste-Hilfe-Decke ab. Ich hatte keine Ahnung, was ich als Nächstes sagen sollte. «Die Batterie ist leer.»

Er fluchte und beugte sich über mich, um die Zündung zu probieren.

Ich machte ihm Platz, indem ich aus dem Wagen stieg. Er zog sich hastig sein Hemd über, ohne mich anzusehen. Er hatte eine hübsche Brust, ganz glatt und gebräunt. Er wurde rot, und ich fragte mich, ob es für ihn vielleicht auch das erste Mal gewesen war.

«Kommst du damit klar?», fragte ich.

Sofort machte er einen auf Macho. «Logisch.»

In dem Moment fühlte ich mich richtig beschissen. O Gott, dachte ich, er wird damit angeben.

Ich hockte mich auf die Motorhaube. Sie war heiß. Ich hatte Durst und mörderisches Kopfweh. Jimmy stieg aus und setzte sich neben mich.

«Weißt du, wo wir sind?», fragte Jimmy.

«Hab nicht den leisesten Schimmer.»

Er sah mich an, und wir mussten beide lachen.

«*Du* hast mich doch letzte Nacht hier hochdirigiert», sagte er und gab mir einen Stups.

«Hörst du immer auf besoffene Frauen?»

«Schon.» Er sah direkt verlegen aus. «Hast du Hunger?»

Ich schüttelte den Kopf. «Durst.»

Jimmy sprang von der Motorhaube und kam mit einer warmen Cola zurück, die er wohl unter dem Fahrersitz gefunden hatte. Wir tranken sie stumm.

«Hast du irgendwelche dringenden Termine?», fragte er.

Wieder fingen wir an zu lachen, und dann gingen wir

auf die Suche nach Blaubeeren. Jimmy fand ein Fleckchen nicht weit vom Auto, und wir pflückten die Sträucher leer. Ich hatte ganz vergessen, wie herb wilde Blaubeeren schmecken. Sie sind kleiner als die, die man im Laden zu kaufen bekommt, und haben ein viel intensiveres Aroma.

«Meine Schwester ist der totale Natur-Freak», sagte Jimmy. «Wenn uns einer hier rausholen kann, dann sie. Jedenfalls wird sie bestimmt darauf kommen, wo wir stecken.»

Wir hockten auf einem Baumstamm. «Du musst mir was versprechen.»

«Was denn?»

«Wenn ich vor dir abkratze, darfst du mich nicht essen.»

«Wie bitte?»

«Ich mein's ernst», sagte ich. «Und ich esse auch keine Käfer.»

«Wenn du sie nicht mal probierst, kannst du auch nicht mitreden.» Jimmy sah auf die Straße. «Willst du die Rich-tung aussuchen?»

Der Gedanke daran, den staubigen Holzabfuhrweg in die falsche Richtung entlangzuwandern, kam mir nicht gerade verlockend vor. Ich muss das Gesicht verzogen ha-ben, denn er sagte: «Ich auch nicht.»

Als die Sonne untergegangen war, machte Jimmy vor dem Auto ein Feuer. Wir breiteten die Aluminiumdecken aus und legten uns darauf. Jimmy hob einen Finger zum Himmel. «Das ist der Große Bär.»

«Ursa Major», sagte ich. «Die Mutter aller Bären. Und da ist Ursa Minor, Kassiopeia ...» Ich brach ab.

«Ich wusste nicht, dass du was für Astronomie übrig hast.»

«Ist was für Streber.»

Er küsste mich. «Nur wenn man's dafür hält.» Er schlang einen Arm um mich, und ich legte meinen Kopf auf seine Brust und lauschte seinem Herzen. Es war schön, so einzuschlafen.

Jimmy rüttelte mich wach. «Da kommt ein Auto.» Er zog mich auf die Beine. «Das ist meine Schwester.»

«Mmm.» Benommen blinzelte ich in Richtung Fahrweg. Ich hörte Vögel und, in einiger Entfernung, tatsächlich das Geratter eines Motors.

«Meine Schwester könnte mich sogar in der Hölle finden», sagte er.

Sie setzten mich vor der Haustür ab. Meine Mutter war stinkig. «Wo zum Teufel bist du gewesen?»

«Weg.» Ich blieb am Eingang stehen. Ich hatte nicht damit gerechnet, dass sie da sein würde, wenn ich heimkam.

Ihr Busen wogte. Ich dachte, sie würde mich zusammenscheißen, aber sie sagte ganz ruhig: «Du warst zwei Tage verschwunden.»

Ein Wunder, dass dir das aufgefallen ist – den Satz verkniff ich mir lieber. Ich fühlte mich elend und wollte keinen Streit. «Tut mir Leid. Ich hätte anrufen sollen.»

Ich drängte mich an ihr vorbei, schmiss meine Schuhe in die Ecke und ging nach oben.

Obwohl meine Klamotten stanken, legte ich mich angezogen aufs Bett. Mom kam mir in mein Zimmer nach und packte mich an der Schulter.

«Sag mir, wo du gewesen bist.»

«Bei Ronny.»

«Lüg mich nicht an. Was ist nur los mit dir?»

Mein Gott. Verpiss dich doch einfach. Ich fragte mich, was sie tun würde, wenn ich mit der Wahrheit rausrückte, wenn ich aussprach, was wir ja beide wussten. Womöglich würde sie einen Herzinfarkt kriegen. Oder mich als Lügnerin beschimpfen.

«Denk mal scharf nach», sage ich. «Ich will jetzt schlafen.» Ich wappnete mich für eine ihrer Tiraden, aber sie ging einfach.

Manchmal, wenn Freunde da waren, deutete sie auf Alice und sagte: «Das ist meine Brave.» Dann deutete sie auf mich und sagte: «Das ist meine Missratene, nichts als Ärger hab ich mit der. Sie stiehlt, sie lügt, sie hurt. Eine Schande.»

Eine Weile später klopfte Alice an meine Tür.

«Verpiss dich», sagte ich.

«Da ist ein Anruf für dich.»

«Wenn jemand was von mir will, schreib's auf. Ich schlafe.»

Alice öffnete die Tür und streckte den Kopf herein. «Soll ich Jimmy sonst noch was ausrichten?»

Ich stolperte über den Flur und schnappte mir den Hörer. Ich holte ein paar Mal tief Luft, damit es nicht den Eindruck machte, als wäre ich zum Telefon gerast. «Hi.»

«Hi», sagte Jimmy. «Wir haben gerade eine neue Autobatterie eingebaut. Wie wär's mit 'ner kleinen Tour?»

«Hast du keinen Hausarrest?»

Er lachte. «Na und?»

Ich dachte, er wollte mich einfach nochmal flachlegen, und dann dachte ich: Na und, zumindest werde ich mich diesmal daran erinnern.

«Hol mich in fünf Minuten ab.»

Diesmal habe ich es mit gleich zwei Schwestern zu tun. Sie sind richtig gut. Sie schlagen fest zu und weichen schnell aus. Ich sehe sie schon nicht mal mehr kommen. Das macht mich so wütend, dass ich um mich trete. Zufällig lande ich einen Treffer. Eine der Schwestern schreit und geht zu Boden. Ihr Bein ist komisch verdreht. Die andere schlägt jetzt blind um sich. Dann geht der Türsteher dazwischen, und die Menge um uns herum buht.

«Meine Cousins wollen auf eine Biker-Party. Hast du Lust mitzukommen?»

Jimmy sah mich an, als sei er nicht sicher, ob ich das ernst meinte.

«Ich werd auch ganz brav sein», sagte ich, hob zwei Finger zum Schwur und dann zum Pfadfindergruß.

«Da könnte ich ja gleich zu Haus bleiben», sagte er und jagte den Motor hoch.

Ich beschrieb ihm den Weg. Der Wagen schoss auf die Straße, schlingerte sogar ein bisschen. Jimmy sagte nichts. Das machte mich nervös. Er sah zu mir herüber, lächelte und drehte dann den Kopf wieder Richtung Straße. Ich kannte eigentlich nur Sprücheklopfer. Das hier war eine nette Abwechslung. Ich lehnte den Kopf nach hinten. Das Leder quietschte.

Das Haus, wo Ronnys Party stattfand, sah gar nicht so übel aus, was durchaus hätte bedeuten können, dass drinnen tote Hose war. Es ist nicht so leicht, richtig einen draufzumachen, wenn man Angst haben muss, der Teppich könnte Flecken abbekommen. Von außen war kein Laut zu hören, bis jemand die Tür aufmachte und die Musik herausdröhnte. Die mussten eine Super-Schalldämmung haben. Gerade als wir die Treppe hochgingen, kam mein Cousin Frank mit ein paar Saufkumpeln heraus.

Jimmy blieb stehen, als er Frank sah, und ich wusste auch, warum. Frank ist ein Schrank, über eins neunzig groß, und hat in der Zeit, wo er sich als eingefleischter Bruce-Lee-Fan bemüßigt fühlte, in Absturzkneipen das Böse zu bekämpfen, etliche Narben gesammelt. Er sah zu Jimmy herunter.

«Hey, Jimbo», sagte Frank. «Wie ich höre, bist du aus dem Schwimmteam ausgestiegen.»

«Da hörst du richtig», erwiderte Jimmy.

«Glückwunsch!» Frank setzte zu einem Wrestler-Griff an. Mein Cousin war auf eine Art begeisterungsfähig, die viele Menschen nicht abkönnen, aber Jimmy sah aus, als käme er damit klar. «Mehr Zeit für Partys», sagte er. Da dies zu einer längeren Plauderei auszuarten drohte, ging ich schon mal vor.

Das Haus war halb leer. Ich entdeckte ein paar Leute, die ich vom Sehen kannte, und nickte ihnen zu. Sie nickten zurück. Die Musik war zu laut zum Unterhalten.

«Willst du was trinken?», schrie Frank und hielt mich am Arm fest.

Ich machte einen Satz. Er zog seine Hand zurück. «Wo ist Jimmy?»

«Ronny hat ihn mal ziehen lassen, und jetzt hustet er sich draußen die Lungen aus.» Frank legte sein Jackett ab, schloss die Augen und schlurfte hin und her. Er kannte nichts weiter als den Reservats-Twostep, und ich war nicht in der Stimmung dafür. Ich wollte mich in Richtung Veranda verdrücken, aber Frank packte mich an der Hand. «Ihr zwei treibt's also miteinander?»

«Informier dich bei Jimmy», sagte ich.

«Leck mich», rief Frank mir nach.

Jimmy lehnte am Geländer. Ich konnte ihn nur von hinten sehen. Er hatte die Hände in den Hosentaschen, und sein dunkles, glänzendes Haar streifte seine Schultern. Was mich an ihm von vornherein fasziniert hatte, war die Art, wie er sich bewegte – leicht, als hätte er es nicht eilig, irgendwo hinzukommen. Seine Augen waren hellbraun, mit goldenen Einsprengseln. Ich wusste, er würde sich gleich umdrehen und mich anlächeln und das wäre, wie ins Sonnenlicht zu treten.

In meinem Traum wirft Jimmy eine Angel aus. Ich habe Angst, am Haken zu landen, also bleibe ich am Bug des Skiffs sitzen. Das Meer ist leicht kabbelig, der Himmel stahlblau, die Luft kühl. Jimmy beugt sich herüber und küsst mich, aber jetzt ist er klitschnass. Seine Hände und Lippen sind kalt, seine Augen eingesunken und trüb. Etwas bewegt sich in seinem Mund. Es ist nicht seine Zunge. Als ich mich losmache, fällt ein Krebs aus seinem Mund, und Jimmy lacht. «Vermisst du mich?»

Ich spüre einen Schrei in meiner Kehle, aber nichts kommt heraus.

«Was ist los?» Jimmy neigt den Kopf. Das Wasser läuft ihm aus den Haaren und tropft ins Boot. «Hast du'n Krebs verschluckt?»

Diesmal spielt sich die Sache vor dem Hanky Panky's ab. Die Frau ist so viel größer als ich, dass es schon nicht mehr feierlich ist. Trotzdem will sie nicht gern etwas einstecken. Sie hat Angst vor den Schmerzen, kann aber nicht zurück, weil sie angefangen hat. Sie packt meine

Haare, reißt wie verrückt daran. Ich ziehe an ihren. Und so stehen wir da, vornübergebeugt, versuchen beide, einander zu treten, denn keine von uns will als Erste loslassen. Meine Freunde lachen sich kaputt. Das macht mich sauer, aber ich bin zu besoffen, um aufzugeben. Morgen früh wird meine Kopfhaut stechen und so empfindlich sein, dass ich mir kaum die Haare kämmen kann. In diesem Moment kommt ein Türsteher her und reißt uns auseinander. Die Frau versucht noch einmal, mich zu treten, und als sie stattdessen ihn erwischt, schlägt er sie nieder. Meine Freunde packen mich am Arm und bugsieren mich zur Bushaltestelle.

Jimmy und ich lagen zusammen auf einem Schlafsack in einem Feld voller Berufkraut. Der Waldbrand im Jahr zuvor hatte hier alles kahl gemacht, und das Kraut war erst vor etwa einem Monat nachgewachsen. Dank der Frühlingssonne und der richtigen Dosis Regen waren die Stängel, die in der abendlichen Brise um uns herumschwankten, so hoch geschossen wie Sonnenblumen, so dunkelrosa wie Treibhausrosen.

Jimmy ließ eine Flasche Baby-Duck-Sekt knallen. «Darf ich?», fragte er und beugte sich vor, um meinen Turnschuh aufzumachen.

«Du darfst», sagte ich.

Er nahm den Schuh vorsichtig hoch und goss etwas von dem Baby Duck hinein. Dann hob er ihn an meine Lippen, und ich trank. Wir legten uns hin, drückten das Berufkraut platt und stießen die Flasche um. Jimmy knabberte an meinem Ohr. Mit meinem Finger zeichnete ich Kreise in seine Armbeuge. Scheinwerfer erschienen und verschwanden dann wieder irgendwo auf dem Highway. Wir sahen das Berufkraut schimmern und im Wind wehen.

«Du bist heute Abend so still», sagte Jimmy. «Woran denkst du?»

In dem Moment hätte ich es ihm fast erzählt. Ich wollte es ihm ja erzählen. Ich wollte, dass jemand anders davon wusste und es nicht in mir eingekapselt blieb. Immer wieder nahm ich einen Anlauf und schreckte dann zurück. Was konnte es schon bringen? Wahrscheinlich würde er sich von mir losmachen, voller Entsetzen, Ekel, Empörung.

«Ich möchte dich was fragen», flüsterte Jimmy. Ich schloss die Augen, fühlte meinen Brustkorb eng werden. «Hast du Hunger? Ich könnte jetzt einen Riesenberg Chicken Wings verdrücken.»

Vancouver – die Bescherung

Als ich bei Tante Erma ankam, fing das Licht auf dem Flur an zu zucken wie ein Strobo-Strahler, kleine helle Blitze, dann so tiefe Dunkelheit, dass ich mich an der Wand entlangtasten musste. Schließlich stand ich vor der Wohnungstür. Obwohl ich mich mit Deospray eingenebelt hatte, konnte ich meinen Schweiß riechen. Ich merkte, wie mir komisch im Magen wurde, und dachte, nun würde ich mich vielleicht doch übergeben müssen. Ich hatte nichts gegessen und blutete immer noch heftig.

Tante Erma lebte in East Vancouver, in einem städtischen Wohnsilo. Unter der Tür war Licht zu sehen. Ich klopfte und hörte gleichzeitig den wohl bekannten Vorspann von *Raumschiff Enterprise*, die alte Version mit den schmetternden Trompeten. Ich klopfte noch einmal.

Die Tür schwang auf. Ein Mädchen mit einem lila Irokesenschnitt und Kleopatra-Lidstrich drückte mir Geld in die Hand.

«Scheiße», sagte sie dann. Sie sah mich von oben bis unten an und schnappte sich den Schein wieder. «Wo ist die Pizza?»

«Tut mir Leid», erwiderte ich. «Ich glaube, ich bin im falschen Haus.»

«Pizza, Pizza, Pizza!», kreischten Teenagerstimmen drinnen. Irgendwer stampfte im Takt auf den Fußboden.

«Gehörst du zu Cola?», fragte sie mich.

Ich schüttelte den Kopf. «Nein. Ich wollte eigentlich Erma Williamson sprechen. Ist sie da?»

«Ob sie da ist? Ich glaub, schon. Mom?», kreischte sie. «Mom! Jemand für dich!»

Ein Freudengeheul erhob sich. «Erma und Marley verliebten sich im Wald. Erst kam das Kuscheln, denn es war bitterkalt. Dann machten sie's mit Reiben –»

«Ruhe, ihr asoziale Bande!»

«– und dann kam das Besteigen, und von dem wilden Treiben, da kam ein Baby bald!»

«Wie oft haben sie die letzte Nacht gefiedelt?», kreischte eine Stimme über dem Gelächter.

«Zehnmal!», erwiderte der Chor begeistert. «Zwanzigmal! Dreißigmal!»

«Hey! Wer bezahlt hier eure Pizza? Keine Manieren! Ihr habt einfach keine Manieren!»

Tante Erma kam an die Tür. Sie sah nicht viel anders aus als auf den Fotos, nur dass sie ihre Schmetterlingsbrille nicht aufhatte.

Erst starrte sie mich verwirrt an. Dann breitete sie die Arme aus.

«Adelaine, mein Schatz! Das ist ja eine Überraschung! He, komm rein und begrüß deine Cousinen. Pepsi! Cola! Seht mal, wer zu eurem Geburtstag gekommen ist!»

Sie drückte mich fest an sich, und ich war kurz vorm Heulen.

Zwei Mädchen standen auf der Schwelle zum Wohnzimmer, absolut gleich aussehend bis hin zu ihren gepiercten Lippen. Allerdings hatten sie verschieden gefärbte Irokesenschöpfe – die eine rosa, die andere lila.

«Bist du Erica?», fragte ich blinzelnd. In meiner allerdings verschwommenen Erinnerung hatten die beiden Zöpfe getragen und sich über Mr. Rogers' Kindersendung lustig gemacht. «Und du Heather?»

«Pepsi», korrigierte mich der lila Irokese. «Und NICHT Erica.»

«Oh», sagte ich.

«Cola», erklärte das Mädchen mit dem rosa Irokesen, drehte sich um und sah weiter fern, ohne mich noch eines Blickes zu würdigen.

«Was hast du uns mitgebracht?», fragte Pepsi nüchtern.

«Entschuldige die Früchte meines Leibes», sagte Tante Erma, führte mich ins Wohnzimmer und setzte mich zwischen zwei Typen, die an der Mattscheibe klebten. «Sie haben vorübergehend ihre Kinderstube vergessen. Ich hoffe, das liegt an den Hormonen und die Pille wird sie wieder zu normalen menschlichen Wesen machen.»

Tante Erma stellte mir alle Anwesenden vor, aber ihre Namen gingen mir zum einen Ohr rein und zum anderen raus. Ich war so erleichtert, endlich da und nicht mehr in der Klinik zu sein, dass ich mich kaum auf etwas anderes konzentrieren konnte.

«Wie geht's ihm, Pille?», sagte der Typ rechts von mir genau lippensynchron mit Captain Kirk im Fernsehen. Captain Kirk beugte sich über McCoy und einen auf dem Bauch liegenden Sicherheitsmann mit großen lila Kreisen auf dem ganzen Gesicht.

«Er ist tot, Jim», sagte der Typ links von mir.

«Ich will was anderes gucken», quengelte Pepsi. «Das hier nervt.»

Sie wurde ausgebuht.

«He, das ist schließlich mein Geburtstag. Da werd ich doch noch das sehen dürfen, was ich will.»

«Hinsetzen», sagte Cola. «Du bist überstimmt.»

«Ihr habt doch alle überhaupt keinen Geschmack. Das ist Scheißdreck. Ich kann es nicht fassen, dass ihr euch so was anseht – diese Kultur-Pampe. Ich –»

Ein Unterhöschen segelte ihr ins Gesicht. Dann klingelte es an der Tür, und das Mädchen mit den rosa Haaren hielt die Pizzaschachteln über ihrem Kopf und schrie: «Abendessen ist da!»

«Esst gefälligst in der Küche», rief Tante Erma. «Das gilt für euch alle. Ich will nicht euren Käse von meinem Teppich kratzen müssen.»

Alle gingen, außer mir und Pepsi. Sie griff nach der Fernbedienung und zappte sich durch die Kanäle, bis wir bei einem landeten, wo ein Sprecher der World Wrestling Foundation brüllte, der Schiedsrichter sei blind.

«Das hier», sagte Pepsi, «also das ist doch echte Unterhaltung.»

Als die Party vorbei war, lag ich schon schnarchend auf der Couch. Pepsi zog mich an der Schulter. Sie und Cola guckten Bugs Bunny und Tweety Pie.

«Wenn wir dich stören», sagte Cola, «kannst du in meinem Zimmer pennen.»

«Danke», sagte ich, wälzte mich von der Couch, schnappte meinen Rucksack und suchte mir den Weg zum Badezimmer im ersten Stock. Ich schaffte es gerade noch rechtzeitig bis ans Waschbecken, bevor ich kotzen musste. Die Krämpfe waren nicht mehr so schlimm wie im Bus, aber ich nahm trotzdem drei Tylenol. Meine Binde war total durchgeweicht, die Unterhose voll. Ich zog mir saubere Sachen an und haute mich in eins der Betten. Ich wollte, dass sich ein schwarzes Loch auftat und mich aus dem Universum riss.

Als ich aufwachte, stellte ich fest, dass ich eine Windel hätte nehmen sollen. Die Matratze sah aus, als wäre dort jemand auf grässliche Weise hingemetzelt worden.

«O Gott», stöhnte ich in dem Moment, als Pepsi hereinkam. Ich riss die Bettdecke hoch und versuchte, die Bescherung zu verdecken.

«Mannomann», sagte Pepsi. «Was soll das werden? Dreharbeiten für einen Stephen-King-Film?»

«Heftig», stimmte Cola zu, die hinter ihr hereinkam. «Geht's dir einigermaßen?»

Ich nickte. Ich wünschte, ich wäre nie geboren worden.

Pepsi schlug mir auf die Hand, als ich die Laken berührte. «Du bist nicht die Einzige mit 'ner Monster-Regel.» Sie schob mich aus dem Schlafzimmer. Im Bad ließ sie mir Wasser in die Wanne ein, gab Badeschaum dazu und ging ohne einen weiteren Kommentar. Ich zog meine blutgetränkte Unterhose aus und versteckte sie ganz unten im Mülleimer. Sie war nicht mehr zu retten. Ich legte mich zurück. Die Bläschen platzten, und allmählich wurde das Wasser kalt. Ich stank, ich ekelte mich vor mir selbst und begann, mich abzuschrubben, aber der Gestank wollte nicht weichen.

«Lebst du noch da drin?», fragte Pepsi, während sie die Tür aufmachte.

Ich sprang auf und zog hastig den Duschvorhang zu. «Verdammt, kannst du nicht wenigstens vorher klopfen?»

«O, tut mir entsetzlich Leid. Ich wollte dir nur einen Bademantel bringen. Gut, dass du endlich aus dem Bett gekrochen bist. Mom hat uns gesagt, wir sollen dir was zu essen machen, bevor wir gehen. Wir haben Fischstäbchen, Kraft-Nudeln oder Hot Dogs. Was willst du?»

«Meine Ruhe.»

«Wir haben Fischstäbchen, Kraft-Nudeln oder Hot Dogs. Was willst du?»

«Die Nudeln», sagte ich, damit sie aus dem Bad verschwand. Hunger hatte ich sowieso keinen.

Sie ging, und ich versuchte, die Tür abzuschließen, was sich als unmöglich erwies, also schrubbte ich mich schnell weiter ab – bis ich das Badewasser sah. Es war dunkelrot vor Blut.

Ich ließ mich auf die Couch plumpsen und wachte erst auf, als ich Sirenengeheul hörte. Nachdem ich es zum Fenster geschafft hatte, sah ich einen Krankenwagen auf den Parkplatz biegen. Die Sanitäter rollten einen Mann, der auf der Trage festgeschnallt war, über den Platz. Er schrie etwas von den Augen in den Wänden, die ihn beobachteten, die darauf warteten, dass er einschlief, damit sie kommen konnten, um ihm die Haut vom Leib abzuziehen.

Tante Erma, die Zwillinge und ich fuhren zum Powwow im Trout-Lake-Gemeindehaus von East Vancouver. Ich blutete immer noch ein bisschen und fühlte mich ziemlich elend, aber Tante Erma beteiligte sich an der Spenden-aktion für die Helfenden Hände und hatte mich gebeten, an ihrem Stand mit Schmalzgebackenem einzuspringen, was ich ihr nicht verweigern mochte.

Pepsi war nur wegen der Jungs mitgekommen. Sie trug ihre protzigsten Armbänder und spießigsten Schlitz-Jeans. Tante Erma verpflichtete auch sie, als sich herausstellte, dass keiner ihrer anderen Freiwilligen erschienen war. Pepsi war außer sich.

Cola kam um die Arbeit am Stand herum, weil sie bei den Schellentänzern mitmachte. Tante Erma hatte ihr das Kostüm gemacht, ein eng anliegendes rotes Kleid mit sil-bernen Schellen, die bei jeder Bewegung blitzten und fun-kelten. Cola trug eine Perücke mit Pony, um ihren rosa Irokesenschopf zu verdecken. Pepsi zerriss sich das Maul darüber, aber Cola winkte nur lässig zum Abschied und sagte: «Viel Spaß.»

Ich hatte lange kein Schmalzgebackenes mehr gemacht. Die ersten drei Schübe waren schon gemischt. Ich musste nur Wasser dazugeben, jedes Stück ungefähr in die Form eines großen Doughnut kneten und dann in die elektri-sche Fritteuse werfen. Das Öl spritzte und knisterte und rauchte, weil ich die Temperatur zu hoch gedreht hatte. Pepsi stellte sich auch nicht viel besser an. Sie verbrannte ihren ersten Schub und wollte dann unbedingt weg, um Cola tanzen sehen zu können.

«Bin gleich wieder da», sagte sie, hob den Daumen und verschwand in der Menge.

Die kombinierte Hitze von Fritteuse und Sonne war heftig. Ich bereute, dass ich nicht daran gedacht hatte, einen Schirm mitzubringen. Einer der Organisatorinnen gab mir ihre Baseballmütze. Jemand anders brachte mir ein Glas Wasser. Ich fragte mich, wie lange Pepsi noch wegbleiben würde. So langsam taten mir schon die Arme weh.

Ich klatschte sechs weitere Brote flach und warf sie in die Fritteuse, wobei es mir mittlerweile egal war, ob sie die richtige Form hatten. Ich fühlte, wie die Sonne meine Unterarme brutzeln ließ, meine Hände, meinen Hals, meine Beine. Das Pochen unter meiner Schädeldecke wurde immer heftiger.

Die Leute kamen in Horden: Touristenklüngel, Kongressteilnehmer, die mal Pause machten, Familien und sonstige Neugierige. Sechs Frauen mit HI!-ICH-HEISSE-Namensschildern blieben stehen und kauften mir meinen letzten Vorrat an Schmalzbrot ab. Dann marschierte ein weiterer Schwarm an, und vor meiner Tischecke bildete sich eine Schlange.

«Letzter Schub!», rief ich den Kassiererinnen zu. Sie winkten.

«Was machen Sie da?», fragte jemand.

Ich sah hoch. Ein rothaariger, nicht mehr junger Mann im Anzug starrte mich an. Zu Beginn der Aktion, als wir noch gut drauf gewesen waren, hatten Pepsi und ich uns aus der Frage einen Spaß gemacht. Wir antworteten: «Ach, das ist Fischkopfbrot.» Oder: «Gebratener Bierschaum.» Aber selbst ein blöder Spruch kostete Energie.

«Schmalzbrot», sagte ich. «Das ist mein letzter Schub.»

«Ist es gut?»

«Das werden Sie nicht mehr rausfinden können – hier ist Schluss.»

Der Mann blickte auf meine Auslage. «Es scheint aber noch mehr als genug da zu sein. Bezahle ich bei Ihnen?»

«Nein, an der Kasse, aber Sie haben leider Pech. Es ist alles verkauft.» Ich deutete auf die Schlange.

«Machen Sie das hier beruflich?», fragte der Mann.

«Ehrenamtlich. Wir sammeln für die Helfenden Hände», erklärte ich.

«Sie sind also Indianerin?»

Hundert blöde Antworten kamen mir in den Sinn, aber ich hatte einfach keine Energie mehr. «Haisla. Und Sie?»

Er blinzelte. «Ist das ein Stamm?»

«Entschuldigen Sie mich», sagte ich, nahm das Schmalz-brot aus der Fritteuse und reichte es der Kassiererin weiter.

Der Mann knallte einen Zwanzig-Dollar-Schein auf den Tisch. «Machen Sie noch einen Schub.»

«Ich bin müde», sagte ich.

Er legte weitere zwanzig hin.

«Sie haben mich vielleicht nicht richtig verstanden. Ich mach das hier seit heute Morgen. Sie könnten eine Mil-lion auf den Tisch legen, und ich würde es mir trotzdem nicht anders überlegen.»

Er legte fünf Zwanziger auf den Tisch.

Immerhin war das alles für die Helfenden Hände, und ich würde ihn sonst ohnehin nicht loswerden. Ich leerte die Tüte mit Gerstenmehl in die Schüssel. Ich nahm eine

Hand voll Backpulver, ein paar Prisen Salz, einen Daumen Schweineschmalz. Der Schweiß tropfte mir übers Gesicht, kullerte über meine Nasenspitze und direkt in die Backmischung, während ich den Teig knetete, bis er ganz weich war. Jetzt ließ er sich nur noch mit Mühe formen, aber für die hundert Eier sollte der Mann jedenfalls halbwegs ordentliche Fladen bekommen.

«Sie haben kräftige Hände», sagte er.

«Ich mache Schmalzbrot.»

«Natürlich.»

Ich merkte, dass er mich beobachtete, war mir plötzlich dessen bewusst, wie offenherzig mein Hemd war, wie kurz meine abgeschnittenen Jeans. In der Hitze ging das ja auch nicht anders. Ich schwitzte zu sehr, um mehr anhaben zu können.

«Ich heiße Arnold», sagte er.

«Freut mich, Arnold», erwiderte ich. «Nehmen Sie's mir nicht übel, dass ich Ihnen nicht die Hand gebe. Sind Sie auch auf dem Kongress?»

«Nein. Ich mache hier Urlaub.»

Er hatte so perfekte Zähne, dass ich mich fragte, ob das eine Prothese war. Nein, doch wohl eher Kronen. Ich hätte wetten können, dass er den ganzen Apparat aufs sorgfältigste pflegte.

Wir schwiegen, bis ich das letzte Stück Brot frittiert hatte. Ich reichte ihm den Teller, verbeugte mich und erwartete, dass er gehen würde. Aber auch er verbeugte sich und sagte: «Ich danke Ihnen.»

«Nein», sagte ich. «Ich danke Ihnen. Das Geld ist für einen guten Zweck. Damit wird –»

«Wie soll ich die hier essen?», unterbrach er mich.

Mit dem Mund, Blödmann. «Tun Sie etwas Sirup drauf oder Marmelade oder Honig. Alles, was Sie wollen.»

«Alles?», fragte er und sah mir dabei tief in die Augen.

Kotz. Würg. «Was auch immer.»

Ich wischte mir mit dem Handrücken den Schweiß von der Stirn, langte nach unten und zog den Stecker der Fritteuse heraus. Dann begann ich sauber zu machen, obwohl mir sehr bewusst war, dass er immer noch da stand, mich beobachtete.

«Wie heißen Sie?», fragte er.

«Suzy», log ich.

«Warum sind Sie so blass?»

Ich antwortete nicht. Plötzlich wurde er rot und räusperte sich. «Würden Sie mir einen Gefallen tun?»

«Kommt drauf an.»

«Würden Sie –», er wurde noch röter, «mir mal Ihre Haare zeigen?»

Ich zuckte die Achseln, nahm die Mütze ab und schüttelte meine Haare aus. Sie fielen schlaff bis zu meiner Taille. Meine Kopfhaut fühlte sich an, als würde sie genug Öl ausschwitzen, um als Umweltverschmutzung durchzugehen.

«Sie sollten sie immer offen tragen», sagte er.

«Also dann, Arnold», sagte ich, nahm das Geld und verzog mich Richtung Kasse. Er sagte noch etwas, aber ich ging weiter, bis ich Pepsi fand.

Ich hörte das Summen eines Elektrorasierers. Tante Erma hasste es, wenn Pepsi sich in ihrem Zimmer den Kopf rasierte. Sie kam hochmarschiert und schlug gegen die Tür. «Ab ins Bad!», rief sie. «Oder willst du deine Haare auf dem ganzen Teppich verteilen?»

Der Rasierer ging aus. Pepsi riss die Tür auf und stampfte über den Flur. Sie knallte die Badezimmertür mit einem Fußtritt zu, und das Summen begann wieder.

Ich ging in die Küche und drückte mir noch eine Dose Jolt auf. Der Schweiß rann mir die Achseln hinab, über den Rücken, das Gesicht, und tröpfelte von meinem Kinn.

«Karaoke?», fragte Pepsi. Dann lauter: «Hey! Bist du taub?»

«Was?», sagte ich.

«Hol mir mal mein Handy.»

«Warum holst du's dir nicht selber?»

«Ich bin auf'm Klo.»

«Und?» Ich persönlich hasse es, wenn ich mit jemandem telefoniere und auf einmal die Toilettenspülung höre.

Pepsi polterte im Badezimmer herum und erschien dann mit ihrem frisch gestylten Irokesen und ihrem Rucksack über der Schulter. «Was ist denn mit dir?»

«Soll ich vielleicht verschwinden? Wär dir das lieber?»

«Mach doch, was du willst. Eine Hitze wie im Backofen hier», sagte Pepsi. «Das kann ja kein Mensch aushalten.» Sie knallte die Haustür hinter sich zu.

Drinnen war es jetzt still, abgesehen von dem munteren Wetterfrosch im Fernsehen, der für den Rest der Woche ein weiteres Rekord-Hoch versprach. Ich ging raus auf den Balkon. Die Scheinwerfer der Autos stachen mir in die Augen, schmerzhaft grell. Cola und Tante Erma polterten oben herum, dann gingen ihre Zimmertüren quietschend zu, und ich war allein. Ich machte einen regelrechten Koffeinkoller durch: zittrige Hände, Herzflattern, leichtes Kopfweh. Draußen war es immer noch warm, die

Hitze, die der Asphalt in den letzten vier Wochen gespeichert hatte und jetzt abgab, schien mir direkt aus der Hölle zu kommen. Meine Augen juckten. Dies war die dritte Nacht, in der ich Probleme mit dem Einschlafen hatte.

Übermüdet und überdreht. Früher hatte ich durchfeiern können. Ab dem fünften Tag ohne Schlaf fängt man an, üble Halluzinationen zu bekommen. Ich weiß nicht, warum, aber ich habe dann immer Kobolde gesehen. Diese zwergenhaften Männchen kamen und setzten sich zu mir, lächelten mit ihren runzligen braunen Gesichtern, braunen Augen, braunen Zähnen. Wenn ich versuchte, sie zu verscheuchen, sprangen sie senkrecht in die Luft, bis zur Zimmerdecke, während ihre grünen Wamse und langen roten Haare um sie herumflatterten.

Grauer Dunst hing tief über Vancouver, ließ selbst das Licht der Straßenlaternen verschwimmen. Allen älteren Mitbürgern und denen mit Atemwegsproblemen wurde von Amts wegen geraten, sich nicht im Freien aufzuhalten. Zu dieser späten Stunde waren fast nur noch Sattelschlepper unterwegs. Ihre Motoren ratterten über die Straße, jeder einzelne erzeugte ein kleineres Erdbeben. Die Bilder an der Wand zitterten. Ich nahm einen Schluck warmes, schal gewordenes Jolt, ließ es mir über die Zunge gleiten, süß und herb. Das metallische Bitzeln verriet mir, dass ich zu viel getrunken hatte, dass mein Magen rebellierte.

Ich ging wieder hinein und begann zu packen.

Wieder daheim, juchhu!

Jimmy und ich lagen auf dem Friedhof, auf dem Grab eines meiner Cousins. Eigentlich hätten wir uns gruseln müssen, aber dafür waren wir beide zu breit.

«Ich werde nie aus dem Dorf weggehen», sagte Jimmy. Seine Worte summten in mein Ohr.

«Mmm.»

«Hast du mich gehört?», fragte Jimmy.

«Mmm.»

«Ist dir das etwa egal?» Jimmy klang, als wäre ihm das nicht recht.

«Was wir hier haben, ist gar nicht so schlecht.»

Er schloss die Augen. «Nein, es ist nicht schlecht.»

Ich schüttete mir Frühstücksflocken in mein Schälchen. Mom drehte das Radio auf. Sie funkelte mich an, als wäre es meine Schuld, dass die Rice Crispies so viel Krach machten. Ich riss den Mund auf und kaute weiter.

Der Radiosprecher hatte einen dicken Nisga'a-Akzent. In den Nachrichten ging es vor allem um das letzte Fußballturnier. Ich dachte: Da haben wir also unser Original-Ureinwohner-Rundfunkprogramm – Sport oder Bingo.

«Wer ist das?», fragte ich Mom. Ich hatte im Schrank herumgewühlt, auf der Suche nach Kleingeld.

«Was?»

Es war das erste Wort, das sie zu mir sagte, seit ich zurückgekommen war. Dabei hatte sie, wie ich hörte, praktisch dem ganzen Dorf vorgeheult, ich sei nach Vancouver gegangen und auf dem Strich gelandet.

Ich hielt das Foto hoch, auf dem ein Priester zu sehen

war, der eine Hand auf die Schulter eines kleinen Jungen legte. Der Junge sah glücklich aus.

«Ach, das», sagte Mom. «Ich wusste gar nicht, dass ich das noch habe. Er war Onkel Joshs Lehrer.»

Ich drehte es um. *Lieber Joshua*, stand auf der Rückseite. *Wie geht es dir? Du fehlst mir schrecklich. Bitte schreib mir. Dein Freund in Jesus, Archibald.*

«Sieht so aus, als hätte er ihm mehr beigebracht als Gebete.»

«Was redest du da? Dein Onkel Josh war ein guter Schüler. Die beiden mochten sich sehr gern.»

«Das glaub ich gern», sagte ich, während mir eine vage Erinnerung an diesen berühmten Priester kam, der für elf Jahre ins Gefängnis gewandert war. Er hatte dreiundzwanzig Jungen missbraucht, allesamt Zöglinge im katholischen Internat.

Onkel Josh hatte nur noch zwei Tage Urlaub, bevor sein Boot wieder auslief. Als er meine Zimmertür aufmachte, sagte ich: «Vater Archibald?»

Er blieb stehen. Ich konnte sein Gesicht nicht sehen, weil das Licht allzu grell durch die Tür einfiel. Lange Zeit stand er einfach nur da.

«Ich habe schon gebetet», sagte ich.

Er wich zurück und schloss die Tür.

Am nächsten Tag in der Küche sah er mich nicht an. Ich fühlte mich toll, fast schon tollkühn, konnte es kaum fassen, wie einfach es war, damit Schluss zu machen. Bevor ich mit dem Frühstück anfing, schloss ich die Augen und sprach laut das Tischgebet. Doch schon beim ersten Satz hörte ich Onkel Joshs Stuhl über den Fußboden scharren.

Ich machte die Augen auf. Mom starrte mich an. An ihrem Gesichtsausdruck erkannte ich, dass sie Bescheid wusste. In dem Moment dachte ich, sie würde etwas sagen, doch wir frühstückten schweigend.

«Vergiss bloß nicht dein Mittagessen», sagte sie.

Sie reichte mir mein Lunchpaket und ging hoch in ihr Schlafzimmer.

Ich organisiere mir ein neueres Foto von Onkel Josh aus Moms Album, klebe sein Gesicht auf das von Vater Archibald und meins auf das Gesicht des Jungen. Die Montage sieht ziemlich echt aus. Onkel Josh lächelt auf eine jüngere Version von mir herab.

Diesen Monat ist meine Periode besonders schlimm. Ich verliere Blutklumpen, deren Anblick mich an Hühnerleber erinnert. Einen davon tue ich in einen Ziplockbeutel. Bild und Beutel kommen in eine Hutschachtel. Ich schmücke das Ganze mit einer knallroten Schleife, dann stelle ich die Schachtel auf den Küchentisch und gehe hoch, um mir eine Jacke zu holen. Ich denke mir nichts dabei, die Schachtel stehen zu lassen, weil außer mir niemand zu Hause ist. Auf dem Zettel in der Schachtel steht: «Es war von dir, also habe ich es umgebracht.»

«Huhu!», rief Jimmy, als er die Haustür aufmachte. Er war gekommen, während ich nach oben ging, um meine Jacke zu holen. Er wollte mich überraschen und zu den heißen Quellen mitnehmen. Ich blieb oben am Treppenabsatz stehen. Jimmy saß am Küchentisch mit dem Geschenk, das ich Onkel Josh zugedacht hatte, und starrte auf den Zettel. Ohne mich zu sehen, machte er die Schachtel zu, faltete das Blatt Papier ordentlich zusammen und ging zur Tür hinaus.

Er ließ sich sogar am Telefon verleugnen, und deshalb ging ich zwei Tage später bei ihm vorbei. Mein Herz hämmerte so heftig, dass ich es in den Schläfen spürte. Michelle machte mir die Tür auf.

«Karaoke!», sagte sie lächelnd. Dann runzelte sie die Stirn. «Er ist nicht da. Hat er's dir denn nicht erzählt?»

«Was denn?»

«Er hat den Job gekriegt», sagte Michelle.

Ich war so erleichtert, dass ich fast umgekippt wäre. «Einen Job.»

«Ganz schön irre, ich weiß. Man kann sich kaum vorstellen, dass er fischen geht, mein verwöhnter Herr Bruder. Ich geb ihm eine Woche da draußen. Jedenfalls vielen Dank, dass du ein gutes Wort für ihn eingelegt hast.» Sie redete weiter, erzählte irgendwas über das Boot.

Meine Zunge klebte mir im Mund fest. Meine Füße fühlten sich an wie Betonplatten. «Also ist er auf der *Queen of the North*?»

«Natürlich, du Schnecke», sagte Michelle. «Wir wussten, dass du die Fäden gezogen hast. Wie hätte Jimmy denn sonst bei deinem Onkel anheuern können?»

Es klingelt zur Mittagspause, als ich dem Mädchen die Fresse poliere. Ihre Schneidezähne knacken. Sie schreit, greift sich an den Mund. Blut spritzt aus ihren aufgeplatzten Lippen. Zwei andere drehen mir den Arm nach hinten und halten mich fest, während die Vierte anfängt, mich zu ohrfeigen, klatsch, klatsch, Applaus. Ich ziele mit dem Fuß

auf ihren Unterleib. Die Herumstehenden feuern uns begeistert an. Sie rammt mich, und ich gehe zu Boden, als
jemand anders mir in die Nieren tritt.

Ich verstecke mich im Gebüsch bei den Docks, warte die
ganze Nacht. Kurz vor Sonnenaufgang macht die Crew
sich auf den Weg zum Boot. Onkel Josh kommt als Erster
an, wirft seine Ausrüstung aufs Deck, schleift sie dann in
die Kabine. Ich sehe, dass Jimmy zwei schwere Taschen
trägt. Seine Schritte auf der Laufplanke klingen dumpf,
wie ihr Echo, das von den Bergen widerhallt. Der Steg
knarrt, Seemöwen kreisen hoch oben im milden Morgen-
licht, und der Ebbegeruch wird von der Brise getragen,
die das Wasser kräuselt. Als die Motoren des Trawlers an-
springen, reicht Jimmy seine Taschen Onkel Josh und
macht dann die Leinen los. Onkel Josh streckt eine Hand
aus, Jimmy ergreift sie und wird an Bord gezogen. Das
Boot tuckert aus der Bucht und umrundet die Landspitze.
Ich komme aus dem Gebüsch heraus und stelle mich aufs
Dock, um die *Queen of the North* entschwinden zu sehen.

Toni Morrison hat eine ungewöhnliche Karriere gemacht: Geboren wurde sie 1932 in Lorain, Ohio, war Tänzerin und Schauspielerin, studierte und lehrte neun Jahre lang an amerikanischen Universitäten englische Literatur. Mit dreißig Jahren begann sie zu schreiben und galt rasch als eine der bedeutendsten Schriftstellerinnen Amerikas, die eine poetische und kraftvolle Sprache für die Literatur schwarzer Frauen gefunden hat. 1988 wurde Toni Morrisons Buch *Menschenkind* mit dem Pulitzer-Preis ausgezeichnet; 1993 erhielt sie den Nobelpreis für Literatur.

Paradies *Roman*
Deutsch von Thomas Piltz
496 Seiten. Gebunden und als rororo 22915
«Alle Vorstellungen vom Paradies verbindet, dass diese Orte exklusiv sind. Nur bestimmte Auserwählte haben Zutritt. Alle anderen werden ausgegrenzt und buchstäblich verworfen, so dass es zu einem heiligen Krieg zwischen den Erlösten und den Verdammten kommt.»
Toni Morrison in «Focus»

Jazz *Roman*
Deutsch von Helga Pfetsch
256 Seiten. Gebunden und als rororo 22853
Toni Morrison, «wohl die letzte klassische amerikanische Schriftstellerin» *(Newsweek)*, komponiert in ihrem 1926 in Harlem spielenden Roman die Rhapsodie einer großen Liebe, die scheitern muß, weil sie ihre Wurzeln nicht kennt.

Teerbaby *Roman*
Deutsch von Uli Aumüller und Uta Goridis
368 Seiten. Gebunden und als rororo 13548

Im Dunkeln spielen *Weiße Kultur und literarische Imagination. Essays*
Deutsch von Helga Pfetsch u. Barbara von Bechtolsheim
128 Seiten. Gebunden und als rororo 13754

Menschenkind *Roman*
Deutsch von Helga Pfetsch
384 Seiten. Gebunden und als rororo 13065

Sula *Roman*
(rororo 15470)
Ein Roman über die intensive Freundschaft zweier Frauen.

Sehr blaue Augen *Roman*
(rororo 22854)

Solomons Lied *Roman*
Deutsch von Angela Praesent
392 Seiten. Gebunden und als rororo 13547

rororo Literatur

Paul Auster, geboren 1947 in Newark / New Jersey, gilt in Amerika als eine der großen literarischen Entdeckungen der letzten Jahre. Er studierte Anglistik und vergleichende Literaturwissenschaft an der Columbia University und verbrachte danach einige Jahre in Paris. Heute lebt er in New York.

Die New York-Trilogie *Roman*
(rororo 12548)
«Eine literarische Sensation!»
Sunday Times

Smoke. Blue in the Face
Zwei Filme
(rororo 13666)

Die Erfindung der Einsamkeit
(rororo 13585)

Die Musik des Zufalls *Roman*
(rororo 13373)

Mr. Vertigo *Roman*
Deutsch von Werner Schmitz
320 Seiten. Gebunden und
als rororo Band 22152

Leviathan *Roman*
Deutsch von Werner Schmitz
320 Seiten. Gebunden und
als rororo Band 13927

Von der Hand in den Mund
Deutsch von Werner Schmitz
512 Seiten. Mit 24 farbigen
Tafeln. Gebunden und als
rororo Band 22634
Aller Anfang ist schwer: Paul
Austers amüsantes Selbstporträt
des Künstlers als hungernder
Mann vor dem Hintergrund
der bewegten sechziger und
siebziger Jahre.

Timbuktu *Roman*
Deutsch von Peter Torberg
192 Seiten. Gebunden und
als rororo 22882

Mond über Manhattan *Roman*
(rororo 22756)

Das rote Notizbuch
Deutsch von Werner Schmitz
64 Seiten. Pappband und als
rororo 23040

Paul Auster's Stadt aus Glas
*Herausgegeben von
Bob Callahan und
Art Spiegelman. New York-
Trilogie I. Großformat*
(rororo 13693)

Im Land der letzten Dinge
Roman
Deutsch von Werner Schmitz
200 Seiten. Gebunden und
als rororo Band 13043

Lulu on the Bridge
*Das Buch zum Film
mit Vanessa Redgrave
und Harvey Keitel*
(rororo 22426)

Mein New York.
*Mit einem Vorwort von
Luc Sante.*
Deutsch von Joachim A.
Frank und Werner Schmitz
120 Seiten. 15 Fotos.
Gebunden und als
rororo 23118

Stewart O'Nan wurde in Pittsburgh geboren und wuchs in Boston auf. Er arbeitete als Flugzeugingenier und studierte in Cornell Literatur. Heute lebt er mit seiner Frau in Avon, Connecticut. Für seinen Erstlingsroman «Engel im Schnee» erhielt Stewart O'Nan 1993 den William-Faulkner-Preis.

Sommer der Züge
Roman
Deutsch von Thomas Gunkel
512 Seiten. Gebunden und als rororo 22778
Der bewegende Roman einer Familie, deren Leben im Kriegssommer 1943 von lauten und leisen Katastrophen überschattet wird. O'Nans neuer Roman zählt zu den Werken, «die man leichtfüßig betritt und nur schweren Herzens wieder verläßt». *Neue Zürcher Zeitung*

Engel im Schnee *Roman*
Deutsch von Thomas Gunkel
256 Seiten. Gebunden und als rororo 22363
«Stewart O'Nan spürt die großen Tragödien menschlicher Verstrickungen auf. Sein spannendes Erzählwerk ist zum Heulen traurig und voller Schönheit, seine Sprache genau und von bestechendem Charme. Die literarische Szene ist um einen exzellenten Erzähler reicher geworden.» *Der Spiegel*

Das Glück der anderen *Roman*
Deutsch von Thomas Gunkel
224 Seiten. Gebunden

Die Speed Queen *Roman*
Deutsch von Thomas Gunkel
480 Seiten. Gebunden und als rororo 22640
Margie Standiford sitzt in der Todeszelle eines Gefängnisses. Stunden vor der Hinrichtung spricht sie ihre Lebensgeschichte auf Band. Sie erzählt, wie sie zur «Speed Queen» wurde; wie aus dem Drogenkonsum mit ihrem Mann und ihrer – und seiner – Geliebten Dealen wurde, aus Dealen Raub und aus Raub vielfacher Mord.
«Ein großartiges Buch.» *Die Welt*

Die Armee der Superhelden *Erzählungen*
Paperback 22675 und als rororo 23023
In diesen preisgekrönten Erzählungen entfaltet Stewart O'Nan die ganze Bandbreite menschlichen Lebens zwischen Verzweiflung und Hoffnung.

Weiter Informationen in der **Rowohlt Revue**, kostenlos in Ihrer Buchhandlung, und im **Internet: www.rororo.de**

Literatur